ミノタウロス

角川文庫
22825

目次

ミノタウロス　7

解説　石《いし》井《い》千《ち》湖《こ》　336

ウクライナ地方

【1913年】
ドイツ帝国
ロシア帝国
オーストリア・
ハンガリー君主国
ルーマニア
王国
セルビア
王国
ブルガリア
王国
イタリア王国
ギリシア
王国
黒海
トルコ帝国
キエフ
Киев
アレクサンドリア
Александрия
ウマニ
Умань
エリザヴェトグラド
Елисаветград
ミハイロフカ
Михайловка
エカテリノスラフ
Екатеринослав
ボブリネツ
Бобринец
アレクサンドロフスク
Александровск
クリヴォイ・ログ
Кривой Рог
ペトロフカ
Петровка
ビレニケ
Биленьке
ヴォズネセンスク
Вознесенск
ドニエプル川
Днепр
ニコラーエフ
Николаев
オデッサ
Одесса
ケルソン
Херсóн
黒海
Чёрное море
N
0
50
100
150km

I

ぼくは時々、地主に成り上がる瞬間に親父が感じた眩暈《めまい》を想像してみる。親父がまだヴォズネセンスクにいて、農機具店で働いていた頃のことだ。ぼくが生まれるより二十年も前の話だ。

独学で身に付けた簿記と、腰の低さと、お愛想笑いが生活の手段だった。三十を過ぎても独り身だった。爪に火を灯《とも》すようにして僅《わず》かばかりの給金を貯め込む小男に嫁ごうという女はいない。陽の当らない店の奥で青白く面窶《おもやつ》れはしていても病気一つしなかったし、重い鉄床《かなとこ》をちょっと踏ん張るだけで抱え上げるくらい頑丈だったが、女たちは親父を宦官《かんがん》か何かのように考えていたらしい。実際、頭の両脇を短く刈り上げ、頭頂部に癖毛を一つまみ生やしたあの頃の親父の写真は、妙な具合に宦官じみていた。

六歳で家を出たと聞かせてくれたことがある。母親に連れられて甜菜《てんさい》の農場に雇われたのだ。母親は百人もの女たちと列になり、屈《かが》み込んで植え付けをやる。甜菜が肥《ふと》り始める季節になると、夜通し、土が乾かないよう水を遣《や》る。夜も昼も見回って、手で虫を取るのは子供たちの仕事だった。収穫の後は農場の中にある製糖場に雇われた。工場は暑く、外は身を切るほどに寒く、壁に少し寄るだけで釜《かま》に向けた顔は火照り、背中は凍り付いた。働き手たちは、夏も冬も、交代で休みなく働き続けた。

農場から農場へと渡り歩く暮しは十四まで続いた。ちっちゃかったからな、と親父は言った。普通は十かそこらまでだ。それよりでかくなると一人前の男の労賃を払わなけりゃならん。一日に十五コペイカか十六コペイカ。お袋と組で二十五コペイカなんて年もあった。男一人分ってことだ。何にもしないうちから差配が頭を撫《な》でて褒めてくれたもんさ。飲まない、ごねない、仕事は一人前でも払いは半人前で済む、ってな。

農場の上がりを歩合で取る差配は、親父には畏敬《いけい》の対象だった。揺るぎない支配は神性に似ている。狡猾《こうかつ》も、残忍も、十の子供を眠気と空腹と諦《あきら》めで小さく縮んだ老人に変えてしまって顧みない冷淡も、神々の特質に他ならない。母子一組で二十五コペイカ。どうしても必要な力仕事の為にとことんまで買い叩《たた》いた男手。あと必要なものは何だろう。肥料か。製糖場で使う石炭か。犂《すき》を引かせる馬か。親父はとっくに理解していた。差配に金時計をぶら下げさせ、親父の目には月から落ちてきたように見える、破風を上げ列柱を連ねた不在地主の屋敷を立ち腐れさせておくだけの金がどこから出てくるのか。

ぼくは親父を不信の目で眺めた。親父はズボンのポケットに両手を突っ込み、そっぽを向いたまま歩きながら答えた。おれは違う、何だほら、主義者か、ああいうんじゃない。

不愉快なくらい理路整然とも、おそろしいくらい威張り返っても喋《しゃべ》れる親父だったが、ぼくに話をする時にはいつもそんな風だった。ほら何だ、あれだ——まるで頭からそのまま言葉を垂れ流すような具合だ。十で腰が曲る。ひやずな奴は製糖場から出た途端に熱を出して死ぬ。ぼくは暫《しばら》く考えて、話の筋道を推測する。親父は言葉を繋《つな》ぐ。どうせどいつもこいつも農場から農場に渡り歩いて暮すんだ。御時世が変ったってな。で、どいつもこいつも日当が五十コペイカか。六十コペイカか。あとは何だ。学校か。病院か。欲のないこった。

親父が見ているのは広大な荒地だ。ひねこびた灌木《かんぼく》と黄色く枯れた草に覆われた荒地が、視野を横切り地平線に沈むまで続いている。その全てが、親父のものになる。やがては切り開かれ、鋤《す》き返されて黒々とした土を曝《さら》し、重い麦の穂をざわめかせ、刈り取られ、霜を被《かぶ》って穏やかに冬を待つ畑となる荒地だ。

丁稚《でっち》をしながら読み書きを覚え、帳簿を覚えて店を切り回す間、想像していたのがどんな土地だったのか訊《き》いたことはない。甜菜は早々に諦めた。利が厚過ぎる。向いた農地は売りに出ない。出たとしても旦那衆《だんなしゅう》の間で消える。消えないとしても途方もない値が付く。何十年も小作を続けてきた百姓が猫の額ほどの地面を譲って貰《もら》うことさえ難しいのだ。親父は狙いを南に移した。小麦だ。高値を続けてはいたが、甜菜ほどではない。土地の値も張らない。金はそのうち貯まるだろう。老いぼれて、その気にもならなくなる前には。

ヴォズネセンスクで親父が目を背けて通った居酒屋は、昔は馴染《なじ》みの店だった。ほんの時折だが、親父はそこで温かい飯を食い、酒を飲み、擦れて裏も表も消え掛け縁の捲《めく》れ上がった骨牌《カルタ》に小銭を賭《か》けて遊んだ。相手は市に出て来た小商人や百姓で、つまりは親父が帳簿を預る農機具店の客で、町でのつましい放蕩《ほうとう》を心待ちにしていた。だからその男は非道《ひど》く場違いだった。大人しい野良犬のように入って来て誰にでもたかった。だが、不思議と嫌われはしなかった。誰かが町外れに住み着いていることを発見し、誰かが「旦那」と呼び、別な誰かが本当に旦那だったんだと言い出したが、誰も気にはしなかった。奇妙なくらいに人懐こくて人が好《よ》くて、おまけに、たかった後は影のように消えてしまったからだ。

ミハイロフカに地所を持っていたという噂だった。ペテルブルクで役所勤めをしていたとも言われていた。どちらも大いにありそうな話だ。僅かばかりの脂染みた髪を頭蓋《ずがい》に貼り付かせ、すり切れた襟元からは黄ばんだ反故紙《ほごがみ》のような皺《しわ》くちゃの顔を、すり切れた袖口《そでぐち》からは痩《や》せた震える手を覗《のぞ》かせ、薄汚れたフロックコートの成れの果てを着て片脚を扱いかねるように腰で回して歩き、骨が腐ってしまってね、と静かに言うのを聞くと、何故とはなしに、それは気の毒だなと言って一杯奢《おご》りたくなった。大して感謝もしなかったが、断られても大人しく引き下がった。それから別の誰かに礼儀正しく頼むのだった。

誰かが、彼を博打《ばくち》に引きずり込んだ。最初は渋ったが、結局なしくずしに引きずり込まれた。飲み助の一人は指輪を巻き上げ、別な一人は時計を取った。暫くすると自分から誘うようになり、長靴もフロックコートも取られたらしかったが、相変らず着込んでいたのは誰もあえて引き剝《は》ごうとはしないからだった。外套《がいとう》はヴォズネセンスクに到達する以前にどこかで剝がれた後だった。客たちはそれをさも非道な行為ででもあるかのように非難した。

男に構わないのは親父だけだった。奢ってくれと言われてもそっけなく断った。身ぐるみを剝ぐ仲間にも入らなかった。それでもしつこく纏《まと》わり付いてきて、これは異例のことだったが、奢ってくれだのひと勝負してくれだのと繰り返し、挙句に、何かとっておきの秘密でも囁《ささや》くように、だって君は土地が欲しいそうじゃないか、と言った。

誰かが漏らしたに違いなかった。親父は一杯奢って追い払おうとした。だが、男は親父の側に粘って動かなかった。酒毒が脚の骨を腐らせているだけではなく舌まで来ていて、大して酔っていなくても呂律《ろれつ》が回らないことに、親父は気が付いた。それから、おそらくはおつむにもだ。欲しいならあげる、と男は言った。ミハイロフカの地所だよ。郡でも二番目か三番目に大きい農場だ。それをあげる。

売れよ、と親父は言った。誰にでも売り飛ばしちまえ。それで病院にでも入るんだな。

金は欲しくない。

あんたには必要だ。

欲しくないんだ。

親父は考え込んだ。旦那衆の気紛《きまぐ》れだ、とぼくに言った時さえ、まだ考えていたと思う。男は親父の袖を掴《つか》んでいた。振り払おうとしても放さなかった。まるで蛇みたいに囁いた。明日、店に行くからね、と。

翌日、店を開けて丁稚に一渡り掃除をさせ、帳場に腰を下ろしても、親父はまるで落ち着かなかった。明け方の雨で道がぬかるんで、渡しから来る荷車が散々泥をはね上げ、終《しま》いに嵌《は》まって動かなくなり、張りのある肉を遠慮なく殴り付ける音と、罵声《ばせい》と、駄馬の嘶《いなな》きが聞える中からでも、店の前に渡した板を踏む足音を聞き分けていた。その度に、びくりとした。ぬかるみが乾いて深い轍《わだち》だけが残り、馬を叱りつける声が時折聞えるだけになる頃には、それですっかり草臥《くたび》れ果てていた。だから、あれほど恐れていた足音が入口脇の緩んだ板をがたりと鳴らし、窓に男の顔が現れて硝子《ガラス》を叩き、どこで見付けたのか、既に一杯呷《あお》って上機嫌の飲み助を三人連れて入って来た時には、一睡もしなかった翌日のようにぼんやりしていた。男は帳場の机に屈み込み、持ってきた紙を二枚広げて、両方にミハイロフカに所有する地所三千六百五十デシャチナ[※1]を下記の者に譲ると書き付けると、勿体《もったい》を付けて署名をした。それから、連れて来た飲み助から一々丁寧に名前を聞き、凝った書体で証人として名前を書き記した。彼らは一々示された名前の脇に印を書いて署名に代えた。最後に、受取人として親父にペンを渡した。

手続きが終るまでの間、親父は、仲間とさぼっているところを店主に見付かるのではないかと案じていた。内心、どやされてこの茶番を終りにできればとも願っていたが、まだ髭《ひげ》も生えない丁稚が、朝掃いた塵《ちり》をまた掃くふりをしながら見張ってくれていた。ペンを差し出されても、親父は暫く躊躇《ためら》った。こんな証文がものを言うかどうか心許《こころもと》なかったし、何より、自分が本当に農場を欲しいのかどうか確信できなくなっていたのだ。

誰も、身じろぎ一つしなかった。男も促さなかった。親父は考えた。咽喉《のど》が詰ったようになって、何も欲しくなくなった。それから、滴が一滴ずつしたたるように、欲しくて堪《たま》らなくなってきた。ちょろちょろした細い流れが小川になり、大河になるまではすぐだった。男はすかさずペンにインクを含ませ直し、親父に渡した。さあ、書いて、と言った。言われるままに、親父は書いた。眩暈《めまい》がした。途方もない博打を打って、何もかもすったような気がした。

男は証人たちを外に押し出しながら、後に付いて立ち去ろうとした。金は払う、と親父は言った。男は振り返り、口元を歪《ゆが》めて笑みを浮かべた。

君には無理だ、払えないよ、と男は言った。君の子供たちなら払ってくれるだろう。丁稚はあとで親父に指摘した――親父が怯《おび》えていたと。男が飲み助どもを丁重に追い立て、例によって片脚を腰から回すようにして出て行った後も、身じろぎもできないくらい怯えていたのだ。それから親父は店を放り出して家に飛んで戻り、床板を剝がして小さな手提げ鞄《かばん》に詰め込んで貯めていた金を引っ張り出し、開いたばかりの居酒屋に行ったが、いるのは証人たちだけだった。飲みに引きずり込んで奢らせようとするのを振り切り、居所を訊いた。誰も知らなかった。家に帰ったんだろ、と言われた。

家って、どこだ。

そこから町外れまで歩いて、男が部屋を借りている矢鱈《やたら》に大きいだけの古家に行った。部屋の扉を見付けて叩《たた》いていると、女の声でうるさいと叱られた。男のことを訊くと、部屋の中から、炊事場だろ、と教えてくれた。なるほど、奥の扉は開いたままだったが、中には火の気も人気もなかった。

何かがぎしぎし軋《きし》んでいた。卓子《テーブル》は薄暗い隅に押し遣《や》られていた。見上げるまでもなかった。低い梁《はり》から縄を掛け、男は首でぶら下がっていた。脚は跪《ひざまず》こうとするように曲り、爪先《つまさき》と縄で括《くく》った首を中心に、床にゆっくりと円を描いていた。

身一つで、逃げるようにして、親父はミハイロフカにやって来た。

農場の殆《ほとん》どは耕作が放棄されて荒地に返り、幾らかはやる気のある小作人が勝手に柵《さく》を広げて囲い込んでいたが、耕作地全体は彼らの手に負えるようなものではなかった。隅からちびちびやっても、耕し終える前に雪が降る。春の水浸しに至っては手の打ちようがない。痩せた家畜を放すのが精々だ。村人は親父が通るのを胡散臭《うさんくさ》そうに睨《ね》め付けた。屋敷はぼくが覚えているのと同じ場所にあったが、半ば焼けて屋根が落ち、窓は破れていた。

親父は台所で寝泊まりした。火を焚《た》ける場所が他になかったのだ。何か途方もない間違いを仕出かしたのではと思ったのはほんの一瞬だった。目の前には面倒を見なければならない土地が広がっている。駄馬を買い、鋤《すき》や鎌を買い、建物に屋根を掛けさせ床を張らせ壁を泥で捏《こ》ね上げさせる為に大工を雇ったが、非道《ひど》くのろのろと仕事を進める男だったので、雪が降る前に屋根が仕上がれば上出来とせざるを得なかった。毎日のように未来の農場を見て回った。翌年の段取りを考えておきたかったのだ。根を張り始めた灌木《かんぼく》は引き抜き、冬場の燃料の足しにしようとした。夜は外套を着たまま熾火《おきび》のある竈《かまど》の脇の腰掛けで眠った。

ある晩、訪問者があった。おそろしく背の高い、がっしりした中年の男だった。イギリス風に仕立てた上等な外套の裾《すそ》をそこらに引っ掛けないよう、苦労しいしい入って来て、起き出した親父との間にステッキを立てて軽く距離を保ちながら、こんなところで何をしている、と訊《き》いた。

ステッキのことならぼくもよく覚えている――シチェルパートフは金属の芯《しん》に革を巻き、スペインの金細工の握りを付けた重いステッキを手放さなかった。一見ではごく品がよかったが、ぼくには怖かったし、羨《うらや》ましかった。一度、それで作男《さくおとこ》を殴り付けるのを見た。軽く振っただけで、ステッキはしなり、当ると鞭《むち》のような音を立てた。

親父は蹲《うずくま》ったままシチェルパートフを見上げた。実を言うなら少々恐ろしかった。ステッキといい外套といい、親父が見たこともないもので、それが子供の頃の差配に対する崇拝と、不在地主に対する畏敬《いけい》の念を呼び覚ましたのだ。何をしている、とシチェルパートフは繰り返した。親父は懐から証文を取り出し、開いて見せた。取ろうとしても証文は親父の指に糊《のり》で貼ったように貼り付いていた。仕方なくシチェルパートフは身を屈《かが》めて、竈の熾火に透かすような格好で目を凝らした。

一人でここを全部耕す気かね、とシチェルパートフは言った。お馬車に乗ったお偉い方々の喋《しゃべ》り方だった。そりゃそうだ、と親父は一人で納得した。農場を持ったなら、おれもこう喋らなけりゃならない。餓鬼ができたなら餓鬼どももみんな、こういう風に喋らなけりゃならない。

ところでシチェルパートフは一体何を考えていたのか。

誰にでもどん底というものはあり、シチェルパートフにさえ、それはあった。最後から二番目のどん底は、一人息子が一言の相談もなしにオデッサで教師になると決めた時だった。息子は怖いものなしだった。どういう主義主張からか、農場の上がりはもう一銭も受け取らないと決めていて、父親のことを学者じみた言い回しで、寄生虫、拷問吏、犯罪者と罵《ののし》って憚《はばか》らないどころか、何故そうなのかを懇切丁寧に説明した。それはちょっとした経済学講義の観を呈したらしいが、吹けば飛ぶような空理空論と言っても、おそらくは同じだろう。シチェルパートフは息子を諦《あきら》めた。馬鹿を息子にしておいても仕方がない。

それでも、近郷近在では一番の土地持ちである大旦那《おおだんな》シチェルパートフが、夜の夜中に護身用のステッキ一本を手に徘徊《はいかい》していた理由は謎のままだ。勿論《もちろん》こう想像することもできる——兎《と》も角《かく》、彼は虫の居所が悪かった。社会主義者の息子にはうんざりしていたし、隣接する地所の所有権は誰の手に落ちたのか判らなくなっていた。判っていたのは、主《あるじ》のクルチツキーがヴォズネセンスクで首を括り(教育はするだけ無駄だ、とシチェルパートフはぼくに言った——首を括る時、縄に石鹸《せっけん》を塗ることを思い付くのに大学を出る必要はない)、農場の権利はどこかの番頭の手に落ちたという話だけだった。そのクルチツキーの屋敷跡に、余所者《よそもの》が住み着いて地面を引っ掻《か》き始めたことも、耳にはしていただろう。後は簡単だ。屋敷跡に入り込んでそれが誰なのかを確かめ、ただの浮浪者なら殴り殺せばいい。いい気晴しだ。地所に対する権利を主張するようなら、これもやはり殴り殺せばいい。加えて利益にもなる。シチェルパートフは尊敬すべき紳士ではあったが、いずれも当時のあの辺りの紳士の振舞いとしては珍しいものではなかった。官憲は全く問題にしなかっただろう。

シチェルパートフがぼくに話してくれたのは前の方だ。クルチツキー屋敷に住み着いた浮浪者を追い払いに行った、と。そこで彼が発見したのは、哀しげな顔の、嫌になるほど百姓じみた風体の男が、証文を握りしめて放さない姿だった。親父の返答も哀れを誘った。内容がではなく、救い難いほどの訛《なま》りがだ。内容に関して言うなら、親父が用心しいしい説明したのは、うんざりするほど地道で手堅い計画だった。想像力の欠片《かけら》もなかった。親父の想像力は地所を手に入れて地主になる前に使い果たされていたのだ。或《ある》いはそのくすんだ計画こそ、神憑《かみがか》りの尼さんの掌《てのひら》に現れる奇跡の釘跡《くぎあと》同様、想像力の粋《すい》だったのかもしれない。

こいつには冒険ということを教えてやらねばならん、とシチェルパートフは考えた。それはシチェルパートフの気分を少しばかり浮き立たせた。親父の手堅さも気に入った。息子が跡を継がない以上、農場を切り回す相棒も欲しかった。使ってみて、見込みがないようなら放り出せばいい。翌朝、シチェルパートフは親父をエリザヴェトグラドの役場に連れて行き、農場を親父の名義で登記させた。

それが、親父が死ぬまで続いた、シチェルパートフとの共同事業の始まりだ。親父はシチェルパートフの下で農場の管理を覚え、人の使い方を覚え、相場の読み方を覚えた。特に相場は上手《うま》かった。冒険なぞ教えるまでもない。それでもかっちりと利を上げたし、相場を見越して生産を調整するのもお手の物だった。小麦の暴落の時も、シチェルパートフと親父は綺麗《きれい》に売り抜けた。親父はシチェルパートフに感謝し、シチェルパートフは親父を見出《みいだ》した眼力を誇った。見返りは、軒を連ねる納屋であり、近代的な農機具や機械の数々であり、近隣では最大の醸造場であり、十年目に新築した屋敷と、屋敷を建ててすぐに貰《もら》った花嫁だった。

花嫁はキエフからやって来た。世間に揉《も》まれて少しばかり頭が柔らかくなったシチエルパートフの息子は、時折金をせびりに現れるまでになっていたが、父親に言われてキエフに住む学者の妹を見付けて来た。親父は県でも有数の金持ちになっていたから、行かず後家には過ぎた縁談だった。当の親父はといえば、たぶん、何も考えていなかった。子供を産ませ、家を切り回させ、近隣の地主仲間との付き合いに花を添えさせる以上のことは。

お袋は、キエフから輿入《こしい》れすると几帳面《きちょうめん》なことに十箇月後、兄を産み落とした。お義理みたいな産み方だった。それから男の子と女の子を死産し、最後にぼくを産んで打ち止めにした。始終キエフに戻りたがり、モスクワやペテルブルクに行きたがり、終《しま》いにはパリで冬を過さなければ死んでしまうとまで言い出したお袋は、どこまで行ってもミハイロフカの住人ではなかった。屋敷にピアノを入れ、スイス人の鼻眼鏡の老嬢を養育係に雇い、使用人一同に田舎臭い訛りで話すことを禁じ、書庫には誰も読まない外国語の本をずらりと並べ、田舎道にはおよそ不向きな軽馬車を仕入れ、帽子ごと全身を包み込んだ紗《しゃ》を風に膨らませて埃《ほこり》だらけの真夏の道をどこまでも駆けさせて行くお袋は、ついぞミハイロフカの住人になろうとはしなかった。

なりふり構わず摑《つか》めるだけ摑むようにして地所を摑み、農場を開き、小麦でどこへ行っても恥ずかしくない程度の富を積み上げた男の子孫が、小洒落《こじゃれ》たイギリス仕立ての服を纏《まと》い、なまじな公爵様よりよほど毛並みのいい馬に最高の鞍《くら》を置き、パリからシャンパンを取り寄せ、西インド諸島から葉巻を取り寄せ、鼻に掛ったフランス語で気怠《けだる》そうに話すようになるまで何世代掛るものか――たったの二世代で充分だ。ぼくが物心付いた時、周りにいたのは既にそんな連中ばかりだった。訛りが欠片ほどもないのは、彼らがそもそも土地の人間ではなかったからだ。ロシア人か、ドイツ人か、ユダヤ人か、エカテリーナ二世が〈新ロシア〉をスルタンからもぎ取るはるか以前から、百姓どもを日曜には納屋に仕舞ってこき使ってきたポーランド人の地主貴族というのも凄《すご》いものだったが、この蒼白《そうはく》な連中を、ぼくはキエフでしか見たことがない。

　まだ小さい頃、お袋の膝《ひざ》の上に乗せられていたことを、ぼくは覚えている。言うならばぼくはお袋の狆《ちん》だった。七つ年上の兄は、ずらりと金釦《ボタン》を並べた窮屈な一張羅に縛り上げられて傍らに立っていた。ぼくたちの養育係は鼻眼鏡を載せ、器量良しの女中たちを随《したが》え、お袋の肩掛けを持って、小さな王女に仕える女官よろしく控えていた。ミハイロフカのラス・メニーナスといったところだ。軽やかな夏服に身を包んだお袋は、どんなに梳《す》き上げても崩れる巻毛を溢《あふ》れさせ、小さな唇を殊更に尖《とが》らせ、庭の籐《とう》椅子《いす》に腰掛けている。

　お袋がいた頃ミハイロフカではよく午後の集まりが開かれた。お茶の会、と呼んではいたが、午後のまだ早いうちに始まるすかしたくった集まりには、子沢山の百姓数家族が群がっても食い残しそうなくらいの前菜に加えてシャンパンもたっぷりと供されたから、日が傾く頃には紳士淑女の仮面もずり落ちて、随分と乱れた感じになるのが常だった。

ぼくはお袋の膝の上で怯《おび》えていた。立派な口髭《くちひげ》のある元騎兵大尉グレゴーリ・マクシモビッチ・オトレーシコフ（老オトレーシコフは前の年に死んだばかりだった）がぼくは怖かったし、使用人を脅しつけて庭に乗り入れ、お袋の前まで乗り付けた悍馬《かんば》は尚更《なおさら》恐ろしかったのだ。ほろ酔い加減の大尉に乱暴に扱われて苛付《いらつ》いた馬は、お袋の前で棒立ちになった。或いは大尉が棒立ちにさせたのかもしれない。黒く光る鹿毛《かげ》は、手綱などすぐにも引きちぎりかねない首と肩の筋肉を浮かび上がらせ、お袋は嬉《うれ》しそうにくすくす笑った。兄は馬を睨《にら》み付けて身じろぎもしなかった。

野良仕事に乗って出るには見事過ぎる悍馬だった。身代限りの危機に瀕《ひん》した大尉は、酔っ払いの差配を馘首《くび》にすると、自分で農場を管理すると言い出し、まず、畑に出る馬を買わなければならないと宣言したのだ。それがまた大した馬だった。身代限りになり掛けている地主が乗り回すようなものではなかった。大尉は自分の道化ぶりを見せびらかしに来ていたし、実際この自滅的な洒落は受けた。馬が退場を命じられ、裏手に引いて行かれると、その間更に数杯のシャンパンを空けて一層御機嫌になったオトレーシコフ大尉は、お袋の前に芝居がかった動作で跪《ひざまず》き、履いていた靴を脱いで渡すよう頼み込んだ。それでシャンパンを飲むというのだ。

お袋は笑いこけた。ぼくは居心地が悪かった。滑り降りて逃げようかとも思ったが、お袋はぼくを抱え込んで放してくれなかった。嫌だわ、とお袋は上ずった声を上げた。まさか本気でおっしゃってるんじゃないでしょう。

ぼくは自分の顎《あご》を撃ち抜くことも辞さなかった男ですよ、とオトレーシコフ大尉は言った。何が理由かは知らないが、それで除隊になったのだ。老オトレーシコフ夫人は溜息《ためいき》を吐いた。そんなことわざわざ言わなくてもいいだろうに。

お袋は縫い取りで飾った靴を身を捩《よじ》るようにして脱ぐと、大尉殿に渡した。ぼくは膝からずり落ち掛けてお袋の腰にしがみついた。大尉はお袋のまるで人形のように小さい靴を赤らんだ武骨な手に掲げて見せ、従僕にたっぷりとシャンパンを注がせた。お袋はぼくが膝の上に這《は》い上がろうとするのを助けもせず、大尉殿の雄姿に見とれていた。サモワールを置いた卓のところに陣取り、こちらに背を向けた親父が喋《しゃべ》り続けるのを聞き流していたシチェルパートフは、ぼくを認めると、何か解れと言わんばかりに薄笑いを浮かべて見せた。

親父のしみったれた出自というやつを、ぼくは恥じたことがない。むしろそれは津々たる興味の対象だった。親父の出自がしみったれているとするなら、シチェルパートフの出自も、他の地主連中の出自も、それなりにしみったれていたに違いない。

たとえばシチェルパートフは時々、余りにも板に付いた大旦那《おおだんな》面をかなぐり捨て、猛烈な訛りを剝《む》き出しにした。訛りという以上の癖もあり、滅多に聞くことのない奇怪な語彙《ごい》も入り交じっていた。シチェルパートフはそれを専ら、農場労働者に紛れ込んだごろつきを脅しつけるのに使ったが、低い、よく通る君主然とした声の響きを聞くと、ごろつきはシチェルパートフの靴でも舐《な》めんばかりになり、親父は他人行儀に距離を置いた。母はシチェルパートフを毛嫌いした。殴られるのが怖くて親父の前では黙っていたが、陰では徒刑囚上がりと言ったり、脱獄囚と言ったりした。お袋に言わせれば、あの辺りの人間は一人残らず徒刑囚上がりのやくざ者か、いかがわしい行商人崩れか、でなければ親父のようにしみったれた出のどん百姓だった。

兄は別だ。

お袋が兄を何と思っていたのかは判らない。ぼくが知っているのは、玩具《おもちゃ》の兵隊のような服にまだ哀れなくらい痩《や》せていた兄の体を押し込み、櫛《くし》で髪を梳き付けさせて僅《わず》かな乱れも許さなかったことだけだ。兄のお仕着せたるや、ぼくに回って来たお古からすれば、何かが余計か、どこかがきついか、固いか、擦れるか、くすぐったいか、ちくちくするか、兎《と》も角《かく》言わんかたなく不愉快な代物だったが、兄は文句一つ言わなかった——少なくとも、お袋とミハイロフカにいた間は。同じ服を着せられてもぼくはずっといい加減に扱われていて、釦を外しておこうと汚そうと綻《ほころ》ばせようとまず叱られなかったし、お袋譲りの髪の毛も、一度、虱《しらみ》が湧いて丸刈りにされ、それ以降も頻々と刈り上げられる以外は放置された。たぶんその方がしっくり見えたのだろう。
兄の外見に親父のしみったれた出自を思わせるところは欠片《かけら》もなかった。幼年学校に上がる前から、背丈は大抵の大人に並んだ。上背があるだけではなく、肩が張ってごつかった。生まれながらの騎兵と言ったところだ。親父の金とこの押し出しがあれば、将校さんにしても誰も怪しむまい。親父とお袋の意見は珍しく一致した。お袋はキエフの伝手《つて》を総動員し、親父は金にものを言わせ、本人も幾らかは努力し、かくて、ぼくが五つになる頃、兄は幼年学校の制服に身を包んでミハイロフカを去り、お袋はキエフに帰った。

ぼくはぐずりもしなかった。鼻眼鏡の老嬢までいなくなったことには困惑したが、お袋の不在はぼくには好都合だった。もう愛玩《あいがん》犬のお勤めはない。身の回りの世話は女中がしつこいくらいに見てくれる。何より、親父はぼくをオトレーシコフ大尉の馬に比べると見劣りのする老いぼれ馬の鞍に乗せて、農場の見回りに連れて行ってくれた。

兄に比べて粗略に扱われた、という記憶はない。親父はぼくをしっかり育て上げることに、農場を繁栄させることと同じくらい心血を注いだ。親父の頭の中で、その二つは区別されていなかったらしい。村の分教場を半年で放逐された後は、教師を家まで呼んで読み書きを覚えさせ、畑を見せ、納屋を見せ、仕事の段取りを見せた。シチェルパートフのところにも始終連れて行った。親父とシチェルパートフが何やら小難しい話をする間、ぼくは坐《すわ》って耳を傾けるふりだけをした。書記よろしくおさらい帳を出して落書きしていたこともある。ぼくは大真面目だった。兄がついぞ受けたことのない栄誉を受けていると解釈していたのだ。

たとえばだ——ヴォズネセンスクで何をしていたか、それまでどうやって暮していたか、どうしてミハイロフカにやって来たのか、親父は兄に話したことがあっただろうか。兄は親父のしみったれた出自から可能な限り遠ざからなければならなかったが、ぼくは親父の記憶を忠実に受け継がなければならなかった。ぼくはミハイロフカを繁栄させ、兄は栄光で飾らなければならなかった。文句なしに、ぼくは自分の立場が気に入った。ぼくには兄はまるで女みたいに見えた。金釦の付いたお仕着せを大人しく着込み、お袋にべったり張り付いていた兄——重いもの一つ持たされることもなく、親父の鞍の前に乗せられて農場を睥睨《へいげい》することもなく、シチェルパートフの突発的な柄の悪い物言いに口を開けて聞き入ることもなく育った兄は、ぼくに言わせれば全くの女だった。親父の乗馬鞭《むち》を預けられて、作男《さくおとこ》をどやしつける背後に立っていたこともあるまい。栄光？　そんなものはお話にもならない。

雪が融《と》け、地面がぬかるむと、村住みの作男たちがその年の準備を始める。じきに芽吹く畑や牧草地に肥しをやり、雪にやられた納屋の屋根を点検し、点在する炊事場の煙突の煤《すす》を払い、家畜の柵《さく》を打ち直して小屋から出した羊や牛を追い込む。大きい農機具はシチェルパートフのところに住み込んでいる技師が手を入れる。それから、最初の農場労働者たちがやって来る。大抵は顔も身元も知れている馴染《なじ》みの連中だ。彼らは親父に帽子を取り、シチェルパートフには尚更丁寧に帽子を取り、冬の間に崩れた畝や埋まった溝を直しに掛る。秋に播《ま》いた麦が芽を出し、伸び始める。怒号や、怒号としか思えない話し声や、馬鹿笑いの声が、草の匂いに混じって一日中、漂うようになる。親父は駆けずり回る。シチェルパートフはその年初めて窓を開けた屋敷の書斎に坐って、西インド渡りの葉巻に火を付けながら、親父の話に耳を傾ける。

やがて、日は長くなる。ミハイロフカは目に入る限り一面の緑に覆われる。最初の草刈りまでの間、農場は一瞬だけ、とても静かになる。農場労働者たちの殆《ほとん》どは春蒔《はるま》きをする農場を目指して北に動いて行った後だ。残った連中も、まるで眠気に襲われたように小声になり、動作まで緩慢になったように見える。炊事場で食事を終えた後も、太陽がゆっくりと西に傾き、畑の柵に引っ掛って沈むに沈めないと言わんばかりに残る間、小屋の前に坐り込んで動かない。

十一になった時、お袋はぼくをキエフに呼んだ。教育を与えなければならない息子がもう一人いたことを思い出したらしい。いや、思い出したのは伯父《おじ》だったのかもしれない。長い汽車旅の後、駅に迎えに来た伯父に連れられて、ぼくは初めて市電に乗った。肌寒い、灰色の、無愛想な街路を滑るように進む箱の中で、伯父は微笑みながら何度も頷《うなず》いて見せた。まるでぼくが人間の言葉を一言も解さないかのようだった。ぼくは黙っていた。ミハイロフカが恋しかったとは言わないが、兄のお下がりの、分厚くて重くて湿っぽい外套《がいとう》が体に合わないように、キエフはぼくには合わなかった。市電を降り、街路を歩き、伯父が家だと言った小屋の前に来た時には心底気が滅入《めい》った。

素町人の小屋だ、とぼくは考えた。申し訳程度の庭を具《そな》えた、日当りの悪い、貧乏臭い素町人の小屋だ。狭苦しいぎしぎしいう階段を上がった部屋を宛てがわれ、着替えて夕食の席に着いたぼくを見て、奇妙なくらい地味に装ったお袋は途惑っていた。その日着くことを忘れていたらしい。萎《しな》びた野菜と妙な味のする肉を煮込んだスープで夕食を済ませると、お袋は、芝居に行くからといって出掛けてしまった。

秋は驚くほど早くやって来て、冬はうんざりするほど長かった。家はのぼせるくらいに暖房が効いていて、お蔭《かげ》でぼくは生まれて初めて風邪を引いた。治った後も無闇と厚着をさせられた。今度は汗もかかなかった。

伯父はぼくのことを、殆ど放ったらかしで育てられてまともに言葉も話せない田舎者だと言った——ぼくの前で、相変らずぼくには何も理解できないかのように。それから、まるで外国語に切り替えるようにして、一語一語区切るようにはっきりと、学校に入るにはもっと勉強しなければならないよ、と言い聞かせた。傍らにいた若い学生はぼくではなく伯父に向って頷いた。ぼくを実科学校に押し込む報酬は、ぼくではなく伯父から出ることになっていたからだ。

本を詰め込んだ狭苦しい伯父の書斎で、ぼくはイワン・ニコラエヴィチと二人きりになった。確かそういったと思う。蔵書がぼくに知性の感化を及ぼすものと思っていたのだろう、伯父は一日に三時間の勉強を、自分の書斎でするように命じたのだ。イワン・ニコラエヴィチは紙を寄越《よこ》してぼくの試験をしようとしたが、彼が伯父の言うように物知りなら、ぼくにはどうしても訊《き》くことがあった。

三千六百フランって何ルーブリ。

学生は聞き返した——三千六百何だって。

三千六百フラン、と言って、ぼくは紙に trois mille six cents francs と書いて見せた。一コペイカが六コペイカになるのは大したことじゃない。だけど六百フランの株が三千六百フランに上がるのは度外れたことなんだろ。

どこでそんな話読んだ。

お袋が家に置いていった小説だよ。六百フランの株が三千六百まで値上がりして、一晩で暴落する。お袋は読んでない。頁も切ってなかった。

何でそんなもの読めるんだ。

あんたが学校を終えるだろ——そうしたらフランス語くらい読める。それで職がなければ田舎の教師だ。

学校へ行ったのか。

教師がうちに来てた。

夕方、伯父が家に戻って来ると、科学と歴史に関してはまるっきり無知だが、他は年齢相応より少し上だと報告した。らあろもおれひゃくしょうだすけ、とぼくが言うと、イワンはぼくを蹴《け》り飛ばし、こいつはちゃんとしたロシア語が話せます、それどころかフランス語だってできます、と言った。

その日から、お袋はしつこくぼくにフランス語で話し掛けるようになった。会話には殆どならなかった。小説一冊読み通せないお袋のお粗末なフランス語には、mais oui, maman とか、bien sûr, maman とか答えれば充分だったからだ。大体、ぼくとお袋の間に話すことなんかあっただろうか。

イワンとぼくは時々、休憩と称して一緒に出掛けた。寒い中を、ポケットに両手を突っ込んで、書店まで歩いて行くのだ。イワンが手を伸ばす本に、ぼくはかぶりを振ったり、顔を顰《しか》めたりする。ぼくが頷いた本だけを、イワンは買う。代金はぼくの小遣いから出た。ぼくはそれを読んでイワンに回し、イワンはお返しに哲学書と称するパンフレットを貸してくれたが、小汚いざら紙に刷られたアジテーションはあまりぼくの気には入らなかった。

夕暮のキエフはそれなりに美しかった。イワンと並んで歩きながら、たぶんペテルブルクも、パリも、ロンドンも同じように美しいのだろうとぼくは思った。世界中の大学教授は、伯父と同じような家に住んで、伯父と同じように暮しているのだろう。妹と暮していた哲学の教授が他にもいなかっただろうか。格別貧乏臭い暮しという訳でも、狭苦しい家という訳でもないことを、概《おおむ》ね、ぼくは理解していた。何しろあの庭はお袋の自慢の種で、夏には「園遊会」（お袋はそう言った）さえ開く。馬を繋《つな》いだまま玄関に停めさせておく馬車はもうなく、呼びにやらせた辻《つじ》馬車に替ってはいたものの、お袋の生活は派手だった。地味臭く見えたのは、お袋の贅沢《ぜいたく》が「都会的」に「洗練」され、つまり伯父の家界隈《かいわい》に縮小されたからだ。お袋さん、美人だな、とイワンは言った。ぼくに言うのでなければもっと直截《ちょくせつ》な言い回しを使ったに違いない。

世界中の素町人の教授は素町人の町の素町人の小屋に住んでいる。そのうちの何人かは妹と暮していて、更に何人かの妹は同じように美人だと言われているのだろう。田舎地主と形ばかりの結婚をして、形ばかりの子供を作った美人の妹だっているだろう。たぶん、この世界のどこかには、ぼくと同じようなことを考えながら、本の包みをポケットに突っ込み、家庭教師に連れられて夕暮の街を歩いて帰る、同じ年頃の田舎地主の息子が他にもいるだろう。ぼくは考えた——あと十年もしたら、ぼくはたぶん旅に出る。教養と知見を広める為の旅、というやつだ。ロンドンにだって行く。地図はよく知っていた。イギリスの小説を読みながら眺めたからだ。だから、古本を買って、帰りにテムズ川沿いに上がってホテルに戻るところを想像することだってできる。或《あ》るいはそれはペテルブルクかもしれない。そいつは旅に出る。教養と知見を広める為の旅、というやつだ。そいつも詰まらない小説に騙《だま》されていて、読めもしないロシア語の本を買って、ネヴァ川沿いに歩いて行く。ぼくたちはすれ違う。お互いの顔を見て、少しも似ているところはないのに、落ち着き払った足取りで歩み去るのに少しだけ苦労する。宿に帰り着き、部屋の扉を閉めると、ぼくと彼は軽く身震いする。人間の尊厳なぞ糞食《くそく》らえだ。ぼくたちはみんな、別々の工場で同形の金型から鋳抜《いぬ》かれた部品のように作られる。大きさも、重さも、強度も、役割もみんな一緒だ。だからすり減れば幾らでも取り換えが利く。彼の代りにぼくがいても、ぼくの代りに彼がいても、誰も怪しまないし、誰も困らない。

イワンには言わなかった。困らせたくなかったのだ。彼が見ていたのはもっと美しい夢だったし、そこでは誰もに——勿論《もちろん》イワンにも、しかるべき持ち場があり、他の誰でもない誰かこそが——勿論イワンもだが、そこにいなければならないと信じていたからだ。彼が最後までそう信じていたかどうか、ぼくは知らない。そう信じていてくれたらよかったとは思う。彼は早死にしたのだ。ぼくより随分と早死にしたのだ。

イワンとぼくとの友情は、彼がぼくを無事実科学校に押し込みおおせ、お袋がお祝いと称して「園遊会」とやらを開いた時に終った。狭い裏庭は近隣の素町人でごった返した。その間に、イワンがお袋にちょっかいを出したのか、その逆か、上手《うま》く行ったのか行かなかったのか、兎《と》も角《かく》イワンが家に出入りするのは少し以上に拙《まず》いことになってしまったのだ。ぼくがこの友情の終りを惜しんだとしたら、それは、実科学校に入りたての生徒が読むには好ましくないとされる本の入手が少しく困難になったからに過ぎなかった。

読むには好ましくない？

ああもあからさまに行われている事柄について知ることを禁じたふりだけするのは、ぼくにしてみれば馬鹿げた話だった。

兄は時々、伯父のところにやってきた。今や士官学校の制服に身を包み、お袋や伯父と軍人らしく言葉少なに会話を交わし、規律正しく就寝起床して寮に帰って行く兄は、図体《ずうたい》こそでかいものの（伯父の小屋のあちこちには、兄が頭を屈《かが》めなければ通れないような戸口があった）、物静かで礼儀正しいことこの上なかった。ぼくも兄には物静かに礼儀正しく接していた。兄が、キエフはミハイロフカではないと考えたいなら、それもいいだろう。

夏休みが来ると、兄はミハイロフカに戻って来た。シチェルパートフの地所と合わせて十ヴェルスタ[※2]かそこら四方は刈り入れの雇い人で溢《あふ》れ返っていた。夏の四箇月の間、麦を刈り入れ、脱穀し、袋に詰め、翌年に備えて畑を耕し直し、種蒔《たねまき》まで終える為に、親父とシチェルパートフは毎年二千人を超える渡りの雇い人を雇い入れたのだ。もう二十年も夏になると現れる者もいて、彼らは割増を受け取った上で、細かい仕事の手配をした。炊事場で食事にありつくと、刈り入れ人たちは畑で眠り、寒ければ藁《わら》山《やま》に潜り込んだ。

女どもは日に焼かれ汗と土埃《つちぼこり》に塗《まみ》れて黒人奴隷みたいに見えた。と言うよりぼくは、本で読んだ黒人奴隷というのはこんなものだろうと想像していた。それでも炊事場で顔を洗い、日曜には川で体と一緒に着るものを洗い、脂染みた髪をぺっとりと撫《な》で付けて精一杯お洒落《しゃれ》をした。兄はそんな女どもが、男に立ち交じって藁束を担ぎ上げたり、荷車まで運んだり、罵声《ばせい》を上げたりする間を、わざわざ制服で、エリザヴェトグラドまで連れて来させた馬に跨《また》がって、帰って来るのだった。女どもの目は兄に釘付《くぎづ》けになった。幼年学校の制服が士官学校の制服になり、少尉の制服に変るにつれて、女どもはますます兄に称賛の視線を向けた。余りにも綺麗《きれい》な包み紙に包まれた、余りにもおいしそうなお菓子という訳だ。

ぼくは兄がミハイロフカで午前中に目を覚ましたのを見たことがない。午後を涼しい日陰でのらくらと過した後で、兄のお勤めは、日が傾いてその日の作業は終了という頃に始まった。シャツにズボンだけで、そのシャツも汗でべっとり背中に貼り付いて、暑さに前をはだけた格好で、兄は炊事場を見るともなしに見て回る。女は選び放題だが、あまり選ばなかった。薄汚さではどれもいい勝負だし、多少綺麗な顔も二月《ふたつき》野宿をすれば同じだ。兄が見るのは歩きっぷりだった。締りがよければそれでいいのだ。顔なぞ裏返せば一緒だが、兄がそれだけの手間を掛けたかどうかは大いに怪しい。

ひと夏で兄が何人の女と寝たのか、一晩に何人くらいを相手にしたのか訊《き》いたことはない。たぶん、本人も数えてはいなかっただろう。できる時にできる相手とすること以外、何も考えていなかったのだ。親父の事務所で事務員たちが、夜盲症患者を数えておいた方がいいのではないかとか、事前に油脂類を増配すれば役所の検査は誤魔化せるとかいう話をしていると、窓の外を馬に乗った兄が通り過ぎて行く。夏の終りが近付くと、兄のズボンはゆるくなり、脇には肋骨《ろっこつ》が浮かんだ。兄はぼくにとって人間というよりは、繁殖用の柵《さく》に追い込まれ、本能の赴くまま痩《や》せ衰えて心臓が止るまで種付けをさせられる、さかりの付いた牡山羊《おすやぎ》とか、牡羊《おひつじ》とか、何かそういう生きものに見えた。

小説が勿体《もったい》を付けて語るものとは似ても似付かない、道徳や礼儀作法など取りつく島もない、情熱だの苦悩だのが忍び込む隙もない、ただやるだけの行為に過ぎなかった。だからむしろ、キエフ的基準において好ましくないとされる本を読むのは、ぼくには大いに好ましかったのだ。ただやるだけの行為を、お袋や伯父《おじ》が——イワンでさえ幾らかは、花飾りやリボンで飾り立て、嬌声《きょうせい》や甲高い笑い声や身を捩《よじ》る動作で誤魔化している、その馬鹿らしさを知る為に。実の兄がひと夏、種馬のように過すのを見てきたばかりの実科学校の新入生が、文明とやらを学ぶには最適の教科書だ。

学校は退屈だった。一日中、朝まだ薄暗いうちから日が暮れて暗くなるまで、木のベンチに腰を下ろし、身じろぎもせず背中も丸めずにいなければならないのは苦痛だった。これで膝《ひざ》に石を抱かせたらそれこそ中国の拷問だ。最初は優等を取るべく努力もしてみたが、そのうちに馬鹿ばかしくなってやめた。落第しなければいいのだ。イワンが連れて行ってくれた書店にも図々しく出入りするようになった。店主が気付かないふりをしてくれたからだ。伯父の書斎にも忍び込んだ。文字が書いてあるものなら何でもよかった。

戦争が始まると、学校は退屈になりまさった。教師は公然と生徒を兵士扱いし始めた。上級の生徒は次々に姿を消した。年齢を誤魔化して志願するのが流行《はや》ったからだ。家は一層薄気味の悪いことになった。お袋が駅に旗を振りに行ったり、前線の兵隊さんに何やら届ける活動に首を突っ込んだりで家に居着かないのは構わない。だが伯父が何やら黙示録《もくしろく》的な妄想に取り憑《つ》かれたのにはうんざりだった。伯父が後生大事にしてきた西欧的教養だの、社会の漸進的進歩に対する信頼だの、人道主義だの、エスペラント語だのは書棚の奥のどこかにしまい込まれた。代りに出て来たのは陰鬱《いんうつ》極まりない、永遠の戦いの中で鍛えられ高められる民族の魂、とやらへの信念だった。真のキリストを見失ったドイツ人どもに、高貴なるスラヴの魂の永遠の勝利を顕示しなければならない。この戦争が終る時、ドイツ人は全て正教に改宗するだろうと伯父は言った。それからいずれはフランス人も、イタリア人も、ローマ法王その人もだ。伯父は厳かに歴史の必然を宣言した。もしアレクサンドル一世が邪悪なるメッテルニヒに騙されなかったら――我々ロシア人が充分に強く、鍛え上げられていたなら百年も前に果たされていた筈《はず》の、歴史の必然だ。

我々？

イワンの貸してくれたパンフレットも誰彼の別なく我々呼ばわりしていたから格別珍しくはなかったが、それでもこの「我々」は居心地が悪かった。伯父の説教は三文小説の臭いがした。始終誰かが跪《ひざまず》いたり、平手打ちを食わせたり、失神したり、叫んだり、ヒステリーの発作を起したり、札束を人の顔に投げ付けたり、殺したり、自殺したりする合間に、よくそんな説教が挟まっていなかっただろうか。「五千ルーブリですよ、五千ルーブリ、とアナトーリは囁《ささや》いた。五千ルーブリさえあれば、ぼくはもう魂だって売っちゃうんだな。誰にって、勿論《もちろん》あなたにですよ。アナトーリは泥の中に跪かんばかりだった。三千、三千で充分です、何故って、ぼくはもうあなたを崇拝してますからね」。ところで三文小説の作家にしてからが、そんな説教は真に受けておらず、ただ、誰かがちょっとばかりおかしいことを示す為にやっているのだとしか、ぼくは思わなかったのである。

伯父は毎晩小一時間、黙示録を一行一行引きながら、厳かに腕を上げ、普段は出したこともないような嗄《しゃが》れ声で語るのだった。人形劇の魔法使いみたいだった。イワンに感想を訊いてみたいものだと思ったが、彼はとっくの昔に志願して、とっくの昔にどこかで死んでいた。

クリスマスの休みに帰っても、ミハイロフカはいつものままだった。下男が馭《ぎょ》する橇《そり》に毛皮に包まれるようにして坐《すわ》り、滑って行くと、煙の止った醸造場の煙突が、灰色の空から落ちて来る雪の中でも遠くから見えた。ぼくは大抵、事務所に入って暖を取った。親父がいることも、いないこともあったが、女どものいる台所と事務所以外、火は入れなかったからだ。親父は火の気のない寝室で寝た。ぼくが使う寝室のストーヴには、到着の朝、火が入るのだった。兄は前線にいた。

親父になら、話すことは幾らでもあった。それでも少し言葉数を惜しむようにはした。学校に行く前には殆《ほとん》どなかった訛《なま》りも入れた。キエフに行って余所者《よそもの》になったと思われたくなかったのだ。あれは、と親父が訊く。元気。忙しい。愛国婦人だから。馬鹿が、と親父が吐き捨てるように言う。

アンドリ・ペトロヴィチは。

螺子《ねじ》が外れてる。完全にいかれてるよ。

「先生」はみんなそうだ、と親父は言う。「先生」ってのはそういう奴らだ。

ぼくは農場の具合を訊く。親父はかぶりを振る。手が足らん、と言う。親父は戦争を憎んでいる――人手が足りなくなるからだ。刈り入れの遅れた畑では麦の質が下がった。奇妙なことだが、開戦の直前まで、親父は、外国との商取引が盛んになれば戦争はできなくなるという、あの楽天的な説を信じていた。商いや稼ぎが軽視される可能性など考えたこともなかった。実際に戦争が始まると、親父は首を傾げた――それでプロシアの連中は造った品物をどこに出すつもりなんだ？

多少質は下がっても値は上がる、とシチェルパートフは、自分一人の為に家中気持ち良く暖めた屋敷で、親父とぼくにシャンパンを飲ませながら言った。クリスマスの朝には必ず、本物のシャンパンを抜き、贅沢《ぜいたく》な摘《つま》みを供して親父をもてなすのだ。御相伴に与《あずか》ったのは初めてだった。

人手のことなら策はある。心配はいらんさ。

それからぼくに、キエフの生活のことを訊いた。シチェルパートフには言葉数を惜しまなかった。お前さんは頭がいい、と彼は言った。おっそろしく頭がいいな。帰りの橇の上で、親父は不機嫌だった。ひょうげもんが、と言った。それ以上は何も言わなかった。

学校では相変らず浮いていた。特に良くも悪くもない生徒でいるのはさして難しいことではない。何か勘違いしてぼくを外見上の無気力から引っ張り出そうとする教師がいたとしても、どん百姓的鈍さを証明してやれば充分だった。彼らが了解している賢い農民の賢さというのは本質的に鈍重なものだったから、徹底して鈍重なところを見せてやればそれなりに納得してくれる。作男《さくおとこ》たちが、それこそ鈍い地主連中から賢さや愚かさを隠す為によく使う手だ。百姓にしてはよくやっているという訳で、ぼくはしばしば、こっそりとだが、褒めて貰《もら》った。伯父は顔を顰《しか》めた。アンドレイ・ペトロヴィチ・ゴルシェンコフ（ゴルシェンコ、という田舎臭い名字を、伯父は嫌っていた）教授の甥《おい》が学校ではどん百姓で通しているのがまず気に入らなかったし、ベッドの下に押し込んだけしからぬ本を女中が折々摘発しては御注進に及んでいたから、何故こんな単純な綴字《つづりじ》の過ちで点を失うのか理解できなかったし、大体伯父は、全くの間違いに時折混じる j'allois とか des batimens とかいう綴りの正体を知っていたから、馬鹿のふりは通用しなかった。ただ、理解不能だった。折角教育の機会を与えてやったのに何故それを生かさないのか、という訳だ。

勿論、ぼくが本当に一文無しのどん百姓やユダヤ人の行商人の小倅《こせがれ》だったら、一も二もなく有難い機会に飛び付いただろう。素町人の生活と体面を維持するのに汲々《きゆうきゆう》とする医者だの弁護士だのの家に生まれついても、素町人らしく糞《くそ》真面目に自分の未来を救おうとしていたことだろう。伯父の大好きな国民とやらにだって喜んでなろうとしただろう。だが、幸いなことに――学校に入って心底思ったが、本当に、全く、幸いなことに、ぼくは無一文でもなければ、法に阻まれて地面の買えないユダヤ人でも、医者か弁護士か教授にでもならなければ人間ではなくなってしまうと思い込んだ素町人でもなかった。となれば、教育なぞ時間の無駄でしかない。ミハイロフカの若旦那《わかだんな》には、物理も哲学も霊妙なるスラヴの大義も、まるでお呼びではないのだ。

こんな単純な理屈が、伯父には理解できなかった。ギムナジウムに入り直すか、とも訊《き》かれた。冗談ではない。確かに本は手当たり次第貪《むさぼ》り読んではいたが、ギリシャ語だのラテン語だのまで詰め込んで大学に上がる気なぞまるでない。漠然たる不信感を抱いてミハイロフカで待っている親父を納得させる為に、実科学校の卒業免状が必要なだけだ。落第したりだぶったりする危険は冒さなかった。ただ、伯父の宗教熱と愛国熱の奇妙なごたまぜは厄介だった。影響はぼくの教育問題にまで及んだ。真剣に勉学に打ち込んで優等を取らないのは単に国民としての義務を蔑《ないがし》ろにしているだけではなく、国民としての義務を蔑ろにすることで魂をも堕落の危機に曝《さら》していることになるのだった。伯父《おじ》にとっては教育と国民としての義務が一体なだけではなく、国民と霊魂の問題も一体だ。つまり教育の問題は魂の問題であり、糞真面目にがり勉をするのは糞真面目にお灯明《とうみょう》を上げるも同じであり、そのどちらも、しかるべき日が来るまでは（伯父はその日を勝手に、実科学校の卒業の日と決めていた）前線で勇敢に命を捨てることと同じ、ということになる。どうせ戦争で死ぬのなら勉強なぞしてもしなくても一緒ではないかと思ったが、伯父の狂信の前では屁理屈《へりくつ》に過ぎなかった。つまり、伯父のスラヴの大義は、落第生よりは優等生を、病弱な奴よりは身体強健な人間を、次男よりは長男を、子沢山の家の末っ子よりは一人息子を、つまりはより貴重な、より愛される、より有用な人間を犠牲として求めていた。伯父にとっての国家はいつの間にか、所有を保障したり、通貨を流通させたり、詐欺師や強盗を捕まえてぶち込んだり、時々は外国から土地を分捕ったりする統治の機関ではなく、信者たちが喜んで我が子を車輪の下に投げ込むインドの女神の山車《だし》のようなものに化けていたのだ。

大抵のことは我慢したが、人身御供《ひとみごくう》の教義を説かれてお前も早く死ねと言われるのに加えて、何時間も掛る仰々しいミサで貴重な休日を潰《つぶ》すのは御免だったから、ぼくは逃げ出した。時々、失敗した。お袋が、狡猾《こうかつ》にも明け方から見張って、家を抜け出そうとするぼくを捕まえたからだ。

綺麗《きれい》さっぱり、こんなおぞましい勤行から解放されるのは、意外にも簡単なことだった。

その冬、古くからいる女中が腰を痛めた。お袋のことを今でも「お嬢様」と呼び、親父との結婚を「おいたわしい」だの「金尽《かねず》く」だのと言い、ぼくのことを予言的にけだものの倅呼ばわりしていた老女で、家の一切合切は彼女が取り仕切っていたから、これはちょっとした問題だった。結局、老女の姪《めい》で十六になる娘が、伯母の監督下、手足となって働くことになった。暫《しばら》くの間家は埃《ほこり》だらけになり、料理は更に不味《まず》くなり、シャツは外に洗いに出さなければならない有様だった。

彼女は可愛かったか。残念ながら、まともに顔を見ようと思ったことはない。痩《や》せていたとも、肥《ふと》っていたとも覚えていない。だから正直なところ、何が起ったのかを説明するのは難しい。兎《と》も角《かく》、老女の命令でぼくの部屋を掃除しがてら、寝台の下の本を摘発に掛っているところに、ぼくは出くわしたのだ。

見えたのはスカートの尻《しり》だけだった。自棄《やけ》のように腰を締めていたから、それは無闇と大きくて、奥に押し込まれた本を取ろうと頑張っているせいで、誘うように左右に動いていた。それを見ただけで、準備は万端だった。ぼくは音を立てないようにズボン吊《つ》りを外し、ズボンの前釦《ボタン》を外し、近寄って腰を抱き、寝台の下から引き摺《ず》り出した。スカートは簡単に捲《まく》れ上がった。床に押さえ付けながらズロースを下ろしに掛ると、娘は思いも掛けない反撃に出た。悲鳴を上げたのだ。

何もそんな大仰な、と思うような悲鳴だった。殺されると言わんばかりだった。兎も角黙らせなければと思い、口を塞《ふさ》ごうとしたが、娘は体をくねらせて悲鳴を上げ続けた。ぼくは拳《こぶし》を握って娘の後頭部を二、三度殴り付けた。それで大人しくなった。股《また》の間から腹の方に手をやってごわごわしたズロースを引き下ろし、解剖学的な知識に基づく目的地を確認し、事に及ぼうとした途端、ぼくは襟首を摑《つか》んで引き摺り起された。

夢中になっていてすっかり失念していたが、家には伯父もいたし、母親もいたのだ。ぼくを引き摺り起したのは——まだ片手で娘の腰を抱き込んだままのぼくを引き摺り起し、平手打ちをくれたのは、伯父ではなく母だった。慌てて飛び退くと、手当たり次第にものを投げ付けてきた。磁器の置物が、竦《すく》めた首の脇で木端微塵《こっぱみじん》になった。

伯父は何もせずに戸口に立っていた。置物がぼくの頭を掠《かす》め、飛散する破片に目を瞑《つむ》るのを見て漸《よう》く止めてくれたが、呆《あき》れるというよりは茫然自失《ぼうぜんじしつ》していた。目をやると、相変らず尻を持ち上げたままの娘が啜《すす》り泣いていた。目の脇が青痣《あおあざ》になっていた。頭を殴った時に床で打ったのだろう。

どうにも言い訳は立たなかった。いきなり立つお袋の前でぼくはズボンを上げた。お袋は怒り狂っていたが、伯父は泣き出さんばかりだった。兎も角、動揺していた。

どうやらそれで納得したらしい――幾ら知能が高くても、ぼくは本質的にけだものだということに。哀れな作男を血も涙もなく鞭打《むちう》って働かせ、女は気が向くと端から押し倒すけだものの息子だということに。お袋も、大事な兄は例外としての話だが、同意した。ぼくも、残念ながら概《おおむ》ねにおいては、同意せざるを得ない。ぼくはけだものだし、それ以上のものになろうと思ったことは一度もない。

けだものぶりの発揮に手違いがあったと気付いたのは幾らもしないうちだ。一人でいる時に側に寄って、びくびくするのを言葉で宥《なだ》め、幾らか握らせると簡単にやらせてくれた。あちこちで勤めてるけど、と娘は言った。あんたみたいな馬鹿は初めてよ。何あれ。びっくりするじゃない。それから更に金をせびり、伯父が無闇と台所に出入りしたり、咳払《せきばら》いをしたり、どさくさに紛れて触ろうとしたりすると教えてくれた。意外ではなかった。ぼくたちはくすくす笑い、それで仲直りした。時々はただでやらせてくれた。

別に所払いは食らわなかった。キエフから解放されるまでには、まだ長い道程がある。俄《にわか》に「色気付いた」（というのは例の老女の言だ――曰《いわ》く、色気付いたけだもの）のはぼくだけではなかったらしい。

ポトツキという生徒がいた――メティスラフ・ポトツキとかいったと思う。ぼくも相当に浮いていたが、ポトツキは、また別の意味で、毛色が変っていた。長身で、金髪で、蒼白《そうはく》で、信じられないくらい美貌《びぼう》なのに誰もそうは言わなかった。何となく気味が悪かったのだ。立居振舞いもまた変っていた。誰にでも礼儀正しく、殆《ほとん》ど卑屈なくらいなのにどことなく尊大で、それも不気味だった。生徒たちはメティスラフとも、ポトツキとも呼ばなかった。面と向って名前を呼ぶ気にはなれなかったし、大体、馴《な》れなれしく呼び付ける隙がない。

そのポトツキが、いきなりぼくに声を掛けてきた。君、本ばかり読んでるよね、と。ぼくは返事をしなかった。するといきなり耳元に囁《ささや》きかけた――ブリュソフをどう思う？　ぼくは思わず顔を顰《しか》めた。ポトツキは、それが回答だと思ったのか、満足そうに頷《うなず》き（それまで、ポトツキが満足そうな顔をするところなど誰も見たことがなかった）、授業が終ったら家においでよ、と誘った。授業が終ると、橇《そり》が迎えに来た。ぼくがポトツキと一緒に毛皮の膝掛《ひざか》けに包まれるところを見て、他の生徒たちは驚いていた。

ポトツキの家は大したものだった。大きな建物の二階全部を住居に使っていて、お仕着せを着た従僕が恭しく扉を開けてぼくたちを迎え入れた。漸く灯が入ったばかりの時間だった。重苦しい緞帳《どんちょう》をそこら中に掛けた部屋は、色といい形といい、全てが腐敗し、とろけて汁を垂らし、歪《ゆが》んだ骨が剝《む》き出しになりそうに見えた。デカダン小説の中に入り込んだようだった。凝りに凝った家具や置物が毒茸《どくきのこ》のように生えていた。今にも、青白い顔を長い首の上に擡《もた》げた阿片《あへん》中毒の変態女が、芝居がかった台詞《せりふ》を吐きながら現れそうだ。級友たちなら容赦なく化物屋敷と言っただろう。ぼくは彼らより幾らか解っているからそうは言わなかった。ただ、こいつは途轍《とてつ》もない金持ちだと、遅ればせながらに、悟ったのだった。

ポトツキは無関心な様子で、非道《ひど》いものだろう、と言った。母の趣味さ。

ポトツキの勉強部屋で、ぼくたちはお茶をした。他の部屋に比べれば随分とましだったが、それでも贅沢《ぜいたく》な部屋だった。ポトツキは菓子を貪《むさぼ》り食った。よほど空腹だったのだろう。むしゃぶり付いて口を一杯にしたまま、見たこともない焼き菓子に顎《あご》をしゃくってぼくにも試すように勧める姿は、他のどんな生徒とも変りがなかった。薄気味の悪い白っぽい金髪も、白猫みたいな金色の目も、化物屋敷のような棲《す》み家も、家のどこからか聞えてくる、調律が狂っているのかもともとそうなのかはっきりしないピアノの音も、それですっかり帳消しになってしまった。

ワーグナーだよ、とポトツキは教えてくれた。現物を耳にするのは初めてだったので、ぼくは少し注意して聞いてみたが、相変らず、音楽には聞えなかった。

ぼくがポトツキの家に寄って来たと言うと、お袋は怪訝《けげん》な顔をした。ぼくだって怪訝だった。一体全体ポトツキは、ぼくの何が気に入ったというのだろう。

話すことは山のようにあった。お菓子の山もさることながら、本の話をするのが堪《たま》らなく嬉《うれ》しかった。ポトッキの家にはフランス語の本だけではなく英語の本もあって（ポトッキの両親は彼をイギリスの大学にやるつもりでいた）、ぼくにも読めと言って貸してくれた。ワーグナーの蠟管《ろうかん》録音と台本も貸してくれたが、これは渋々だった。ポトッキは母親の趣味を毛嫌いしていたのだ。伯父《おじ》の黙示録の話をげらげら笑いながら聞いてくれたのは彼だけだった。彼の方はペテルブルクの宮廷の怪しげな醜聞を囁いたりした。そういうことには無闇と詳しかったのだ。ポトッキの母親が妙なコンサートに行くお供もさせられたし（お袋は大喜びした）、それですっかり気に入られて（少なくとも台本の方は読んでいた——それもまた妙ちきりんな代物だったが）、家に何とかいうピアニストを招いて演奏会をやった時にも招待された。ぼくが我慢したのは、ポトッキの母親が見たかったからだ。化物屋敷に住んではいたし、それこそ阿片中毒の変態女のような格好をしていたが、立居振舞いはバルザックに出て来る社交界の御婦人にそっくりだった。バルザックの小説に出て来る俗物どもの誰より、ぼくは俗物だった訳だ。

　夏が始まる頃には、地所の方に招かれた。幌《ほろ》を開けた白い自動車が迎えに来て、キエフからぼくたちを運び去った。

　地面が干《ひ》涸《から》びて罅割《ひびわ》れるくらいお天気の日だったが、キエフを出て街道を走り、脇道に入るなり、空気が冷えた。灌水機《かんすい》が動いていた。甜菜《てんさい》の茂った葉の間では、屈《かが》み込んだ雇い人が列を成して動いていた。数人が、まるで無表情な顔を上げてぼくたちの車を――ぼくを一瞥《いちべつ》した。ほんの一瞥だけだった。目をくれる値打ちもないと踏んだのだろう、雇い人たちはすぐに目を伏せ、どこまでも続く甜菜の葉の列に沿って屈み込み、時折腰を伸ばしながら、そのままのろのろと歩いた。

それが屋敷まで続いた。キエフを出て街道を走るよりも長い間だったような気がする。列柱を連ね、破風を載せた馬鹿でかい屋敷に着いた時、ぼくは不機嫌だった。ポトツキがぼくを書斎に連れて行き、天井まである書棚の前の脚立に上がって、目ぼしい本を物色しながら喋《しゃべ》り散らしている間も不機嫌だった。親父はあの中にいたのだ、と考えた。母親と二人一日二十五コペイカで、あんな具合に雇われていたのだ。何とはなしに恥ずかしかった。ポトツキに対して恥ずかしかったのか、雇い人に対して恥ずかしかったのかははっきりしない――たぶん、両方だ。ただ、考えていたことがある。ポトツキの家の差配は、ぼくに一日幾ら払うだろう。お袋には。二人で二十五コペイカ？　門前払いだ。お袋は淫売《いんばい》にしかなれないし、ぼくはごろつきにしかなれない。

ポトツキは革命の話をしていた。ぼくはろくに聞いていなかった。ポトツキが――つまりこれが所謂《いわゆる》貴族という奴だとぼくが思っていたポトツキが、革命家になりたがっていることは知っていたが、真に受けたことはなかったのだ。革命家というのは、哀れなイワンとか、父親とは似も付かないくらい貧相なシチェルパートフの息子とかいう手合いだ。ポトツキが革命の話をする度、ぼくはつくづく、似合わない話をすると思っていた。ポトツキが革命家。ぼくがなった方がまだそれらしい。

するとポトツキが、脚立の上から言うのが聞えた——だからぼくたちは労働者を探しに行かなきゃならない。

ぼくは聞き返した。

言っただろう、ぼくたちは戦争に反対して革命を起すんだって。

戦争なんかまっぴらだ、絶対に志願なんかしないと言ったのは事実だった。革命でも起らなければ戦争は終らないよ、と言ったこともあった。足し合わせればそう言えないこともない。だがぼくはまるで話から振り落とされていた。

労働者を探す？

労働者がいなけりゃ革命はできない。

外の連中は。

するとポトツキは、例のごく上品だが曰く言い難いくらい尊大なやり方で軽く頷き、言った——あれは日雇いだ。労働者じゃない。

日雇いが労働者ではないとしたら、誰を労働者だと言う気だろう。

結局、ぼくは一晩でポトツキの農場を去った。朝、目を覚ました時、雇い人たちが相変らず甜菜の葉っぱの間を屈み込んで行ったり来たりしているのを見たら堪らなくなったのだ。ミハイロフカに帰りたかった。あそこでなら、こんな居心地の悪さは味わわずに済む。ぼくは親父の鞭《むち》を手にして、親父かシチェルパートフの後ろに立ち、兄が女漁《あさ》りをするのを口を開けて眺めていればいいのだ。ポトツキの蔵書は魅力的だったから、ぼくは丁寧な言い訳を考えてキエフまで送り返して貰《もら》った。厳密に言うなら駅までだ。日差しが暑いと言って車の幌は上げて貰った。キエフの駅で、ポトツキは発車の寸前まで車室にいた。ミハイロフカに招いて欲しそうだった。実際、どんなところ、と訊《き》くところまでは漕《こ》ぎ着けたのだ。田舎だよ、とぼくは答えた。君には想像も付かないくらい田舎だ。ポトツキは悲しそうだった。車室を出る時には、縋《すが》り付くような声で、夏休みが終れば会えるよね、と言った。

夏休み明けの再会は、ポトツキにしてみればだが、感動的だったのだろう。ぼくがいつものようにだらしない格好でぎりぎりに教室に現れるなり、目を輝かせて出迎えた。と言っても、両手を妙な具合に揉《も》み合わせながら、今日は母がいるんだ、君に会いたがってる、放課後来てくれるよね、と言いに来ただけだったが。ポトツキはポトツキなりに堪《こら》えていたのだ。だが、それにも限界があった。忘れて欲しくはないが、ぼくが色気付いていたのと同様、ポトツキも色気付いていた。ぼくが女中を情婦にするしかないのと同じくらい切羽詰っていたと言ってもいい。休み時間に手洗いに立つと、ポトツキも付いて来た。並んで用を足して、ぼくがいい加減に手を洗い、共用の薄汚れたタオルに適当に指先を擦《こす》り付ける間、ポトツキはいつものように、頭文字の刺繍《ししゅう》の入った小綺麗《こぎれい》なハンカチで丁寧に手を拭《ふ》いていた。それから神妙な顔で一瞬鏡を覗《のぞ》き込むと、いきなりぼくの肩に手を掛けて壁に押し付けた。

考える暇もなく手が出た。ぼくはポトツキを張り倒した。手を放すと、それから襟首を捕まえて更に数回、平手打ちをくれ、ついでに腹を蹴上《けあ》げた。ポトツキは裏切られたような顔で床に倒れた。この男色野郎、とぼくは叫びながらもうひと蹴り入れた。後はもう止らなかった。ポトツキが何とかぼくを宥《なだ》めようと体を起す度、ぼくは蹴り付けた。生徒たちが押し寄せ、それをかき分けて現れた教師の一人に羽交い締めにして取り押さえられるまで、ぼくは哀れなポトツキを蹴り続けた。

ポトツキはもう動かなかった。ひくひく痙攣《けいれん》しているだけだった。

教師はぼくを別室に連れて行って理由を訊いた。あいつは変態です、とぼくは答えた。兎《と》も角《かく》、そのことでいきり立っていたのだ。校長に訊かれようと誰に訊かれようと、ぼくはそう答え続けた。その頃にはもう頭も冷えていたが、そう答える以外、どうも逃げ道はなさそうだった。ポトツキは折れた肋骨《ろっこつ》が肺に刺さって死に掛けていたからだ。本当に死にでもしたらこっちが助からない。あいつは変質者だと、ぼくは遠慮なく公言した。伯父にも、お袋にも、学校の教師たちにも、勿論《もちろん》哀れなポトツキの母親にもだ。

誰もがそれで口を噤《つぐ》んだ。奇妙な話だった。ポトツキが、夏休み明けまでどんな妄想を膨れ上がらせていたか（当然、左手だって使っただろう）考えると相変らず腹立たしくはあったが、要はぼくが例の女中の姪《めい》っ子にしたのと同じようなことを、ただごく紳士的に、試みただけだ——そんな些細《ささい》なことで哀れなポトツキを半殺しにすべきではなかったとぼくが思い始めたその途端、誰もが、ぼくよりは病院送りになったポトツキを問題にし始めた。ポトツキの母親はぼくが軟禁状態にある素町人の小屋までやって来て（俗物根性を笑って貰って構わないが、教授の哀れなしもた屋は彼女の出現で月に照らし出されたように輝いた）ぼくの前に跪《ひざまず》き、許してくれ、あの件は忘れてくれ、一言も口にしないでくれと頼んだ。伯父とお袋はお付きのように後ろに立って、有難い思《おぼ》し召しに感謝しなさいと繰り返した。教師たちはもう少し厳格だった。あれはなかったことなのだ、と言った。そして、これは全く公正な判断だが、ぼくに、一年間の休学を命じた。

※1　一デシャチナ＝約一・一ヘクタール
※2　一ヴェルスタ＝約一・〇六七キロメートル

II

一時的錯乱の診断書を首から提げて、ぼくはミハイロフカに帰って来た。事情を説明すると親父はいつもの仏頂面で、そういう奴は夜中に息が止ってるもんだがな、と言った。親父の健全な道徳観はぼくの蛮行を是とした訳だ。お偉いさんの息子なんだよ、と言って、ぼくは更に点を稼いだ。世間知はいつでも、道徳以上に、親父のよしとするところだった。

いずれにせよ、親父はぼくの帰還にかまけてはいられなかった。じきに十月が来る。刈り上げられた小麦は打穀されて袋詰めで納屋に納められ、最後の収穫を終えたじゃがいもは醸造場行きの順番を待っていた。畑は鋤《す》き返され、播種《はしゅ》の最中だった。日雇いの期限は九月一杯で終る。九月末日に給金を払うと、農場は再び空になった。

兄が戻って来たのは、醸造場の煙突が白い煙を棚引かせ、霜を被《かぶ》った畑が五箇月の眠りに就いた頃だ。知らせも寄越《よこ》さず、迎えも呼ばず、エリザヴェトグラドの町でオトレーシコフのところの使用人の荷車を捉《つか》まえて乗って来た。将校では滅多にないが、休暇で帰って来た兵隊が乗せてくれと頼むのはよくあることだ。ただ妙なのは、どこへ行くとも、どこへ寄ってくれとも言わないことだった。困った使用人は、おれオトレーシコフんとこのもんだどもええがかね、と訊いた。兄はただ黙って頷《うなず》いた。とちゅうで降りるっきゃゆうてくれの、と言うと、また頷いた。もう話したくはなさそうだったので、使用人はそれで口を噤んだ。ミハイロフカに入る道のところで肩を叩《たた》いて停めさせると、降り際に一ルーブリくれた、と言う。それで漸《ようや》く兄だと判ったのだ。判ったなら送って差し上げればよかったでしょう、と老オトレーシコフ夫人は言ったそうだ。ほんとに、気が利かないったらありゃしない。

ぼくは答えなかった。むしろ感謝したくらいだ。兄も、たぶん送られたくはなかっただろう。まして、ミハイロフカの上の坊ちゃんでしょうなどとは言われたくなかったに違いない。

そこから村まで、兄は重たい兵隊靴で歩いた。午後も遅い時間で、通りはひっそりしていたに違いない。街道から醸造場の煙突が上げる煙を見ながら、畝をなして広がる、まばらに霜の浮いた畑を抜けて歩くと、全部で十ヴェルスタ近くを歩くことになる。家に着くと、着いたとも言わずに入り、玄関の脇の事務所にいた親父にも声を掛けずに広間を横切り、階段を上がる途中で女中に出くわした。ぼくと親父の寝室の支度をして降りて来るところだったのだ。

女中は悲鳴を上げようとしたが、兄は軽く手を伸べて制止した。その動作で、兄と判った。兄がそのまま二階に上がり、部屋に入るのを確かめてから、女中は事務所に飛んで来た。

オリクサンドル様がお戻りです、と、女中が声を潜めて言ったのを、ぼくはよく覚えている。

お前、誰か迎えにやったか、と親父はぼくに訊いた。ぼくはかぶりを振った。帰って来るという知らせさえ聞いていなかった。親父は出荷する小麦の仕分けの手配で忙しかったから、ぼくが二階まで様子を見に行った。部屋の扉のところに、伝言が貼り付けてあった。夕食まで休みます、と書かれていた。下まで降りた。誰もいなかった。階段下の扉から台所を覗き込むと、内働きの使用人が一人残らず集まっていた。

誰だか判らなかったのだ、と女中が言うのが聞えた。帽子を目元まで被って、襟巻きに鼻まで埋《うず》めていたら誰だか判らない、と。

ぼくが覗いているのに気が付いて、使用人頭が手を叩いた。仕事に戻りなさい、という訳だ。

兄は食事まで部屋から出て来なかった。それから、寛《くつろ》いだ平服に着替えて降りて来た。親父は兄をちらりとだけ見て、よく帰って来た、と言った。ぼくは兄の顔をというより、兄の鼻から下を覆った大判のハンカチをまじまじと眺めた。その食事の仕方もだ。三角形に折ったハンカチの縁を捲《まく》り、器用に口に運んで飲み込んではいたが、一層器用なのは、時折手に持った厚手のしっかりしたハンカチを差し入れて、漏れるものを吸い込ませているらしいことだった。ぼくには目もくれなかった。一言も口を利かなかった。そもそも、お袋がキエフに去って以来、ミハイロフカの食卓は出されたものを食べるだけの場所で、家族同士がお互いの顔を見たり、言葉を交わしたりする場所ではなかったのだ。

食事が終ると、兄は礼儀正しく席を立ち、親父に何か言葉を掛けるような格好だけして、上に上がってしまった。ぼくは困惑して親父に目を遣《や》った。そこで初めて気が付いた。食事の間中、何事もなかったかのように振舞っていた親父が、今は顔を両手で覆っていた。口だけが動いた。だが何も聞き取れなかった。たぶん、言葉になるようなことは何も言っていなかったのだと思う。

冬の間中、ミハイロフカの生活は何事もなく続いた。兄は例のハンカチで顔の半分を覆ったまま、書庫を占拠して閉じ籠《こも》っていた。別に鍵《かぎ》を掛けている訳ではないから、ぼくは平気で出たり入ったりしたが、だらしなく長椅子に寝そべってぼんやり考え込んでいる姿は、いつもと何の変りもなかった。ぼくは話し掛けさえした。今年の小麦は高く売れたよ、いい収入になる、と報告したり、醸造場の酒精《アルコール》の出荷が遅れそうだ、と言ったり、非道《ひど》い雪だね、これじゃどこにも行けないよ、と愚痴ったりした。別に返答を期待するような内容ではない。クリスマスの朝には、シチェルパートフのところに行くんだけど、と訊《き》きもした。兄はいかにも関心なさそうにかぶりを振った。使用人たちも、屋敷の中ですれ違えばごく普通に挨拶《あいさつ》をし、ごく普通に汚れたハンカチや血の滲《にじ》んだガーゼや包帯を洗い、ごく普通に食事を給仕した。全く何事もないかのようだった。何故なら、兄がそう望んだからだ——そう望んだと、誰もが了解したからだ。

まだ治り切っていなかった傷口の手入れを見たことがある。兄はぼくを追い払おうとはしなかった。ただ髭《ひげ》でも剃《そ》るように、夜の間顔に載せていたガーゼを剝《は》がし、罅《ひび》割《わ》れて血を吹いた箇所を消毒し、別なガーゼで覆ってから丁寧に包帯を巻くと、ハンカチで覆った。他にも常に数枚のハンカチを持っていた。垂れてくる唾液をふき取る為だ。顔の左側は焼けただれ、側頭部まで広がる引き攣《つ》れからすれば満足に髪が生える見込みはまるでなかったが、兄は気にもしていなかった。鏡を覗《のぞ》き込みながら全く淡々と、事務的に、兄は支度を終えた。ぼくは幾らか敬意を覚えた。

兄はキエフに顔を出す愚を冒さなかった。お袋を気絶させたくないと考えたのだとすれば気に食わないが、砲弾で顔を削《そ》ぎ取られた息子を歓迎してくれる女ではないと考えたとするなら、それはそれで正解だろう。母は始終、何故キエフに戻らずミハイロフカに行ったのかと責める手紙を寄越した。兄は面白そうにそれをぼくに見せてくれた。返事を書くのは専らぼくだった。兄はそこに、アンドレイ伯父《おじ》によろしく伝えて下さい、とか、愛を込めて、とか書き添えて署名した。顔のことには、ぼくも兄も触れなかった。それはとうの昔に、触れても意味のないことになっていたのだ。

親父は無口になった。前から無口ではあったが、今は兄と同じくらい無口だった。家族の間では会話は絶えた。親父は手さえ空けば近くにある修道院に行くようになったが、それもごく控えめに、噂になったりしない程度にだった。ぼくは退屈しながらも村の芝居のサークルに顔を出したりしていたから(シチェルパートフに勧められたのだ)、途中で落して貰《もら》い、帰りに拾って貰って帰って来た。その間も、親父は黙り込んでいた。ぼくも何も訊かなかった。

年が明けてすぐに、親父は寝込んだ。冬になると誰もが罹《かか》る風邪だった。事務所でも皆が順繰りに寝込んだし、村では猛威をふるって赤ん坊を一人墓の下に送ったが、大人は二、三日寝ていれば快復した。親父もそうだろうと、ぼくは考えた。寝込んだことなど一度もなかったのを忘れていたのだ。二日ほどで、親父はこちらが不安になるくらい衰弱した。エリザヴェトグラドから医者を呼び寄せる頃には、ぐったりして体も起せなくなっていた。それでも医者はただの風邪だと言った。

ぼくはよく覚えている。兄は時々親父の枕元に椅子を置いて、随分と長いこと、坐《すわ》っていた。まだ意識があったのだろう、親父が何か言ったが、ぼくには聞き取れなかったし、兄が答えたのかどうかも判らない。村から司祭が来た時も、親父の病室に案内したのは兄だった。或《ある》いは兄が呼びにやらせたのかもしれない。

翌朝、まだ薄暗いうちに、兄が部屋の扉を細く開けた。ぼくは揺り起こされる前に目を覚ました。五時前だった。とっくに身支度を終えた兄の後について、ぼくは親父の病室に入った。饐《す》えたような、甘ったるいような臭気は、親父が寝込んでから籠ったままだった。寝台は小さく窪《くぼ》んでいた。その窪みの底で、上掛けに埋もれて、親父は冷たくなっていた。

夜が明けてもぼんやりした薄日しか射さない雪の日だった。使用人を起して親父の死を告げた。いつもの通りに朝食を支度させて兄と食べ、玄関に吹き付けて山になった雪を除《の》けさせ、事務所に人が来るのを待って父が死んだと知らせてから、シチェルパートフと司祭のところを回った。驚きはどちらからも返って来なかった。シチェルパートフはいつもながら泰然とお悔みの言葉を口にしたし、司祭はぼくを待ってさえいた。どちらも、親父が死ぬことを知っていたのだ。

村と屋敷の間には雪を切り通したような道ができた。ぼくも含めて何人もの人間や何台もの橇《そり》が往来を始めたからだ。たぶんその道は街道に出てエリザヴェトグラドまで続いていたことだろう。人を雇って墓地を地面まで掘らせ、更に墓穴を掘らせた。

ぼくは昼飯を挟んで何回も様子を見に行った。焚火《たきび》で融《と》かすほどではなかったが、それでも幾らかは凍り付いていて、作業は難航した。村で人を雇って家に泊り込ませた。翌朝は暗いうちから村まで除雪させなければならない。台所には酒は出すなと釘《くぎ》を刺した――シチェルパートフがそう指図したのだ。

母と伯父がキエフから着いたのは、夜も遅くなってからのことだった。屋敷の表は客で、裏は人足でごった返していたから言葉を交わす暇もなかったが、母は申し分ない未亡人ぶりを発揮して通夜の客たちをもてなした。ただ、地主連中の間で王女様のように振舞っていた時代に比べると幾らかくすみが見えたことも確かだった。ひと冬の間に老け込んで貧乏臭くなっていた。ぼくを捉《つか》まえると、兄の居場所を訊いた。客たちは訳知り顔に目を見交わした。

兄は泊りの客たちが自室に引き上げた真夜中過ぎまで降りて来なかった。雪は止んでいた。毛皮外套《がいとう》を着込んで、随分と長いこと、奥の間の棺《ひつぎ》のところで佇《たたず》んでいたが、そのまま外へ出て行った。雪の止んだ夜は底が抜けたように暗く、静かだった。

翌朝のちょっとした騒動については話すこともないだろう。通夜の間は自室に閉じ籠って誰にも顔を見せなかった兄だが、棺を教会に移す翌朝には姿を現さざるを得ない。傲然《ごうぜん》と、兄は階下に降りて来た。近所の客たちは薄々事情を察していたから何事もなかったかのように振舞ったし、何も知らなかった弔問者たちも慎み深く目を逸《そ》らした。全てをぶち壊しにしかけたのは母だ。葬列が出るという時になって、相変らず薹《とう》の立った王女然と、アンドレイ伯父をお供に降りて来た母は、まだ玄関の間にいた兄を見定めるなり、芝居がかりに悲鳴を上げて伯父の腕に倒れ込んだ。客たちも、使用人たちも黙り込んだ。が、兄はぼくに顎《あご》をしゃくり、打ち合わせ通り四人の作男《さくおとこ》に担われた棺を奥の間から運び出させた。ぼくはお袋を睨《にら》み付けた。お袋には通じる訳もなかったが、アンドレイ伯父はそれで何とか了解してくれた。葬列は無事に出発し、お袋は啜《すす》り泣きながら、棺を載せた橇に付き従った。尤《もっと》もそれが親父の為に流している涙ではないことを、居合わせた全員が知っていたのは間違いない。

万事がつつがなく終るまで、お袋の御機嫌を取ってくれたのはシチェルパートフだった。散々徒刑囚上がりだの脱獄囚だのと罵倒《ばとう》していた男にちやほやされて持ち直すのも妙なものだが、シチェルパートフはぼくが見ても舌を巻くくらいの巧妙さで母を宥《なだ》めて兄から気を逸らさせ、会食の間中、小さな女の子のように何か訴え掛けるお袋に、異様なまでの寛大さで優しく頷《うなず》いてやるのだった。お袋の傍らにぴったり張り付いたままの伯父は、シチェルパートフの凄腕《すごうで》とお袋の他愛《たわい》なさに困惑していた。兄は相変らず無言だった。奇妙な話だが、家族のことで思い出すのはこの時の光景ばかりだ。葬儀は何事もなく終り、棺は無事に埋められ、シチェルパートフは手際よくお袋と伯父を橇に乗せてエリザヴェトグラドの駅まで送り出した。

ペテルブルクのツァーリが帝位を逐《お》われても、ミハイロフカの生活はそうは変らなかった。葬儀が終るとすぐに、シチェルパートフはぼくを呼び出し、これからのことを話し合おうと言った。兄は、万事ぼくに任せるからよろしく頼むと言ったのだ。

実際には、シチェルパートフに、だ。ぼくは大いに乗り気だったが、まだ未成年だった。向こう何年かは後見人付きだ。この場合の後見人は兄だったが、兄は書面で、農場の経営には関心がないと宣言していた。管理はシチェルパートフがすることになる。経費を差し引いた後の利益は手付かずでくれると言った。勿論《もちろん》、ぼくと兄で折半だ。学校に戻るよう、シチェルパートフは勧めた。キエフが嫌なら、息子にオデッサの学校を探させるが。

ぼくは断った。あれは字の読める阿呆《あほう》の製造機関だ。伯父貴にしたって、字さえ読めなければよほど立派な人間になっていただろう。

シチェルパートフは大笑いした。じゃ好きにするさ。おれの手伝いをするかね。

実際には、手伝いはもう始まっていた。村の演劇サークルがそれだ。

親父はあまりいい顔をしなかったが、ぼくは帰って来てすぐに、シチェルパートフに言われて仲間に入った。分教場のフェルドゥシェルが、昔の教え子や仲間を集めて文学サークル兼演劇サークル兼（これが重要なところだが）政治サークルの真似事をやっていたのだ。ぼくの資格は元教え子だった。夜、フェルドゥシェルのところへ行って、休学させられたことをなるべく哀れっぽく報告し、話をする相手もいない、周りは誰も本を読まない、と言った。額に汗して働く人々ともっと知り合いたいとも訴えた。誰もぼくに心を開こうとしないとも愚痴った——彼らのことをもっと知りたいんです。彼らの役に立ちたいんです。ぼくはいい農場主になりたいんです。

フェルドゥシェルは厳か極まりない顔で、いい農場主なんてものがいるかね、と言った。ぼくは伯父の黙示録的説教を思い出しながらも猛烈に恥じ入ったふりをした。結局はそれが効いた。フェルドゥシェルはぼくが彼の分教場の硝子《ガラス》を全部割ったことを覚えていなかったし、屋敷までの道をてくてく歩いて個人教授に通う羽目になったのは(それで漸《よう》く所帯が持てたのだが)、ぼくが他の生徒を馬鹿にして野次り倒したり、口にしたが最後折檻《せっかん》必至の出鱈目《でたらめ》をまことしやかに教え込んだり、それで相手が怒りでもしようものならこれ幸いと拳《こぶし》を固めて殴り掛ったりしたせいだということも覚えていなかったのだ。覚えていたとしても、キエフの四年間に騙《だま》されたのだろう。

フェルドゥシェルのサークルは、毎日曜日、これ見よがしに集まっていた。なかなかに凄《すさ》まじい顔触れだった。エリザヴェトグラドの鉄工所で働いていた頃に、芝居と、文学と、これまたお定まりだが政治にかぶれたグラバクというのが、フェルドゥシェルのサークルの一番の顔だった。作男と言うより、あまり当てにされていない便利屋だったが、兎《と》も角《かく》器用で、鍛冶《かじ》場に入れてやれば、馬車のスプリングだろうと庭の鉄《てっ》柵《さく》だろうとナイフだろうと、屑鉄《くずてつ》や古物から器用に作ってしまうことで知られていた。誰も常雇いにしてやらないのは、まだ若いのに酒癖が悪かったからでもあるし、彼自身が常雇いにはなりたがらなかったからでもある。一度、シチェルパートフがこっぴどく痛めつけるところをぼくが見たのはこの男だ。シチェルパートフは専ら、ぶん殴って、意気阻喪させるよりはむしろ更に怒り狂わせ反抗的にさせる為に、この男にある種の寵愛《ちょうあい》を注いでいた。でなければ悶着《もんちゃく》必至で雇ったりはしなかっただろうし、母親がコルセットで締め上げて誤魔化そうとしたせいで曲った脚を口実に兵役を逃れる手伝いもしてやらなかっただろうし、そうなればグラバクの一家は路頭に迷っていただろう。日曜の朝、フェルドゥシェルの家に顔を出したぼくを、グラバクはシチェルパートフのスパイと見做《みな》して叩《たた》き出そうとしたが、弟のサヴァが止めてくれた。ごく短い分教場時代、ぼくはサヴァを散々殴ったものだが、何故か彼はそれを友情の記憶だと思い込んでいたし、ぼくは存分にその結果を享受することができたのだ。他にも、肺病で転地療養中のオトレーシコフ大尉の従弟《いとこ》や、シチェルパートフのところの技師や、うちの事務員や、近隣の村から本当に読み書きができるのかどうかも疑わしい連中数人が集まっていた。

親父の遺産の上で蹲《うずくま》るようにして、ぼくと兄は雪融けを待った。自由になる金の上でぬくぬくと無為に過すのは気分のいいものだった。自動車を買おうと思うんだけど、と言っても兄は何も答えなかったが、ぼくはそれを同意と受け取り、ニコラーエフから資料を取り寄せ、自動車の品定めをしながら冬を過した。技師のメリンスキーのところに入り浸って質問攻めにした。解決できない問題を問い合わせる為に、輸入仲介をしているニコラーエフの業者に長々と手紙を書いた。何度か手紙のやり取りを続けるうちに、面倒になった業者は、倉庫に引き取り手のない車が三台あるから見に来ないか、と言ってきた。とっくに雪は融けていた。

ぼくはサヴァを連れてニコラーエフに行った。誘ったら本当に来たのには驚いたが、おまけに古びた猟銃を抱えていた。追い剝《は》ぎが出るかも、と言うのだった。まさか、とぼくは答えた。百姓が一人で、てくてく歩いてエリザヴェトグラドに行くのとは訳が違う。さすがに装塡《そうてん》してはいなかったが（先込め式の仕掛けとこつを、サヴァは延々と説明した）、ぼくが顔をしかめると狼狽《ろうばい》して、小汚い上っ張りで包んで隠そうとした。それでも持って行くと言って聞かなかった。堂々と持ってろよ、とぼくは言った。その方がまだましだ。サヴァは一等の車室におどおどと腰を据え、列車が動き出してからも暫《しばら》くの間、本当に一緒に行っていいのか、と念を押し続けた。本気で誘った訳じゃないとは言えなかったので、ぼくは黙っていた。

兄貴には行くなって言われたんだ、とサヴァは言った。

なんで。

従僕じゃないってさ。

ぼくは少し考えてから答えた。お前が従僕な訳ないだろ。気にするなよ。

しないけどさ。

ただ、サヴァは気にしているのだった。サヴァ自身は気にしていないとしても、グラバクが気にするので、サヴァも気にしなければならなかった。従僕のような真似をすると兄貴にこっぴどくどやされる、と言うのだった。

それがなけりゃシチェルパートフんとこでもお前んとこでもどこでも雇って貰《もら》うんだけどな。お袋と姉貴を抱えてるんだぜ。なのに兄貴はちっとも働かない。おれが働こうとすると怒る。

気にしなくていいんじゃないの。

ぶち切れた兄貴に殴られるのはやだから。

グラバクは小柄な癖に、兎も角凶暴なのだ。

それから、兄貴は今年の夏はどこからも、誰からも、雇われる気はないのだ、と言った。サヴァにも雇われるなと釘《くぎ》を刺していた。

読み書きはできるんだから事務所に入ればいいじゃないか。帳簿を覚えればどこでだって働ける。親父だってそれで始めたんだ。

日当幾ら。

週給だよ。

サヴァは唸《うな》った。それは随分と高級な、殆《ほとん》ど階級上昇的な感さえ与えたらしかった。

だけど兄貴がな。

ひと夏働かないなんて、それでグラバクはどうするつもりなんだ。

働かないんじゃないんだ、と言って、サヴァはぼくを窺《うかが》った。そうじゃなくて。

エリザヴェトグラドの鉄工所か。

仕事は、ある。ただ、金は出ない。

金の出ない仕事ね、とぼくはさも軽蔑《けいべつ》したように言った。サヴァはむっとした。

だけどそれが上手《うま》く行けば、お前の農場もお終《しま》いなんだぜ。シチェルパートフには鞭《むち》をくれてやるって兄貴は言ってる。あの爺《じじい》、殴り殺してやるって。

過激だな。

おれじゃないって。

シチェルパートフに言っとくよ。何でか知らないけど、グラバクがえらく気に入ってるからな。その意気込みを聞いたら喜ぶさ。で、仕事って何だ。

シチェルパートフには言わないよな。

言わない。

土地を分配するんだと、兄貴は言ってる。おれたちはみんな自作農になる。悪くない。

ほんとに？　だってお前の土地だぜ。

半分は兄貴の土地だよ。まるでやる気はないみたいだけどな。

百姓になるんだぜ。

親父は百姓だった。

あのでかい家はどうするんだ。

住みたい奴が来て住めばいい。どうせぼくと兄には広過ぎる。

サヴァは唸った。お前って偉いな。

だけどシチェルパートフはうんとは言わないな。

兄貴は小作や作男《さくおとこ》を武装させると言ってる。

それが仕事？

それが仕事だって。フェルドゥシェルが社会革命党なのは知ってるだろ。あいつを煽《あお》って、土地の分配を決めさせる。地主連中は抵抗するだろうさ。そしたら兄貴は、地主どもに銃を突き付けて追い払う。

凄《すご》いな。

まあな。

今年か。

今年だ。

収穫はどうするんだ。

みんなで分ける。

農場労働者たちと？

兄貴は言ってなかった。

うちとシチェルパートフのところだけで二千人はいるぞ。土地を全部そいつらと分けたって、一人三デシャチナかそこらが精々だ。

だって日雇いだって、日雇いだろ。

日雇いだって、百姓は百姓だ。

家に帰ればいい。

宿なしも多いよ。全然考えてなかった？

おれたちは土地が欲しいんだ。十デシャチナかそこらでいいんだよ。一家総出で耕せば、何とか楽に暮せるさ。

水呑《みずのみ》百姓の発想だ、とぼくは思った。すっかり安心したグラバクとサヴァが所帯を持って、ごろごろ子供を産ませ始めたら、たちどころに食うや食わずで日雇い仕事に出なければならない。

自分の土地が欲しいだけか。

サヴァは口を噤《つぐ》んだ。ぼくはグラバクのこともサヴァのことも考えていなかった。ぼくが考えていたのは親父のことだった。息子を地主の坊ちゃんに育て上げて死んだ親父のことだった。十デシャチナかそこら。欲のないこった。

あいつらにも土地を分けるのか、とサヴァは暫くしてから口を開いた。

当然だろ。お前らが土地を取って自分で耕作を始めたら、彼らは飢え死にする。

そういうのは嫌だな。おれ、そんなこと考えてなかった。兄貴も考えてないと思う。彼が考えてくれれば安心さ、とぼくは折り紙を付けた。もう付き合う気にもならなくなっていた。

お前さ、とサヴァは言い掛けた。随分としてからまた、お前さ、と言った。おれたち水曜の晩にも集まってるんだけど。

水曜に、なんで。

だから水曜にさ、秘密なんだけど、言ってもいいよな、もっとこっそり集まってるんだ。

フェルドゥシェルの台本の読み合わせでもやってるのか。

政治の集まりだよ。お前も来ないか。

ぼくはかぶりを振った。そんなところに顔を出したら、それこそグラバクにスパイ呼ばわりされて殴り殺されてしまう。

ぼくはいいよ。

今みたいなこと、言って欲しいんだよ。

お前言えよ。

難し過ぎる。

フェルドゥシェルに言って貰えばいい。

その晩はニコラーエフで散々騒いだ。確かに、サヴァを連れて来たのは正解だった。サヴァが二の足を踏まなければ売春宿だって奢《おご》っただろう。翌日、港の倉庫で自動車を見せられたぼくは、新品を発注するつもりでいたのに、そのうちの一台に夢中になってしまった。その場で動かし方を教わった。サヴァにも試させた。筋はぼくより全然よかった。恐るおそるニコラーエフの町を抜けて街道に出る頃には、サヴァに運転をさせて、ぼくは地図を見ていた。

サヴァは気持ち良さそうに速度を上げた。時々、へらへら笑いながらぼくの方を見るので、危ないから前を見ろと怒鳴ってやらなければならなかった。街道には日雇いが溢《あふ》れ出していたのだ。六月だった。一向に暮れない日差しの中で、むっつり黙り込んだ男たちを余所《よそ》に、埃塗《ほこりまみ》れの娘たちや子供を連れた女たちは路肩に車を避《よ》けて群がり、運転席のぼくたちに上機嫌な罵声《ばせい》を浴びせたり、囃《はや》し立てたり、手を振ったりした。

ミハイロフカに戻ると、サヴァは暫《しばら》く現れなかった。二、三日してから、壁に何か当る音に気が付いて裏に出てみると、柵《さく》を乗り越えて侵入したらしく、庭の植え込みの陰から二階の壁に石を投げていた。表に回れよ、と言うと、困った顔をした。じゃ勝手口から入れよ、と言うと尚更《なおさら》困った様子になった。

人がいるじゃないか。

ぼくに用があると言えばいい。

顔に非道《ひど》い痣《あざ》をこさえていた。ぼくが指摘すると、グラバクにも同じくらいの痣をこさえてやったと威張った。

お前が言ってたことも言ってやった。お前が言ったとは言わなかったけど、ちゃんと言えたよ。農地をおれたちだけで分けるのは身勝手だ、日雇いどもにも分けるべきだって言ったら、ぶち切れてさ。

それで殴り掛られ、殴り返したので逃げ回ることになり、そこらに隠れていたので、うちには現れなかったのだ。お前んとこに逃げ込んだなんて知れたら事だ、とサヴァは言ったし、ぼくもたぶん、事情を知っていたら追い払っただろう。グラバクが切れた時の凶暴さと執念深さは到底サヴァの及ぶところではない。

サヴァはさも当然のように、車はどこにあるのか訊《き》いた。庭の木戸を抜けて、今は菜園の用にしか使っていない小さい納屋まで連れて行くと、扉を開け放ち、助手席に坐《すわ》り、運転席を叩《たた》いてぼくを呼んだ。今日は運転していいよと言わんばかりだった。車を出しながら、シチェルパートフのところへ行くんだけど、とぼくが言うと幾らか怯《ひる》んだ。

余所者がいるよな。

シチェルパートフの護衛だ、とぼくは説明した。いつもは俸給の支払いの時にしか雇わない連中を、今年は春から雇ったのだ。使い込んだ馬具革のように日に焼け、顔の下半分は髭《ひげ》に覆われ、薄汚い長外套《がいとう》を着込み、銃を抱えて、彼らは玄関の脇に坐り込み、日がな一日、居眠りしたり、石を弾《はじ》いて的に当てたり、煙草の葉をくちゃくちゃ噛《か》んでは唾《つば》と一緒に吐き出したりしていた。彼らの姿が見えてくると、サヴァはぼくの肩を摑《つか》んだ。

何びびってんだ、とぼくは言った。

びびってなんかない。

気持ちはよく解った。ぼくだって少しは怖かった。一人が立って中に入って行き、出て来ると繋《つな》いであった馬に跨《また》がり、猟銃を肩から掛けたまま鞭《むち》をくれて車の脇を抜けて駆け去った。すげえな、とサヴァは言った。薄汚い身なりと見事な馬は、跨がるなりこれ以上ぴたりとは来ないくらいに決まったからだ。

ぼくは車を停め、降りて彼らに挨拶《あいさつ》をした。彼らは鷹揚《おうよう》にぼくに頷《うなず》き返した。車を指して何か言ったので、ぼくは適当に頷いて見せた。側に寄って来た。サヴァは怯《おび》えて車から降り、シチェルパートフの屋敷に威圧されながらも、そちらの方をまだ安全と信じて付いて来た。中に入ってから振り返った。

車、弄《いじ》ってるぜ。

壊しゃしない。

何か言う声が聞えた。警笛が鳴った。笑い声が起った。

外が暑くなっていた分、屋敷の中は涼しかった。シチェルパートフの屋敷は近隣では一番大きい屋敷だったから、夏の涼しさは一層だった。サヴァは天井を見上げたり、壁を見回したりしながら付いて来た。書斎の扉は開け放たれていた。一番年嵩《としかさ》のごろつきが、シチェルパートフに相槌《あいづち》を打つのが聞えた。拳銃《けんじゅう》の手入れをしていた。

来たか、とシチェルパートフは言った。

サヴァだよ。グラバクの弟の。

サヴァはおどおどと挨拶をした。ヤーシカ、とシチェルパートフが言うと、白髪交じりの脂染みた髪を肩まで伸ばしたごろつきは、かちりと音を立てて弾倉をはめ込んだ。

どっちが転がすんだ、とシチェルパートフは訊いた。

サヴァだとぼくは答えた。サヴァは強《こわ》ばった顔でこっちを見たが、ぼくが頷くと、シチェルパートフに向っておどおどと頷いて見せた。

それは午後のちょっとした見回りだった。大した意味はない。ごく儀礼的なものだ。シチェルパートフが自分の車ででもあるかのように後部座席に収まると、サヴァは強ばったまま車を出した。ヤーシカの命令一下、馬に跨がったごろつきたちが、儀仗兵《ぎじようへい》よろしく、車の前後に随《したが》った。

おれも銃持って来た方がいい？　と、前に視線を据えたままサヴァが言った。

傾いだまま動こうともしない太陽の下に、金色の麦の穂の波が乾いた快い匂いを抱え、畑の起伏に沿ってうねりながらかさりとも音を立てず広がっていた。車は轍《わだち》を踏み越えながら傾斜を下った。埃に空気は赤く染まり、蜂の羽音に似た唸《うな》りが聞えた。刈り取りを待つなだらかな丘陵を越えると、土埃と斜《はす》に射す日差しで黒ずんで見える人影が、半ば刈り上げられた畑に群がって鎌を使い、麦を束ね、放り投げ、積み上げるのが見えて来た。刈り取りは街道に近い方から始まっていて、喧騒《けんそう》はじきに堪え難いくらいになった。エンジンの音に気付くと数人が手を停めたが、監督の作男《さくおとこ》がこれ見よがしに怒鳴ると動き出した。それから、作男はおもむろにぼくたちに向き直り、丁寧に挨拶するのだった。サヴァが、挨拶されたのは自分ででもあるように笑い出すには幾らも掛らなかった。

車を屋敷に付けた時、サヴァの得意満面はもはや隠しようもなくなっていた。シチェルパートフは車から降りると、サヴァの肩を軽く叩いた。

「上手《うま》いな。

それからぼくに、何か買ってやれ、と言った。

家に戻ったのは、日もとっぷりと暮れてからだった。興奮したサヴァはあれやこれや喋《しゃべ》り散らし、車を停めようとはしなかったからだ。空腹に駆られて車を裏の小さい納屋に入れると、サヴァは御機嫌で走り去った。

翌日、ぼくとサヴァはエリザヴェトグラドまで出掛けた。銃を買うつもりだったのだ。今度は拳《こぶし》に痣ができていたが、別に訊こうとは思わなかった。逃げも隠れもせず家でたっぷり食べて寝たように見えたのだ。サヴァは夢中になって武骨なライフルを手に取り、説明を聞きながら散々に弄り回し、結構堂に入った格好で構えて見せ、これでもないあれでもないと取っ換え引っ換えした挙句、それでも幾らか申し訳なさそうにぼくの顔を見た。ぼくは自分にはもう少し品のいい猟銃を買った。

そのまま、ユーリー・アンドレーヴィチのところへ行った。例のオトレーシコフ家の親戚《しんせき》で、サヴァにも敷居が低かったのだ。街道から離れた畑の真ん中に、申し訳程度の菜園と鳩小屋を備えた小さな家を建てて、ユーリー・アンドレーヴィチは住んでいた。刈り入れの喧騒はまだ及んでいなかった。車を乗り入れて行くと、家の裏手に、蜂除《よ》けの紗《しゃ》の付いた帽子と分厚い手袋に身を固め、長靴にズボンの裾《すそ》をたくし込んだユーリー・アンドレーヴィチが、蜜蜂《みつばち》に纏《まと》い付かれながら、潜水夫のようにゆっくりと動き回っているのが見えた。ぼくたちは車を表に付けた。

サヴァは勝手に中に入った。どうせ誰も出て来ない、と言った。そのまま、ごく小さな居間兼食堂兼寝室を横切って台所に入ると、通いの家政婦のアンナと、サヴァの姉のテチヤーナが卓子《テーブル》に坐って、蜂蜜の残りを塗ったパン切れを食べていた。テチヤーナは口の中でパンをもぐもぐ動かしながら言った。あんた、何しに来たの。

姉さんこそ何してんだよ。

ぼくはほんの少しの間、テチヤーナに見とれた。艶《つや》のある金髪を信じられないくらい太いおさげにしていた。ロシアの百姓の金髪だ。ぼくに気付くと一瞬手を停めて、オフチニコフんとこの馬鹿息子、と言った。アンナはくすくす笑った。

サヴァを連れ回すのはやめてよ。働いて貰《もら》わなくちゃなんないんだから。

女は黙ってろよお、とサヴァは情けない声で言った。おれたちはどえらいことやってるんだぜ。

どえらいことって、何。

どえらいことだよ、つまり。

テチャーナは溜息《ためいき》を吐いた。うちの男は馬鹿ばっかし。それきり、ぼくたちには関心を失ったらしかった。アンナは金網を張った裏口から、ヴァーシャとサヴァが来てますよ、と言ってくれた。二人がお喋りを再開したので、ぼくたちはユーリー・アンドレーヴィチの居間兼食堂兼寝室に引き返した。テチャーナは山積みの洗濯物の端に蜂蜜の瓶を突っ込んだ籠《かご》を抱えて出て来た。オトレーシコフの奥様のところへ戻るのだ。ぼくを盗み見た。充分に脈のある一瞥《いちべつ》だった。

その夏中、ぼくとサヴァは銃を抱え、辺りをうろついて過した。農地の端を流れる川に沿って暫《しばら》く自動車を転がすと、流れは急に淀《よど》んで池になり、湿地になり、その向こうには木立がある。昔はよく釣りに来た。小魚を狙って鳥が集まった。ユーリー・アンドレーヴィチに、時々は無断で、借りた猟犬を連れて、ぼくとサヴァは朝の早い時間や日暮れ方、湿地の縁の草叢《くさむら》に潜んだ。サヴァの銃の扱いは呆《あき》れたものだった。散々突き合って自分の番を確保すると（サヴァは、どちらが撃ったか判らないのは嫌だと言ったのだ）勢い込んで引金を引き、外すと焦ってレヴァをがちゃがちゃ鳴らして乱射した。大抵は弾の無駄だったし、無駄にならない時には獲物の方が消滅した。ぼくが構えて狙っていると非道《ひど》く焦《じ》れた。

撃てよ、とサヴァは鋭く囁《ささや》いた。撃てったら。

それでもぼくは撃たなかった。テチャーナのおさげのことを考えていたのだ。ただそれは頭のほんの隅っこの出来事で、ぼくの注意は、投げた石が水を切るように飛沫《しぶき》を撥《は》ね散らす鳥に向けられていた。数歩跳ねたところで、鳥は足を停めた。丸い頭の後ろに寝癖のような毛が軽く立つのが、まるで望遠鏡で覗《のぞ》いているようにはっきりと見えた。引金を絞ると、鳥は視界から消えた。犬が水を撥ねながら飛び出して池の周りを回り、ぐったりした羽毛の塊を咥《くわ》えて戻って来た。

朝起きると、サヴァはしばしば台所にいるようになった。大抵は当然のような顔をして、女中たちに馬鹿にされながら朝飯を食べていた。夕方早くにやって来て、ぼくを待っていると称して下がり物を出させ、食べていることもあった。昼はユーリー・アンドレーヴィチのところにいた。撃った鳥を持って行くと、昼食をご馳走《ちそう》してくれるからだ。

うちの鳩は撃たないでくれよ、とユーリー・アンドレーヴィチは言った。

彼の鳩で練習したようなものであることを、ぼくは黙っていた。どうせ増え過ぎて手を焼いた挙句、飽きるまで煮たり焼いたりして食べることになるのだ。つまりは夏中、鳩小屋の小鳩を野禽《やきん》と交換してやっていたようなものだ。サヴァは嬉々《きき》として蜂蜜をせしめて帰った。サヴァの惚《ぼ》けたお袋はいたく蜂蜜を好むのだ。

グラバクはサヴァを放っておくことにしたらしかった。得意顔で見せびらかした六連発ライフルが気に入ったのだろう。革命の日が来た暁には、百姓一人に一丁ずつ持たせようとでも考えたに違いない。

　実際、春先の状況はかなり物騒だった。兵隊に取られた連中が戻ってきていたら、もっと物騒だっただろう。だからこそシチェルパートフはごろつきを雇ったのだし、他にも色々と手を打った。作男を集めてペテルブルクの状況について説明したし、法律が変わればそれに従うと約束もした。日雇い仕事が始まると、状況は好転した――シチェルパートフは脱走兵でも平気で雇い入れたし、彼らは土地の百姓が何と言おうと、食とねぐらを失いかねないどころか、悪くすればしょっぴかれて銃殺になりかねない試みには、時には拳骨《げんこつ》で、反対したからだ。

　グラバクはそこら中を駆けずり回った。あちこちの農場に現れては作男ばかりか日雇いにまで声を掛け、居酒屋の隅で何人か集めて話し込んだ。大抵の相手は呆れ顔でかぶりを振った。グラバクの言うことは、その時はまだ、絵空事だった。グラバク自身がただのやくざ者に過ぎなかった。身内を兵隊に取られた連中からは、兵役逃れと呼ばれて唾《つば》を吐き掛けられた。武力行使など話にもならない。シチェルパートフが借り受けて管理しているオトレーシコフの農場でそれを口にした時には、脱走兵連中に袋叩《ふくろだた》きにされ掛けた。村で出くわすと誰もが恐々と顔を背けた。何事もなくてもそうすることになっていたが（グラバクを堅気と思っている者は誰もいなかったのだ）、不機嫌のどん底にあるグラバクは一層物騒だ。機嫌よく声を掛けるのはシチェルパートフくらいのものだった。どうだね、陰謀は進んでいるかね。それから、グラバクが脇に唾を吐くのを確かめると、機嫌よく頷《うなず》いて立ち去った。

本当に物騒なのはフェルドゥシェルだった。同じことを、一部百姓の希望の星とも言うべきフェルドゥシェルが公言したら、結果は幾らか違っていただろう。グラバクは繰り返しフェルドゥシェルを説得した。暴力だけが革命を成就させる、という訳だ。ただ、力尽《ちからず》くはフェルドゥシェルの好みには全然合わなかったし、彼の人望も、グラバクに同調したが最後、ぐらつき始めるのは目に見えていた。

ある晩、ぼくはフェルドゥシェルを呼びにやらされた。堂々と？　こっそりと？　別にこそこそすることじゃあるまい、とシチェルパートフは言った。新聞を出す金をやろうというだけだ。

それだけでフェルドゥシェルは陥落だった。血塗《ちまみ》れの土地改革がやりたい訳ではない。むしろフェルドゥシェルは、社会革命党員にあるまじき弱腰と言おうか、ごく品のいい新聞で地主連中を啓蒙《けいもう》し、以《もっ》て穏やかに土地問題を解決したいと考えていた。と言うより、そういう触れ込みで地元名士としての地位を確立したいと思っていた。シチェルパートフの招待は既に、未来への一歩だった。シチェルパートフはフェルドゥシェルを恭しく父称で呼び、ウィスキーと葉巻を振舞い、政治を語り、民主主義を称揚し、単なる新聞ではなく、知的で、信頼でき、しかも単独で経営の成り立つ新聞の必要性を説き、その為の資金を提供しようと持ち掛けたのである。

夜道を分教場まで送ったのはぼくだった。車を降りたフェルドゥシェルの足下が幾らか危うかったのは、葉巻と酒の酔いのせいだけではなかっただろう。

そして勿論《もちろん》、この招待の効果は覿面《てきめん》だった。フェルドゥシェルがシチェルパートフに平手打ちを食わせて帰って来ても、結果は同じだったとぼくは思う。グラバクはフェルドゥシェルにお百度を踏むのを止めた。フェルドゥシェルは今やシチェルパートフの手先であり、エリザヴェトグラドに出向いて新聞発行の計画を練るのは、町の同志たちが幾ら歓迎したとしても、許し難い裏切り行為なのだった。


戦争で中断されていた兄の女漁《あさ》りは、例年通り、六月に再開された。暮れ方になると馬に鞍《くら》を置き、いつもと同じようにシャツだけで、炊事場に屯《たむろ》している女たちを品定めに出掛けるのだ。夕方、漸《よう》く起き出して来た兄と共にする食卓は耐え難いものだった。顔の殆《ほとん》どを三角形に折ったハンカチで覆い、その隙間から小さく切った食べ物を押し込んで丸呑《まるの》みにし、垂れてくる唾液《だえき》を左手に持ったままのナプキンに吸わせながら、兄はたぶん何も考えていなかっただろうが、その何も考えていないところがぼくを動揺させた。返事を期待しない簡単な問い掛けさえ容易には出て来なかった。食欲は失《う》せた。皿を突《つ》き回しながら、一人で席を立って出て行く兄を見送った。兄の振舞いは何事もなかったという以上に何事もなかったかのようだった。顔面を、顎《あご》に至っては片側を丸々削《そ》ぎ取った砲弾の破片なぞ、一度だって飛んで来たことはないと言わんばかりだった。

食事の後、サヴァに誘われたり、シチェルパートフに呼ばれたりして出掛ける時に、兄の姿を見ることがあった。何やかや喋《しゃべ》り散らしていたサヴァは黙り込み、ぼくはぼくで沈黙せざるを得なかった。士官学校仕込みの堂々たる姿勢で、ただし上はシャツだけ、それも前をはだけただらしない格好で、兄は暮れ残った畑の道に馬を進め、要領を心得た女たちは兄の目に留りやすいところに、ただし男たちを怒らせたりしないようそれとなく屯し、ちらちらと視線を走らせたり、これ見よがしに笑い声を立てたり、小汚いスカートを払うふりをして、汗と垢《あか》で光る俊敏そうな脚を見せたりした。以前の兄は、奴隷女の胸を突かせ、悍馬《かんば》の咽喉《のど》を掻《か》き切らせるサルダナパロスそこのけの、怠《だる》そうな、関心のなさそうな、どうでもよさそうな顔をしていたものだ。子供の頃はあの顔が何だか恐ろしかった。今ではそれはもっと恐ろしいと言ってよかった。

顔のない兄は、何か非道く抽象的な男だった。百姓の鍬《くわ》が畑で引っ掛けて掘り出す、頭も手足もない彫像みたいなものだ。人間の頭が付いていないだけに、ごつさやいかつさは非人間的な領域に達していた。馬に跨《また》がって畑を行くのはもはや人間ではなく、他のありとあらゆるものを取り払った後の、純粋な本能だった。ぼくには漸く理解できた。兄が肋《あばら》が浮いて見えるようになるまで女を漁ってやり続けるのは、別に女が好きだからでも、やるのが好きだからでもない。ただ、蚤《のみ》から人間に至るありとあらゆる雄から、鰭《ひれ》も尾羽も囀《さえず》りも、艶《つや》やかな毛皮も、力も名誉も財産も、愛したり憎んだりする人格さえ、全て剝《は》ぎ取って残る何かに突き動かされていたのだ。人間を人間に見せる顔が削ぎ取られた今や、兄は剝《む》き出しになった雄の本質であり、純化された本質を神性と呼ぶとしたら、雄の神性の具現だった。と言うより、兄にはもうそれしか残っていなかった。

そして所詮《しょせん》は死すべきものに過ぎず、指の先っぽたりとも神性になど掛けたことのないぼくとサヴァは、車を転がして人間の世界へと逃げ出した。ぼくにも、たぶんサヴァにも、神々に近付く気などなかった。ただ普通に、できれば小綺麗《こぎれい》な女のあそこで抜いて、御機嫌になりたいだけなのだ。

ある晩、サヴァを送って行った後で、ぼくはオトレーシコフの屋敷へ行った。裏庭から石を投げれば出て来るかもしれないと思ったのだ。寝間着姿のテチヤーナは窓から身を乗り出してぼくを認めると、すぐに裏口から出て来た。抱き寄せても、キスをしても嫌がらなかった。連れ出して車に乗せ、やらせろよ、と言うと簡単にやらせてくれた。翌晩からは裏口で待っていた。

あのさ、とサヴァは言った。池で銃を構えている最中だった。お前、女知ってるよな。

ぼくは曖昧《あいまい》に返事をした。

いい？

いいって、何が。

やるって、いい？

ぼくは答えなかった。迂闊《うかつ》なことを答えるとテチヤーナのことがばれると思ったのだ。サヴァはうるさくぼくを促した。お蔭《かげ》で外した。いいよ、と仕方なく答えた。

的は池の向こうで小首を傾げて、ぼくたちが潜んでいる藪《やぶ》を見詰めていた。大方近眼なのだろう。サヴァは銃を構えたが、何事か考え込んで撃とうとはしなかった。

お前、童貞？　とぼくは訊《き》いた。

サヴァは的を睨《にら》んでいたが、相変らず撃とうとはしなかった。撃てよ、とぼくが言うと引金を引いたが、的は翼を開いて斜《はす》に飛び去った。

エリザヴェトグラドの売春宿に行こう、とぼくは誘った。

いつ。

今からでも。

昼間からやってるの。

やってると思うよ。

サヴァは暫《しばら》く黙り込んでいたが、さっきの銃声で辺りが静まり返っているのでは幾らも間が持ちはしなかった。

おれ、いいわ。やめとく。

なんで。

何かさ。違うんだよ、そういうの。

何が違う。

そういうんじゃなくてさ、何て言うかさ。目を伏せてもじもじした。そういうのはちょっとさ。違うんだよ。一人でかぶりをふった。違うんだ、それは。

ぼくはそれ以上突っ込むのをやめにした。白茶けた翼を広げて空気を摑《つか》んだ水鳥が、水紋を引いて大胆にも目の前に着水したからだ。

お前、いいよな、とサヴァは夢見るような声で言った。ほんとにさ。

その晩、ぼくはテチヤーナに問い質《ただ》した。サヴァに何か言った、と訊くと、言ってやしないわと答えたが、姉ちゃん、男ができただろ、とこっそり訊かれたことは認めた。何日かぶりに暇を貰《もら》って家まで帰った時のことだ。グラバクはいなかった。

だって、兄さんがいたらあたしもサヴァも半殺しにされちゃうもの。

それから、グラバクの異常な嫉妬深《しっとぶか》さ（村のあらかたの男どもは、オトレーシコフ大尉を筆頭に、シチェルパートフやそのお雇いまで含めて、罪の眼差《まなざ》しで妹を犯したというので処刑名簿に名を連ねていた）を愚痴り掛けるのを、ぼくは止めなければならなかった。

何だって知ってるんだ。

知らないわ、あたし。

何て答えた。

何にも。でもサヴァはにこにこしてたわ。変な奴。

確かに変な奴だった。ぼくが自分の姉と寝ることのどこがそんなに嬉《うれ》しいのだろう。テチヤーナは清潔だった。オトレーシコフの奥様が耳の裏まで洗い立てさせるからだ。テチヤーナは読み書きができた。十二で女中奉公に出た時からオトレーシコフの奥様が教え込んだからだ。今では夜、奥様が眠るまで小説を読んでやるのも仕事だった。だからテチヤーナは、月や、たちじゃこう草の茂みや、優しい言葉が大好きだった。テチヤーナは背が高くて、頑丈で、素晴らしい肉付きをしていた。オトレーシコフの奥様がよく食わせ適度に働かせて育て上げたのだ。だからテチヤーナは十八で、はちきれんばかりに健康で、オトレーシコフの奥様が遠ざけられる限りの悪から遠ざけたので、信じられないくらい無邪気だった。抱きしめると一抱えもあって、裏返すと広い背中が馬の毛並みのように輝いて、肌は柔らかいというより針で突いたら弾《はじ》けそうで、こんがり焦げた焼き菓子のような匂いがした。ぼくは毎晩、呻《うめ》きながら彼女のたっぷりした金髪に顔を埋《うず》め、彼女が派手に行くまで待った。それほど派手には行かなかった最初の晩、彼女は妙にぎこちなく歩きながら、ぼくが無理矢理解《ほど》いた髪の毛に手櫛《てぐし》を入れ、お下げに編みながら屋敷に戻って行ったものだ。あんな歩き方はそれきりだったが、彼女の髪が編み上がるのと、オトレーシコフ家の裏庭の柵《さく》の向こうに消えるのとは、いつでもほぼ同時だった。

シチェルパートフの息子は、その年の六月にオデッサで行方を晦《くら》ました。即時停戦とか何とか、愚にも付かない戯言《ざれごと》を父親に宛てて書いてくる分には誰も構わないが、公言して、徒党を組むとなると別だったらしい。シチェルパートフは軽く肩を竦《すく》めて、途方に暮れた息子の嫁を引き取ることにした。迎えにやらされたのはぼくだった。

彼女はとっくに船でニコラーエフに着いていた。そこから救援要請の電報を打って寄越《よこ》したのだ。ちょっとした遠出だった。当然のように付いて来たサヴァの身形《みなり》を、オデッサの革命家の奥方が震え上がらない程度に整えてやってから、夕方、宿屋に顔を出すと、奥様は頭痛で臥《ふ》せっておられると言って追い返された。ぼくとサヴァは二人で夕飯を食い、淫売《いんばい》宿はサヴァが断固として拒むので諦《あきら》めて、翌朝、改めて迎えに行った。宿代電報代借金その他を払って、事実上、彼女を請け出さなければならなかった。幾らかは毟《むし》られたのだろうが（それは私どもの方で、と帳場は言った）彼女は一週間足らずで信じられないほどの付けを作っていたのだ。マリーナ・ニコラエヴナは、その間、お部屋でゆっくりと御朝食を召し上がっていた。サヴァは居心地悪そうに、外と中とを行ったり来たりした。

マリーナ・ニコラエヴナが降りて来たのは昼近くなってからだった。無一文って言わなかったか、とサヴァは囁《ささや》いた。着の身着のままで来たって。彼女は紺の縁取りのある、白い、綺麗《きれい》な夏服を着て、大きな麦藁帽子《むぎわらぼうし》を被《かぶ》っていた。ぼくをちらりと一瞥《いちべつ》すると、サヴァに顎《あご》をしゃくって、下働きの降ろしてきた大きな鞄《かばん》を車に積ませるように言った。それから小さな靴に押し込んだ小さな足でちょこまかと――足枷《あしかせ》みたいに幅の狭いスカートを穿《は》くからだ――歩いて外に出ると、何をしてるのと言わんばかりに振り返った。ぼくが諦め切った顔を作って頷《うなず》いてやると、サヴァは仰せに従った。従僕のように扱われることには慣れていないのだ。

サヴァはそれでも丁寧に、鞄を後ろの座席に載せた。運転席にはぼくが坐《すわ》った。ヴァシリ・ペトローヴィチ、と彼女は言った。

ヴァシリ・ペトローヴィチ、あまり埃《ほこり》を立てないで頂戴《ちょうだい》。

ぼくは返事をしなかった。とうの昔に腹を立てていたからだ。雨が降ればよかったのに、と思った。そうなれば、ニコラーエフから出る街道という街道は泥の海になる。転げ落としてそのまま見捨てて行ったら、さぞや愉快だろう。

サヴァは、続く半日と言うもの、後部座席で一言も口を利かなかった。ぼくが怒っているのを知っているからだろう、とぼくは思っていた。確かに、ぼくは腹を立てていた。一目見るなり、マリーナが気に入らなかった。前の晩に門前払いを食わせたり、翌朝はいつまでも降りて来なかったり、借金を払わせた詫《わ》び一つ言わなかったり、サヴァを従僕扱いしたり、埃を立てるなぞという無理な注文をさも当然のように付けたことに腹を立てた訳ではない。たぶん、道ですれ違っただけで腹を立てただろう。顔を見るだけで足を引っ掛けて転ばしてやりたくなっただろう。ぼくはマリーナが気に入らなかった。ぼくやサヴァより幾つも年嵩《としかさ》でないのが気に入らなかったし、美人なのが気に入らなかった。凄《すさ》まじい赤毛はもっと気に入らなかった。若い頃のお袋のように収まり悪く纏《まと》められて、袋に入り切らなかった芋のように、頬や額や首筋にころころ転げ落ちる巻毛は尚更《なおさら》だった。色が白いのが気に入らなかったし、それが少し日に当っただけでたちどころに赤くなり、鼻の頭や頬骨の上が焼けて火で炙《あぶ》ったようになったことが気に入らなかった。小娘のように顔を顰《しか》めて鼻の上に皺《しわ》を寄せるのが気に入らなかったし、瞳《ひとみ》の色が彩色写真のように真っ青に見えるのが気に入らなかった。手で顔を扇ぐのが気に入らなかった。始終帽子を直すのが気に入らなかった。臭いくらいの香水に混じって匂う汗やら何やらの匂いが気に入らなかった。

途中で、ぼくは堪《たま》らなくなり、車を停めて降りた。マリーナは非難するような顔でぼくを見たが、ぼくはサヴァを呼んで、道端の草叢《くさむら》に入った。

あの女、転がしちまおうって言ったらどうする。

サヴァは嘘だろと言わんばかりの顔をした。何か酷《ひど》いことを聞かされたような顔だった。忘れろ、とぼくは言った。サヴァの顔を見るまでもなく、幾ら何でも無茶苦茶だ。ぼくはサヴァに運転を代り、鞄の脇で目を閉じた。そのまま、日が暮れてミハイロフカに入るまで眠ったふりをしていた。でなければ、サヴァがいようといまいと、いきなり彼女を引きずり下ろし、押し倒しかねなかった。今や土埃で茶色くなった服を引き裂き、拳《こぶし》で殴り付け、悲鳴や啜《すす》り泣きを聞きながら、無理矢理お楽しみを絞り取りかねなかった。


サヴァの足は遠のいた。朝飯はうちで食べていたが、ぼくが起きる頃には姿を消していた。料理女には好きなだけ食べさせてやるように言っておいた。どこにいるのかは知っていたのだ。

うちで朝飯を済ますと、サヴァはシチェルパートフの屋敷に行く。厩番《うまやばん》に頼み込んで、大人しい牝馬《ひんば》たちをぴかぴかに洗わせて貰《もら》い、一頭立ての軽い馬車の座席を女神様がお乗りになる貝殻のように磨き立て、あとは、日がな一日、玄関の脇で、あれほど恐れていたごろつきどもと一緒に坐り込んで過す。

今や、サヴァは得意の絶頂にあった。有頂天と言ってもよかった。夢見心地のサヴァは、ヤーシカが一緒にいていいって言ったのさ、と答えた。シチェルパートフの書斎に常駐するあの恐ろしげな爺《じじい》も、他のごろつきどもも、ロマンチックな献身には妙に理解があったらしい。彼らはサヴァに銃の撃ち方を教え、馬の乗り方を根本から叩《たた》き直し、うんざりするほどロマンチックな自慢話でサヴァの頭を一杯にした。今やサヴァは、少なくとも自分の頭の中では、高貴な女性にひたむきな愛を捧《ささ》げる、卑賤《ひせん》の身ながら騎士的な存在なのだった。

高貴な？　あの淫売が？

サヴァが清らかな妄想に身を震わせながら控える屋敷から、マリーナがお出ましになることは滅多になかった。真夏の日差しは赤毛女にはきつ過ぎるのだ。稀《まれ》に外の空気が吸いたいと仰せになると、サヴァは嬉々《きき》として馬車に牝馬を繋《つな》ぎ、玄関に回してお出ましを待った。埃除《よ》けの紗《しゃ》を帽子の上から被ったマリーナは、踏み台に足を掛けて僅《わず》かに馬車を軋《きし》ませ、振り返る勇気さえないまま無言で前を向いているサヴァを、その体の確実に地上的な重みで狂気寸前の恍惚《こうこつ》に追い込んだ。

何かさ、とサヴァは言った——こうさ、馬車がぎしっとするだけで。

サヴァは口を噤《つぐ》む。暫《しばら》くするとまた、何かさ、と言う。だが、それ以上の言葉は出ない。

エリザヴェトグラドへ、とマリーナは言う。オトレーシコフ夫人のところへ。或《ある》いは、どこでもいいから軽く一回りして。サヴァは返事をしない。声が出ないのだ。そのまま、馬車を出す。糞暑《くそあつ》いのに日焼けを恐れて着込んだ長袖《ながそで》も、襟で擦れたように赤くなる首筋も、その内側を僅かに走る、陽に当ったことのない白い皮膚の線も、サヴァには見えない。風を受けた紗がはためきながら尖《とが》った鼻と顎を浮き彫りにするのも、その奥で、黄金よりも貴重な赤い巻毛がピンを逃れて帽子の縁から転げ出し、僅かに震えるのも見たことはない。サヴァはただ、手綱を握るだけだ。猟銃を斜めに背負ったサヴァは、青銅の偶像を載せた馬車を馭《ぎょ》すように生真面目な顔で口を結んで、刈り取りの終った畑の間を駆けて行く。

テチヤーナとの関係は俄《にわか》に味気なくなった。当り前のように身を任せたことが詰まらなくなったし、当り前と言わんばかりに身を任せるところがもっと詰まらなくなった。たっぷりした金髪も、柔らかいが丈夫な揉革《もみかわ》のような肌も、がっしりした骨格まで、今では詰まらなかった。とはいえ、ただでやらせてくれるのは有難い。だからぼくは、今まで以上に熱心にテチヤーナを抱いた。抱いている最中に他の女のことを考えたりもしなかった。テチヤーナの体臭が気になり出して萎《な》えてしまうからだ。日雇いにその年の支払いが行われ、農場が空になった頃、テチヤーナが孕《はら》んだ。グラバクはぼくを彼らのしもた屋に呼び出した。

信じはしなかった。テチヤーナが小うるさく要求するほど熱心にハンカチを使ったとは言い難かったが、冷めた頃になって孕むとはどういう了見だろう。呆《あき》れるくらいに見え透いていた。キリギリスよろしく夏を煽動《せんどう》で過したグラバクには冬越しの金が必要なのだ。だから、金は持って行った。標準より幾らか多い（ぼくは兄にお伺いを立てた）のは、サヴァに対する義理立てだ。折々シチェルパートフがやっていたとは言え、金がないのはサヴァも一緒だろう。

グラバクの母親は留守だった。一家が寝起きする台所兼用の一間には、サヴァとグラバクに加えてテチヤーナまでいた。顔に痣《あざ》を作り、グラバクとサヴァがぼくと一戦交える前に腹ごしらえをした後を片付けていた。何となく腹が立った。彼女が妊娠したことも腹立たしかったが、それよりもテチヤーナが殴られたことの方が腹立たしかった。どうせなら腹まで蹴《け》って流してやれば済むのに、それをしないのが百姓どもの勘定高さだ。

オフチニコフ様の身内のグラバクとサヴァ。テチヤーナを奥方に据えさせて成り上がろうとは、大した革命家もあったものだ。

ぼくはテチヤーナの手を取って、頬に優しくキスしてやり、君はオトレーシコフのところへお帰り、と言った。悪いようにはしないから。たぶん帰りたくて仕方がなかったのだろう、彼女はおどおどとグラバクとサヴァ――でかい態度で腕組みして黙り込んだグラバクと泣きそうなサヴァを窺《うかが》ったが、彼らは身じろぎもしなかった。ぼくは扉を開けて、彼女を外に出してやった。

後で行くよ。安心してたらいい。奥様によろしくね。

外はもう暗かった。オトレーシコフの屋敷に着く頃にはとっぷりと暮れているだろう。まあいいか、とぼくは思った。全部終って気が向いたら、車で追い掛けて送ってやればいい。

扉を閉めて、幾ら、とぼくは言った。何なんだよそれ、とサヴァは泣きそうな声で叫んだ。お前は黙ってろ、とぼくとグラバクは同時に怒鳴りつけた。

ぶっ殺すぞ、てめえ。

殺せよ、とぼくは言った。グラバクがぼくの襟首を摑《つか》んだが、平気なものだった。惚《ぼ》けの来た母親と、孕んだ妹と、頭の足りない弟がいるのに、ぼくを殺せる訳がない。ぼくは常々グラバクに幾らかの敬意を払っていた。その粗暴さにではなく、僅かばかりの知性にだ。どんなに怒り狂おうと、ぼくを殺したら家族が路頭に迷うことを忘れられるほど、グラバクは馬鹿ではない。

子供は堕《おろ》させろ。腕のいい医者に見せるんだぞ。けちってそこらの産婆に任せたりしたら承知しないからな。

てめえの金なんかいるか。

ぼくは肩を竦《すく》めた。五分も掛らなかったな、と思った。自分の手際よさにうっとりした。これなら家に戻って、車で追い掛けて、テチヤーナを無事屋敷まで送って行ってやれる。たぶん途中でやらせてくれるだろう。

外に出ると、サヴァが後《あと》から付いて来た。金を押し付けると、サヴァは薄暗がりで大人しく数え始めた。数えながら、お前のことは絶対に許さないからな、と言った。ぼくは答えずに、サヴァが数え終るのを待っていた。

後のことはもう、思い出したくもないくらいの馬鹿話だ。

グラバクとサヴァは、テチヤーナには鐚《びた》一文渡さず、ぼくの渡した金を持ってエリザヴェトグラドに出向き、銃器や弾薬を買えるだけ買って引き返してきた。それから、生煮えだったフェルドゥシェルのサークルの数人を呼び出して、彼らの輝かしい武器庫を開いて見せた。つまりグラバクの戦略は根本から間違っていたので、百姓どもを動員したければ最初に武器を揃えなければならなかったのだ。三人が乗った。と言うより、あと三人分しか武器と弾薬はなかった。残りの連中には沈黙を要求した。

その後で彼らが襲ったのは、裏切り者フェルドゥシェルのところでもなければ、ぼくでも、仇敵《きゅうてき》シチェルパートフでもなく、哀れなユーリー・アンドレーヴィチのところだった。幾ら逆上していても、所詮《しょせん》は、シチェルパートフお雇いのごろつきどもが怖かったということだろう。一味は夜、ユーリー・アンドレーヴィチが一人きりのところに銃を持って押し掛け、散々に殴って引き出しにあった二、三百ルーブリと、母親の形見の宝石類（ダイヤモンドではなく硝子《ガラス》玉を嵌《は》めた首飾りとか、珊瑚《さんご》のブローチとか、個人の記念以上の価値はない代物だが、彼らはそれを途轍《とてつ》もない宝物と信じ込んだ）を奪って引き上げた。ユーリー・アンドレーヴィチがオトレーシコフの奥様を叩き起こして泣き付き（話を聞いたテチヤーナは失神した）、オトレーシコフ夫人に命じられた息子が馬を飛ばしてシチェルパートフのところに駆け込み、シチェルパートフが村の巡査をやってエリザヴェトグラドの警察に通報する一方、麾下《きか》のごろつきの一団に追跡を始めさせた頃には夜が明けていた。一味はとうに農地を抜け、雑木と草に覆われた荒蕪地《ステップ》に逃げ込んだ後だった。

テチヤーナには、仕方がないので自分で言い含めて、エリザヴェトグラドで堕胎させた。医者は法外な額を要求したが、テチヤーナはその日のうちに歩いて帰れるくらい綺麗《きれい》さっぱり厄介払いしていたので大人しく払って、そのまま連れて帰って来た。こんなことで嫌いになったりしないわ、とテチヤーナは言った。だからあなたも嫌いにならないで。

なるもんか、とぼくは言った。他に女がいないんだから、とは言わなかった。

十一月がやって来た。ミハイロフカは今や、怖くなるくらいに静かだった。シチェルパートフに付いて納屋を回り、ニコラーエフから来た仲買商が積み上げた布袋の脇で小麦を掌《てのひら》に取ったり、摘《つま》んだりするのを眺めている間も、外は静まり返っていた。シチェルパートフと仲買商が小麦の値を上げたり下げたりする声まで、心なしか低かった。ぼくは殆《ほとん》ど聞いていなかった。納屋の外の音に耳を澄ましていたのだ。

グラバクの一味がアレクサンドリアに向う街道で、二度ばかり、追い剝《は》ぎをやったという噂が流れた。奪った金品の一部を貰《もら》った百姓が、おおそれながらと訴え出たのだ。義賊気取りが裏目に出て、グラバク一味はねぐらを逐《お》われた。クリヴォイ・ログの近くにも現れた。人数は十人以上に増えており、証言によれば、グラバクは全ての指に金の指輪を嵌め、金時計を下げた上、女物の金の腕輪まで付けていたということだった。誰にでも適職があるということだろう。テチヤーナはぼくのことを、それからグラバクと取り分けサヴァのことを心配したが、ぼくは平気だった。シチェルパートフのお雇いたちはグラバクの一味を笑いものにした。兎《と》も角《かく》、素人じみているらしかった。ヤーシカが何か言うと、シチェルパートフは苦笑いを浮かべた。

それでも、ぼくにはミハイロフカの静かさが不安だった。兄は書庫に入って音も立てなかった。事務員はシチェルパートフの屋敷に移っていた。使用人も台所に籠《こも》って低い声で噂話をするだけで、それもぼくが顔を出すと止んだ。サヴァの母親のところにも時々寄ってみた。飢え死にでもされると後味が悪いから時々金を渡しに行くのだが、ただもごもご感謝の言葉を繰り返しながら泣くだけで、その言葉さえ、正直なところ、よく判らなかった。

ぼくは寝室にいた。夜だった。村の方で何か聞えたような気がして耳を澄ましたが、外はもとのように静かだった。階下の柱時計の音まで聞えそうだった。寝台に入って、指を『ボリス・ゴドゥノフ』に挟んだままうとうとしかけた時、ふいに、寝室の扉を叩《たた》く音がした。

料理女のボフダーナだった。寝間着の上から肩掛けを捲《ま》いて頭巾《ずきん》を被《かぶ》り、起きて扉を開けたぼくの袖《そで》を、ただもうぐいぐいと引っ張った。階下には外から冷気が入り込んでいた。ヤーシカが帽子をかぶったまま霜の匂いを纏《まと》わり付かせ、太い鞭《むち》を持って、開け放った玄関のところで兄と話していた。ぼくを見ると、グラバクとサヴァを追っている、と言った。

ぼくは震え上がった。二人だけだとヤーシカは言った。グラバクと、サヴァ。母親の家にいたところを見付けられたらしい。通報を受けて駆け付けた村の巡査と撃ち合いになり、二人とも窓から逃げた。

兄は外套《がいとう》を取り長靴を履いて下りて来た。ぼくの銃も持っていた。ボフダーナは馬丁を起そうかと言ったが、兄はぼくに顎《あご》をしゃくった。仕方なく、外套だけ羽織ってスリッパのまま厩《うまや》まで行った。兄はぼくに持たせたランプの光で手際よく馬に馬銜《はみ》を嚙《か》ませ、鞍《くら》を置き、ヤーシカの後を追って行ってしまった。

ぼくは家に戻ろうとした。寒かったし、外套の下は寝間着だけだったし、そんな格好でグラバクに捕まって殺されるのは御免だった。お尋ね者になってしまった今や、ぼくを殺すくらい平気だろう。ランプを持って厩を出たところで、すぐ脇の車を入れた納屋の扉が半ば開いているのに気が付いた。兄に銃を渡してしまったことを後悔した。突き付けるくらいならぼくにもできた筈《はず》だ。

足音を殺して納屋に近付いた。細く開いたままの扉に黒い染みが見えた。染みは漏れたオイルのように剝《む》き出しの土の上にも広がり、そこから足跡が、妙に不揃いに、奥に消えていた。

サヴァ、とぼくは声を掛けた。返事はなかった。少し迷ってから中に入った。中にいるのがサヴァではなくグラバクなら、目が合った瞬間に撃ち殺される。だが、車の脇に靴が転がっていた。草臥《くたび》れて泥まみれになっていたが、ぼくがニコラーエフで買ってやった靴だった。ランプを上げた。立てた銃床から銃身が奥に消えていた。丸めた靴下の脇に裸足《はだし》の親指が見えた。引金に掛っていた。

サヴァは銃口を咥《くわ》えたままぼくを見上げた。片手で銃身を摑み、もう片方の手は黒く汚れた腹の脇に投げ出されていた。ぼくは躊躇《ためら》った。サヴァを家に連れて行って医者に見せる。それは構わない。だがその後はどうすればいい。匿《かくま》うのか。警察やヤーシカの一味を相手に立て籠るのか。サヴァを庇《かば》って銃をぶっ放し、仲良く徒刑囚になるのか。ぼくはかぶりを振った。サヴァが納得するまで、何度でもかぶりを振った。

サヴァは目を瞑《つむ》った。納屋の天井に銃声が響いて、サヴァの顔は奥の暗闇に消えた。

ぼくはランプを上げたまま近付いた。腹が二、三度、喘《あえ》ぐように上下して、止った。

サヴァの顔は斜めに傾ぎ、半ばは脱ぎ捨てられたゴムの仮面のように垂れ下がっていたが、上になった側は、美しいくらいの平穏さで頭蓋《ずがい》に張り付いていた。


サヴァの葬儀の日に、ぼくは久々にテチヤーナとやった。葬儀を出してやったことを、グラバクの母親は殆ど認識していなかったが、妙に華々しい葬儀（サヴァが自分で頭をぶち抜いたことに目を瞑る代償込みで、司祭は嫌になるほどふんだくった）に坊ちゃままで来たことには感激していた。感激ついでに親父の病状をしつこく尋ねるのには辟易《へきえき》した。親父が死んだことも、時々金をやるのがぼくであることも、認識していなかったらしい。サヴァが何故死んだのかもまるで判っていなかった。長男は出稼ぎに出ていると言った。当らずと雖《いえど》も遠からずだ。教会は殆ど空で、数人の老婆仲間を除けば、いたのはテチヤーナとぼくくらいだった。テチヤーナは情の籠った目でぼくを見詰め、ぼくは立ってテチヤーナを誘い出した。

そのまま、教会の裏手に回り、壁に押し付けて立ったままやった。テチヤーナはずっと啜《すす》り泣いていた。びくりとして行ってしまった後は、ぼくの肩に顔を押し付け、一際激しく泣きじゃくった。落ち着くまで、ぼくは彼女を抱えていなければならなかった。

それから、手を引いて中に戻ろうとした。正面に回ろうとしたところで、シチェルパートフの馬車が前に止るのが見えた。マリーナが降りて来た。妙に華美な感じのする喪服の裾《すそ》を引き摺《ず》って、貴婦人然と中に入って行く姿に、ぼくは足を止めた。どうしたの、とテチヤーナは訊《き》いた。それからマリーナに気が付くと、急にがたがた震え始めた。異変を感じ取って、淫売《いんばい》、とぼくはマリーナを罵《ののし》った。何しに来やがったんだ。サヴァが死んだのはあいつのせいだ。テチヤーナの震えはぴたりと止った。ゆっくりと顔を向けた。

何が淫売よ。嘘吐き。嘘吐きの人でなし。あんたなんか死んじゃえばいい。

それからぼくに背を向けて教会の中に消えた。ぼくはそのまま家に帰らざるを得なかった。

III

ぼくは猟銃に弾を込めて寝室に置くようになった。着替えも持ち込んだ。いつでも素早く着替えて出られるようにだ。そのうち当り前になることも、まだ当り前になる前だったが、グラバクがどのくらい怒り狂っているか、その矛先が誰に向けられるか、判っていない訳でもなかったのだ。寝付きは悪くなった。眠れば今度は夢見が悪かった。

寝台に入ったまま目を開けて窓を眺めていると、外がぼんやりと明るみ、窓に何か当る音がした。サヴァがやったように、誰かが繰り返し小石を投げていた。服を着て、銃を取った。途端に、何かが爆発した。外を覗《のぞ》いて逆上した。納屋が燃えていた。車が吹っ飛ぶ音だったのだ。

階下の硝子《ガラス》が割れた。悲鳴が聞えた。銃を手に、ぼくは窓を開けた。数人の男が火の付いた薪《まき》を家に投げ込んでいた。ぼくは取り敢《あ》えずぶっ放した。二発撃ってから弾を込め直し、驚いて飛び退いたグラバクに狙いを付けた。影しか見えなくても極端に小柄なので一目瞭然《いちもくりょうぜん》だ。途端に、襟首を摑《つか》んで部屋の中に引きずり込まれた。兄だった。爆《は》ぜるような音がして、窓硝子が割れ、カーテンが裂け、天井に何かがめり込んだ。

兄はぼくを引き摺って階段を下りた。台所の扉が中から開いて炎が吹き出し、壁を伝って伸び上がった。ぼくは喚《わめ》きながら身を捩《よじ》って、兄の手を逃れようと暴れた。家の裏側は火に包まれた。兄はぼくを摑んだまま広間を横切り、玄関の扉から外に放り出した。とうに逃げ出していた使用人たちがぼくを羽交い締めにし、銃を取り上げた。

そのまま、兄はぼくを担ぎ上げさせた。屋敷の燃える炎が逆さまに見えた。シチェルパートフの屋敷に着くまで、ぶっ殺してやる、とぼくは喚いていた。グラバクの糞《くそ》野郎、ぶっ殺してやる。ぼくが大声で罵声《ばせい》を上げ続けるので、シチェルパートフの家にはとっくに灯《あかり》が付き、玄関では人が待っていた。ぼくは身を振り解《ほど》き、後ろからしがみつく下男を引き摺りながら、銃を返せと兄に詰め寄った。兄はぼくに平手打ちをくれた。

それで漸《よう》く正気に返った。熱もないのに全身が震えていた。ぶっ殺すどころではない、と気が付いたのだ。殺されるのはぼくの方だ。恐怖とも怒りとも付かない感情で目が眩《くら》み、鳥肌が立った。

震えは止らなかった。一晩中、宛てがわれた寝室の寝台に潜り込んで震えていた。

様子を見に来た兄に、ぼくは何とか説明を試みたが、試みるうちに逆上してまた喚くことになり、しかも舌が縺《もつ》れて言葉にならないので、兄は無言で出て行った。ぼくは脱力感に襲われ、体を起していることもできなくなり、眠り込んだ。

夕方、起き上がって、まだ震える指で身仕舞をした。焼けたものをひとつひとつ数え上げた。寝台を出ても部屋履きがない。シャツも靴下も替えがない。靴に至っては、兄に引きずり出された時履いていなかったので、どこをどう捜そうと出て来ようがなかった。他人の家の他人の石鹸《せっけん》で顔を洗い、他人の家のタオルを使い、他人の家の部屋履きでぺたぺた歩き回るのは惨めで、今ではそのことに腹を立てていた。人間が生きていくには信じられないくらい沢山のものの世話になる必要がある。

兄はヤーシカと出掛けていた。書斎にはシチェルパートフしかいなかった。ぼくを見ると、昨日の醜態なぞなかったかのように、シチェルパートフは穏やかに微笑した。

怖いか。

怖くはない、とぼくは答えた。昨夜《ゆうべ》の逆上が戻って来ようとするのを押さえ込んだ。ぼくはただ、怒っているのだ。シチェルパートフは一層笑みを深めた。

まあ、暫《しばら》くここにいるさ。外をうろついて野鼠みたいに殺されたくはないだろう。

野鼠みたいに殺されるのはグラバクの方だ、とは、ぼくは言わなかった。彼はぼくに靴を返さなければならない。替えの靴下とシャツも、歯ブラシも、家で使っていたのと同じ石鹸とタオルも、冬用の外套《がいとう》も、屋敷も、何もかもだ。追い剝《は》ぎのグラバクに返せる訳がない。とすれば、死んで詫《わ》びて貰《もら》うしかない。夕方、辛うじて焼け残った事務所から金庫を運び出し荷車に載せて帰って来た兄と二人で遅い食事を取る間も、ぼくはずっとそのことを考えていた。

翌日、エリザヴェトグラドに買い出しに行った。身の回りのものを買い揃える、と言うと、簡単に出してくれた。兄は買うものを書き付けて寄越《よこ》した。御者台にはヤーシカの手下の一人が坐《すわ》っていた。ぼくは隣によじ登った。嫌な顔をされたが、見晴らしのいい場所の方が、ぼくには安心だった。

女みたいにぎゃあぎゃあ喚きやがって、と言って、リャーブシカは唾《つば》を吐いた。殺すなら黙って殺せ。

ぼくはむっとしたが、抗弁はしなかった。古びたライフルが目立たないよう御者台の脇に差してあるだけではなく、リャーブシカの外套の打ち合わせから拳銃《けんじゅう》の握りが覗いていたのだ。

ぼくが仕立屋にいる間中、リャーブシカは外に馬車を止めて待っていた。当座の着替えが必要だ、とぼくは仕立屋に言った。シャツを何枚か。部屋着。揃いと替えズボン。冬の間の着替えが一式。冬外套は外出用と普段着で二枚。採寸を済ませ、仮縫いの予定を決め、兄とぼくの当座のシャツと下着だけ包ませた。仕立屋はお愛想のように、モスクワでまた一騒動あったそうですよ、非道《ひど》い御時世で、と言った。

ぼくは黙っていた。どの騒動のことだとしても、全てはとっくにここまで及んでいた。屋敷はグラバク一味に襲撃され、ぼくは身一つで焼け出され、外の馬車には、親父ならけしていい顔はしなかったであろうシチェルパートフお雇いのごろつきが、懐に拳銃を呑《の》んで待っている。それも、ぼくがいきなり、シチェルパートフの言葉を借りるなら野鼠みたいに撃ち殺されたりしない用心にだ。グラバクの一味が襲ってきたら、リャーブシカは拳銃を抜いて撃ち殺すつもりだろうか。エリザヴェトグラドの往来で。

仕立屋の包みを馬車に放り込み、そのまま待っているように言って、ぼくは出来合いの靴と部屋履きを買い、防寒靴と普通の靴の仕立てを頼み、石鹸と歯磨きと歯ブラシを買い、髭剃《ひげそ》り道具を売り付けられ、その包みをまた馬車に持って戻って、リャーブシカの横によじ登った。角を右に曲るように言った。銃砲店があるのだ。

付いて来てくれと言うと、リャーブシカは返答もせずに手綱を御者台に縛り、ブレーキを掛けて降りた。当然だろうと言わんばかりの態度だった。拳銃が欲しいと言うと店主は渋ったが、リャーブシカが後ろから頷《うなず》いたので、大人しく小振りの拳銃を出して来た。御婦人が護身用に使うような拳銃だ。リャーブシカはぼくを押し退け、回転式の拳銃を数丁出させ、一丁ずつ取っては、銃身を後ろの方から眺めたり、弾倉を回して音を聞いたり、引金を軽く引いたりして、そのうちの一丁を選んだ。弾は、と言った。店主が弾丸の包みを渡すと油紙の包みを破り、込めてぼくに渡した。ぼくはそれを、老オトレーシコフ夫人が届けてくれた大尉のお下がりの外套のポケットに入れ、予備の弾丸と一緒に代金を払った。店主は革のケースを付けてくれた。

その銃を、ぼくは肌身離さず持ち歩いた。誰も気が付かなかったのは、革のケースを改造して背中の方に回しておいたからだ。シチェルパートフの書斎にいる間も、ぼくは銃を身に付けていた。シチェルパートフは長椅子の上で退屈し切っているヤーシカと時折言葉を交わしながら、帳簿の整理をしていた。ぼくは黙って坐っていた。時々、事務員の詰めている部屋に書類やファイルを取りに行かされた。ヤーシカは素早くぼくの背中を一瞥《いちべつ》した。が、何も言わなかった。

雪が降り始める前に、マリーナはエリザヴェトグラドに移った。グラバク一味の件で怯《おび》えて、田舎は物騒だと言い張ったのだ。それにマリーナは兄を嫌った。食卓で一緒になる度、これ見よがしに顔を背けるのに、ぼくは腹を立てた。ぼくのことも勿論《もちろん》嫌っていた。サヴァほど可愛げがないからだ。ヤーシカの一味に至っては言語道断で、冬場の彼らは食って寝るだけの冬眠状態に入ってしまったかのように大人しかったのに、寝惚《ねぼ》けた誰かを屋敷の中で見掛けるとこれ見よがしに震え上がっていた。シチェルパートフの屋敷は、彼女の言葉を借りるなら、駄目、駄目、駄目、なのだ。

家を借りてやるくらいはいい、とシチェルパートフは言った。だが、一人で出す訳にはいかない。エリザヴェトグラドもそれなりに物騒だ。機械技師のメリンスキーが、フェルドゥシェルのことも考えてやらなきゃならんでしょう、と切り出した。うちの焼き打ち以来、夜も眠れないくらい怯えていたのだ。キエフの連中がいつの間にかペトログラードから独立したことにすると、近隣一帯におけるシチェルパートフの道具としての栄光はかつてないくらい具体的になっていたから逃げ出す訳にもいかなかったが、それも、家に火を付けられるのではないか、襲われるのではないかという恐怖と背中合わせだった。ミハイロフカは潜在的な無法状態にあると、誰もが思っていた。平然としているのは、ヤーシカの一味を除けば、兄とシチェルパートフだけだ。

優男のメリンスキーは機敏だった。素早くそれなりの家を見付けてくるとシチェルパートフの耳に入れ、家主と話を付けて借り上げ、中間で手間賃を掠《かす》め取った。マリーナはフェルドゥシェル夫人を連れてエリザヴェトグラドに行った。

メリンスキーは雪をものともせず、エリザヴェトグラドとミハイロフカを往来した。シチェルパートフの御用を務めてのことだが、時々は用もなく入り浸っていた。一度、シチェルパートフと一緒にフェルドゥシェルを連れてマリーナを訪ねた時には、主人顔でぼくたちを出迎えて面食らわせた。相変らず贅沢《ぜいたく》な身形《みなり》のマリーナは、フェルドゥシェル夫人に傅《かしず》かれ、気取り返った冷ややかさでボンボンをしゃぶっていた。メリンスキーは感謝の言葉を連ねながら、手柄を誇るかのようにぼくたちを送り出した。

親父なら、戸口を出るなり罵倒《ばとう》の一つも口にしただろう。アカめ、とぼくが言っても、シチェルパートフは口元一つ歪《ゆが》めなかったが、同意はしてくれたと思う。哀れなフェルドゥシェルはすっかり混乱していた。どうして細君が女中のようにマリーナに追い使われているのか、メリンスキーが何故主人面で君臨しているのか、どうしても理解できなかったのだ。

納屋は雪が積り始める前に空になった。シチェルパートフは損を承知で売り急いだのだ。運び出されるのも早かった。ぼくが理由を尋ねると、まあ、見てるさ、と言った。シチェルパートフは頻繁にエリザヴェトグラドの知人や、そのうちの一人である新任の県知事のところを訪ねたが、俄《にわか》に手に入った自治と独立を扱いかねた旦那《だんな》衆が、ぼそぼそ小声で囁《ささや》き合い、時には大声で言い争っているだけだった。シチェルパートフは無言で面白そうに眺めるだけで、囁き合いの仲間にも、言い争いの仲間にも入らなかった。必要なことは必要な人間が一人でいる時に耳打ちすればいい、とぼくには言った。それだけの地歩はとっくに築いてあったのだろう。

キエフの母も始終電報を打って寄越した。伯父《おじ》と一緒に身を寄せたいとか、やめたとか、出発するつもりだったができなくなったとか、そんな電文ばかりだった。どうも家が焼けたことを知らないようだったので、屋敷は焼き打ちされた、今はシチェルパートフのところにいると手紙を書いたら、それきり、何も言ってこなくなった。届いたのか、届かなかったのかも判らない。兎《と》も角《かく》その冬は大混乱で、キエフはボリシェヴィキの軍隊に占領されたとか、ドイツ軍に占領されたとかいう噂まで流れたのだ。今この瞬間の正確なところは、たぶん、誰も知らなかっただろう。エリザヴェトグラドも逃げて来る連中や逃げて行く連中でごった返し、怯えたマリーナは冬の巣を捨てて逃げて戻る羽目になった。迎えに行かされたのはぼくとリャーブシカだ。ぼくが警告した通り、冬の間に貯め込んだ凄《すさ》まじい量の荷物を持って帰ると言って聞かなかったが、リャーブシカは置き去りにすると言って脅し付け、何とか身一つ（と言っても、ニコラーエフ式の身一つ）で馬車に乗せた。そうでなくても雪融《ゆきど》けのぬかるんだ道は始末に負えない。荷物は後でぼくとメリンスキーが取りに行ったが、回収できたのは半分ほどで、残りはとっくに盗まれていた。マリーナは泣き喚《わめ》き、失神し、フェルドゥシェル夫人はぼくを非難がましい顔で睨《にら》み付けながら、介抱すると言うより、一緒になって悲嘆に暮れた。

雪が融けると、オーストリア軍が現れた。

シチェルパートフの屋敷にやって来たのは、まだ若い二人組の将校だった。兄と同じくらいの歳だったと思うが、草臥《くたび》れた軍装と草臥れた物腰のせいで十も老け込んで見えた。シチェルパートフは彼らをお客のように歓迎した。風呂《ふろ》と石鹸《せっけん》と剃刀《かみそり》を宛てがい、綺麗《きれい》に洗ってアイロンを掛けたシャツを用意し、丹念にブラシを掛けた制服を置いてやると、警戒気味という以上に剣呑《けんのん》だった二人の態度は劇的に軟化した。清潔なシーツを掛けた寝台を見た時には、感激のあまり涙を流さんばかりだった。一体どんな生活をしてきたのだろうと、ぼくは訝《いぶか》しんだ。夕食の席では二人とも、お行儀よく、ただし無言で素早く食べた。彼らと兄が並んで食事をしているのは、例によってマリーナは目を背けていたが、ちょっとした見物だった。二人は兄のことをいきなり、一言も言葉を交わすことなくある種の戦友と認識したが、実際、三人の食べ方は、兄の不具合を除けば極めてよく似ていたのだ。

中隊長は農場主の三男坊で（ただしその農場にはささやかな爵位が付いていた）、副官は弁護士の息子だった。農場の方は士官学校出だったが、弁護士の方は大学を辞めて志願していた。農場はシュタイエルマルク生まれだが、弁護士はウィーンだった。出自の違いは二人の表情や物腰に僅《わず》かな相違を加えていたが、見分けるのは至難の業だった。尤《もっと》も、弁護士がそれなりに流暢《りゅうちょう》なロシア語を口にするようになり、片言のままの農場が無精を決め込んでドイツ語しか話さなくなったところからすれば、弁護士の方が多少は知能が高かったのだろう――としか言えないのは、何語で話そうと、内容はどちらもかなりお粗末だったからだ。彼らからまるで同僚のように大尉と呼ばれていた兄の方がまだ中身がありそうに見えたのは、あながち顔を半分なくしたせいだけではない。

邪魔にはならないお客だった。至極重宝なお客でもあった。シチェルパートフは彼らをちやほやした。二人が轡《くつわ》を並べ、庭を横切って出て行くのを眺めながら、まあつまり、とシチェルパートフは言ったものだ。

あれでおれたちの首は繋《つな》がっている訳だ。

農場と弁護士は、ドイツにすげ替えられたキエフの政権が、ぼくたちのところに寄《よ》越《こ》した番犬だった。

中隊はうちの焼け跡に駐屯した。農場と弁護士がシチェルパートフの屋敷で風呂や食事や清潔なシーツに陶然としている間に、ミハイロフカ駐屯部隊は焼け跡にバラックを建て、ポンプを修理して水を引き込み、丸焼けになった台所を炊事場に変え、廃材で寝床を組んだ。一切合切を片付けた軍曹は三十近い髭面《ひげづら》の男で、それなりに規律正しく、それなりに有能で、他にも取り柄は多かった。たとえば、紙には折れ釘《くぎ》のようなABCを書き付けるのが精々だったとしても、どんな言葉もたちどころに覚えて話す重宝な才の主だった。財布からは無限に金が湧き、農場と弁護士のことも潤していたが、その大部分はシチェルパートフとの付き合いから来るものだった。咥《くわ》え煙草でバラックから歩いてきて、暖かくなると同時に屋堂々たるものだった。

敷の前に屯《たむろ》し始めたヤーシカの部下たちの一人に声を掛ける。世間話をしながら煙草を吸う。シチェルパートフが出て来て、旦那面で二言三言話をする。するとふらりと立ち去ってバラックに戻り、数人の兵士に声を掛け、荷車に馬を繋いで醸造場へ行く。持ち出した酒精《アルコール》をどこで捌《さば》いているのか、ぼくは知らずじまいだった。徴発も含めて殆《ほとん》どのことを軍曹に任せ切っていた農場と弁護士も、詳しいことは知らなかったのではないかと思う。

彼らには、戦争が始まった年と同じくらい美しい夏だっただろう。ミハイロフカは青い麦を茂らせ、砲声は聞えず、軍曹は何の危険も冒さず紙幣を詰めた藁《わら》布団で眠り、農場と弁護士は街道の向こうの塚まで馬を飛ばす以外することがない。二人はマリーナに諂《へつら》い、マリーナを張り合い、マリーナに媚《こ》びた。マリーナは滑稽《こっけい》なくらいに顎《あご》を上げ、これ見よがしに巻毛を振り立て、日に三度も四度もお召し替えをした。赤毛は青銅の輝きを増し、目は活動写真の女優のように煌《きら》めき、そばかすだらけの肌は薔薇《ばら》色《いろ》に染まり、言葉は舌っ足らずになりまさった。

居場所もないのはぼくだけだ。

五十に手も届こうというのに往時の軽薄さは衰えも見せないオトレーシコフ大尉は、マリーナ争奪戦の噂を聞き付けるや、飛び入りを果たすべく、シチェルパートフの屋敷に現れ、問われもしないのに自慢顔で、私設の軍隊を訓練していると打ち明けた。

近郷近在の小地主や、小金持ちや、農作業をさぼっても叱られない自作農の息子たちに銃と制服を自弁させ、集めて毎日教練している、と。日に焼けて若返った大尉は傲《ごう》然《ぜん》と農場や弁護士に張り合い、マリーナは大尉を大げさに称賛して農場と弁護士をやきもきさせた。是非教練を見に来て下さい、と大尉はマリーナを招いた。

帰り際の大尉を、ぼくは玄関で呼び止めた。どうしてぼくを誘ってくれないのか訊《き》いておきたかったのだ。

グラバクとの諍《いさか》いの話は聞いてるよ、と大尉は言った。

だからどうだと言うんです。

この界隈《かいわい》の騒乱に関しちゃ、君は大いに責任がある。

責任なら取ります。次は頭をぶち抜いてやる。

勇ましいね、と言って、話はお終《しま》いとばかりに、大尉はぼくの背中を叩《たた》いた。ぼくはびくりとしたが、大尉はもっと驚いたらしい。急に真顔になると、扉の脇の暗がりに、腕を取ってぼくを引きずり込んだ。

何でまた銃なんか。

野鼠みたいに撃ち殺されるのは御免ですからね、とぼくは言った。声が上ずっていた。大尉は、母上はまだキエフかね、と訊いた。そうだと答えると、それならキエフに行った方がいい、と言った。

銃くらい誰だって持ってますよ。

そんな銃じゃどうにもならん。

ないよりはましでしょう。

どんなものかね。ない方がましかもしれん。なければ、逃げるからな。

ぼくは逃げたりしません。

利口なら、逃げるさ。わたしは兄上の撤退を戦略的に高く評価するよ。

ぼくは赤面した。もう少しでグラバクを仕留めるところだったのに、と言った。それを兄が邪魔したんです。

で、君も死ぬか。銃を持つと途端に愚かになる奴がいるが、君はまさにそれだな。

あなたの「軍隊」はどうなんです。

大尉は肩を竦《すく》めた。どうせ馬鹿者だ、パレードにはちょうどいい。

入れてはくれないんですか。

お断りだ。玩具《おもちゃ》の兵隊さんを引き連れて、本気でグラバク狩りになぞ出られては堪《たま》らんからな。キエフの母上のところへ行きたまえ。それが一番だ。

オトレーシコフ大尉の軍隊の演習の日、ぼくは心底、惨めだった。三十人ばかりの餓鬼どもが草刈りを終えた休耕地に整列し、行進し、二手に分かれて模擬戦をやった。馬鹿ばかしかったし、みっともなかったし、助かった、とも思った。だからといって惨めさが減るものではない。農場と弁護士は通ぶった講釈を加え、マリーナは手を打ってはしゃぎ、兄は興味なさそうに突っ立ち、ぼくは不貞腐《ふてくさ》れた。終って、屋敷で饗応《きょうおう》を受ける間も、ずっと不貞腐れていた。テチャーナが、息子の軍隊ごっこに批判的な老オトレーシコフ夫人共々、屋敷のどこかに引き籠《こ》もって現れないのは助かったが、マリーナが演習で一際無茶なところを見せつけたどん百姓を呼び付け、スカーフを首に巻き付けてキスしてやった時には（哀れな田舎者はみっともないくらいに赤くなった）、苛立《いらだ》ちを笑いに紛らわす農場と弁護士以上に、ぼくが腹を立てていた。これではまるで銃を取る勇気もない臆病者《おくびょうもの》だ。

我慢できなくなって、もう一台、車を買った。今度はニコラーエフから届けさせた。兄は無関心を決め込み、シチェルパートフは肩を竦め、頑として貸さないと言い張ると、農場と弁護士は笑いものにした。ぼくは出来るだけ遠くまで、これ見よがしに転がした。殺すというなら殺せばいい。何人かは道連れにしてやる。ぼくは本当に怒っていたのだ。

クリヴォイ・ログへ向う街道の脇でグラバクがオーストリア軍を襲ったのは、八月の初めのことだった。ミハイロフカよりまだ小さい村にはオーストリア軍の分遣隊が駐屯していた。朝まだき、指揮官の中尉が当番兵に給仕をさせて朝食を食べている最中に、教会の鐘が鳴り出した。中尉が席を立って窓から外を覗《のぞ》き、部下たちが駆け出してくるのを眺めていると、いきなり、民家の屋根に据えた機関銃が弾を吐き出し始めた。

おそらくはあの辺りで機関銃が使われた最初だったと思う。前の晩のうちに盗み出された機関銃の弾は、まっすぐ窓に飛び込んで髭《ひげ》に牛乳の滴を付けたままの中尉をぶち抜き、壁に穴を開け、恐慌を来して逃げ惑う兵士を薙《な》ぎ倒した。民家に駆け込もうとした兵士は、どの家も扉を閉ざし、閂《かんぬき》を掛けているのを発見した。当番兵は裏口から飛び出し、半日逃げ回った挙句、ミハイロフカに辿《たど》り着いた。

農場と弁護士が兵士たちを率いて到着した頃には、グラバク一味は逃げ去った後だった。分遣隊は全滅しており、死体は教会の前に放置されていた。村人は何を訊かれても、一言半句、理解できないふりをした。軍曹が熊手で腹を突かれて果てた数体の死体を指差し、誤魔化しも利かないくらい達者な田舎言葉で詰問すると、最初はおどおどと、やがては憤然と、終いには哀願するように、やったのはグラバクの手下たちだと主張し始めた。水掛け論になったところで、農場と弁護士は引き上げを命じた。二人とも育ちがよかったので、エリザヴェトグラドの司令部に報告だけして、汚れ仕事は他の誰かにやらせることに決めたのだ。

シチェルパートフはフェルドゥシェルを呼び出した。フェルドゥシェルは恐怖に縮み上がりながらも知らぬ存ぜぬを押し通した。農場と弁護士を追い払い、酒を一杯振舞って漸《ようや》く、フェルドゥシェルはそういう噂があったことを認めた。ただし彼自身も、オーストリア軍の進駐以来鳴りを潜めたままのウクライナ社会革命党の同志も、加担はしていないと誓った。

身の証《あかし》が立てられなければならなかった。フェルドゥシェルは、襲撃の直後、村から若者が数人姿を消したことを調べてきた。農場と弁護士はもう一度村に乗り込んだ。期待通り年寄が出て来て、若い衆がグラバク一味と組んで村人を脅し、後から怖くなって逃げ出したのだと証言した。年寄は農場と弁護士をごろつきからの庇護者《ひご》として祭り上げ、村を虐殺の場にした悪人どもを地面に唾《つば》を吐いて呪ったので、農場としてはそれで済ませるしかなかった。

ミハイロフカからも、グラバクと格別親しかった訳でもない兵隊上がりが数人、出奔した。近郷近在を合わせれば、噂を聞き付けてグラバクの下に馳《は》せ参じたのは二、三十人に及ぶ筈《はず》だった。オトレーシコフ大尉の私設軍隊からも脱落者が出、残った連中は裏切り者を処罰することを誓って血の杯を回し飲みした（馬鹿どもはそれをぼくに威張って聞かせたが、一人は掌《てのひら》の傷から黴菌《ばいきん》が入り、微熱で目も空《うつ》ろだった）。出奔した何人かはグラバクを見付け出せないまま徒党を組んで強盗や追い剝《は》ぎを始め、捕まって袋叩きにされてから突き出されると、グラバク「親父」の部下だと言い張っ者は、追い剝ぎどころか、キエフの政権に楯突《たてつ》く英雄だった。今やミハイロフカの鼻摘《はなつま》み者は、追い剝ぎどころか、キエフの政権に楯突く英雄だった。

警察《ヴァルタ》が走り回り、農場は司令部に通い、弁護士は自ら部隊を率いて哨戒《しょうかい》に余念がなかった。シチェルパートフはヤーシカ一味と轡《くつわ》を並べて、管理を請け負っているオトレーシコフの農場まで見回りに出た。オトレーシコフ大尉はシチェルパートフを諫《いさ》めたが、意に介する様子はまるでなかった。君も言ってやれ、と、相変らずキエフ行きを勧めながら、大尉は言った。ぼくはどちらも断った。シチェルパートフがこれ見よがしに出歩くなら、ぼくもそうしなければならない。兄が何事もなかったかのように、日雇いの女どもを漁《あさ》って歩くのをやめないとしたら尚更《なおさら》だ。

揃いも揃って命知らずもいいところだな、とオトレーシコフ大尉は言った。

マリーナには理解する気もないことだった。事態が急転して、崇拝者たちがマリーナを崇《あが》め奉るよりもう少しましな仕事に精を出し始めたことは、彼女に言わせるなら裏切りだった。裏切り者どもは罰しなければならない。ところで、周囲を見回しても、恩恵を垂れて見せつける相手は他にいなかったので（兄は論外だったし、夏が終りに近付くと、そもそもろくに起きてこなくなっていた）、彼女はぼくを贔屓《ひいき》することにした。

言わば膝《ひざ》の上の狆《ちん》だった。ヴァシリ・ペトローヴィチ、と彼女はやけに甘ったるい声でぼくを呼び付けた。ヴァシリ・ペトローヴィチ、暑いとは思わなくて。ヴァシリ・ペトローヴィチ、窓を開けて下さるかしら。ヴァシリ・ペトローヴィチ、寒いわ、風邪を引かせるつもり。

ぼくはサヴァじゃない、と何度も言ってやろうと思った。猫撫《ねこな》で声を出しても無駄だ。狆でも飼ったらどうですか、とぼくは言った。誰からも相手にされなくなった婆様は狆を飼うものだ。

ヴァシリ・ペトローヴィチ、とある日マリーナは言った。ボブリネツへ行きたいの。車を出して下さる。つまり彼女は本当に狆を飼うつもりになっており、老オトレーシコフ夫人のボブリネツの知り合いが狆の仔犬《こいぬ》の引き取り手を探していると聞き付けて、貰《もら》いに行くことにしたのだ。

シチェルパートフに怒られますよ、とぼくは言った。ボブリネツまでの道は、自称グラバクの手下どもが野良仕事もせずにうろついている。マリーナはわざとらしく涙を浮かべて、ヴァシリ・ペトローヴィチ、と言った。首筋に鳥肌が立つような声だった。

ヴァシリ・ペトローヴィチ、あなた私が嫌いなの。

農場と弁護士の為に粧《めか》し立てたまま取り残されたマリーナは、意気阻喪で何やら薄汚く潮垂れて、惨めそのものだった。大嫌いだ、虫酸《むしず》が走る、と言ってやりたかったが、危ないんです、と答えていた。マリーナは溜息《ためいき》を吐いた。あなた、私が嫌いでしょ、と言った。見れば判るわ。私のことが最初から嫌いなのよ。

　ぼくは黙っていた。

　死んじゃいたい。

　死ねよ、とぼくは思った。だが、いいでしょう、と答えていた。ボブリネッツまで行きますよ。犬、欲しいんでしょう。

　シチェルパートフは留守だった。ヤーシカ一味もいなかった。車を車寄せに回すと、大きな帽子を紗《しゃ》で顎《あご》に括《くく》り付けたマリーナは、妙によちよちと歩いてきて、助手席に坐《すわ》った。まだ泣いていた。本当に泣いているのに、ぼくは驚いた。

　農場はすぐに遠ざかった。マリーナの帽子が風を切って鳴り、紗が細かくはためいて音を立てた。巻毛が帽子の中から転げ落ち、蟀谷《こめかみ》や頰や首筋で細かに震えるのが、前を見ていても目の隅を掠《かす》めた。御機嫌はなかなか直らなかった。大体、結婚なんかしたくなかったのだ、とマリーナは愚痴を漏らした。インテリ気取りの父親に無理強いされなければ、革命家の妻になんかなりたくはなかったのだ。シチェルパートフの息子は彼女に様々な（「どんな」「どんなって、色々よ」）無理難題を吹っ掛け、恐ろしい思いを幾度もさせ（「何度も？」「ええ、何度も、何度も」）、彼女の父親まで巻き込んで破滅した挙句（彼女が知っている限りでは、父親はどこぞの監獄に収監されたきりだった)、無一文で放り出したのだ(「ヴァシリ・ペトローヴィチ、私がどんな有様でニコラーエフに辿り着いたかご存知でしょう」ああ、実際、大した有様だった)。ちっぽけな手袋で覆った手で、ちっぽけなハンカチを紗の中に押し込んで、マリーナは涙を拭《ふ》き、鼻をかんだ。マリーナの持ち物は、ハンカチも、靴も、手袋も、呆《あき》れるほど小さかった。服や帽子は風で膨れ上がってはいたが大きいという訳ではなく、ただ、空気が詰っているだけだ。空虚さで膨れ上がった、哀れな、みすぼらしい生きもの――ちまちました小物と向こうが透けて見えそうな薄っぺらい布地に覆われた、肩の尖《とが》った、胸の平たい、脆弱《ぜいじゃく》な肉と脂肪と、指の間で簡単にへし折ってしまえそうな骨でできた生きものが、胡桃《くるみ》ほどの脳味噌《のうみそ》を安っぽい感傷で一杯にして呻《うめ》いている。

ぼくは車を止めた。真昼の街道には人の影も車もなかった。自称グラバクの手下が幾らいたとしても、この天候ではどこかの日陰に潜り込んで、栄光を夢見ながら眠り込んでいるに決まっている。ぼくはマリーナの両手を取り、裏返した両手首に、交互に唇を触れた。汗ばんで、奇妙なくらいに冷たかった。ヴァシリ・ペトローヴィチ、とマリーナが口籠《くちごも》った。ぼくは赤面した。

つまりはぼくの負け、ということに、マリーナとしては、なるらしかった。夕食の席のマリーナは再び三文芝居の女王のごとき威厳を取り戻しており、監獄の父親だの、逃亡中の亭主だの、無一文だの、哀れな身の上だのは――まして「私のことが最初から嫌いなのよ」などは、ボブリネツから戻る途中の大気に溶けて消えてしまったらしかった。狆さえも、もはや問題ではなかった。

何て醜いのかしら、と言って、食堂に入り込んだ哀れな仔犬を、マリーナは靴で押し遣《や》った。ヴァシリ・ペトローヴィチ、この子にはもううんざりだわ、どこかへやっちゃってよ。

大人しく、ぼくは仔犬を連れて食卓を離れた。厨房《ちゅうぼう》へ行って肉の屑《くず》を貰い、裏庭で食べさせた。実際、不細工な犬だった。一体全体女どもはどうして、こんな不細工な生きものを可愛がるのだろう。テチヤーナとよりを戻そう、と考えた。狆を飼うなどという贅沢《ぜいたく》は考えたこともないだろうが、飼えたとしても、不細工な生きものを恩着せがましく溺愛《できあい》して自惚《うぬぼ》れ心を満たす為ではないだろう。兎《と》も角《かく》、よほど立派な女なのは間違いない。

ぼくは狆を連れて寝室に引っ込んだ。狆は寝台の下で小さい鼾《いびき》をかきながら眠ったが、ぼくは眠れなかった。そのうちに夜が白んできた。ぼくは起き上がった。じきに使用人たちが目を覚ます。

扉を開けて、廊下に出た。階段の辺りにはうっすらと夜明けが忍び込んでいたが、廊下はどこまでも暗く沈んでいた。兄の寝室の前を通る時には足音を殺していたが、思い直して普通に歩くことにした。やましいことは一つもない。あの女はぼくを誘ったのだから、責任は取るべきだ。お預けを食わせておけば好きなように扱えると思ったら大間違いだ。

寝室の扉を開け、中に入っても、マリーナは目を覚まさなかった。ぼくは寝台に歩み寄り、白い寝間着で爪先《つまさき》まで包んで眠りこけているマリーナの脇に腰を下ろした。寝台はぼくの体重で窪《くぼ》み、マリーナは寝返りを打った。目を開いた。見上げて、金切り声を上げようとした。

ぼくはマリーナの口を片手で塞《ふさ》いだ。マリーナは口を噤《つぐ》んだ。大丈夫だ、この女は阿呆だ、とぼくは自分に言い聞かせた。だから金切り声を上げて逃げ出すのが一番困るなぞと思い至る訳がない。だが、手を離すと、また金切り声を上げようとした。ぼくは無我夢中で両頬に平手打ちをくれ、寝台の反対側に逃げ出そうとするのを、髪を摑《つか》んで引き摺《ず》り倒した。

マリーナは黙り込んだ。声も出せずに震えていた。もう一回、今度は落ち着いて、平手で両頬を打った。片手で襟元を引っ張ると、寝間着は面白いように裂けた。ぺたんこの、乳首だけ飛び出した貧弱な胸が露出した。口は塞いだが、必死になって体を捩《よじ》り、脚をばたつかせて暴れるので、その胸を拳《こぶし》を固めて思いきり殴り付けてやった。声を立てたら殴り殺すぞ、と言った。寝間着の裾《すそ》を捲《めく》り上げて丸め、口に押し込んだ。醜く歪《ゆが》めた顔が真っ赤になった。ほんとに殺すからな。布切れを口から引っ張り出そうとする手を押さえ付け、馬乗りになって無理矢理両脚を開かせた。

おそろしく時間が掛った。マリーナは開いた脚をひくひく痙攣《けいれん》させ、忙《せわ》しなく胸を上下させながら、鼻孔から喘息《ぜんそく》持ちのような息を立てるだけだった。ぼくはまるで興奮していなかった。サヴァがこの貧相な肉の塊を女神のように崇《あが》めていたことを思い出して奮い立たせようとしたが、気分が悪くなるだけだった。メリンスキーもよくこんな痩《や》せた雌鶏《めんどり》とやるもんだと考えると、幾らかましになった。その後は目を閉じ、テチヤーナのことを考えながら動いて、まるで堪《こら》えずに出るに任せた。要するに、焼印さえ押してしまえばこっちのものなのだ。

後始末もせず、捨て台詞《ぜりふ》も吐かずに、ぼくは寝室に戻った。大騒ぎをして人を呼べるものなら呼べばいい。開いた窓からは、使用人たちが目を覚まし、身支度をして仕事に掛る物音が聞えてきたが、ぼくは寝台に入り、二、三時間だがぐっすりと眠った。

マリーナは、その日一日、部屋から出て来なかった。エリザヴェトグラドへでもどこへでも逃げ出すがいいさ、とぼくは考えた。メリンスキーなぞ怖くも何ともないし、第一、農繁期で駆け回っていて、貧相な情婦の世話どころではない。他の誰かに、たとえば兄に、半殺しにされるのではないかと思ったが、結局は何も起らなかった。ぼくがどんな目に遭わされるとしても、事を公にしてマリーナがかく恥には及ばない。

それを一番よく知っていたのは、結局、マリーナだった。

翌々日、マリーナは何事もない顔をして下りて来た。朝食が終ると、まだ眠ったままの兄を残して、シチェルパートフは仕事に、農場と弁護士は部隊のところに、メリンスキーは不調の三号打穀機のところに飛んで行ったから、残っているのはぼくとマリーナだけだった。屋敷の奥の、一番涼しい小部屋にいたマリーナは、ぼくが入って行っても逃げようとはしなかった。ただ、体を強《こわ》ばらせて、睨《にら》み付けただけだった。手首の痣《あざ》にはレースの切れ端を巻き付けて誤魔化していた。口紅の下で、口の端が切れていた。退路を塞ぐように近付くと、立ち上がって部屋の隅に身を寄せた。それでも逃げようとはしなかった。腕を摑まえると痛がって暴れたが、軽く頭を小突くと大人しくなった。目だけが、食い殺してやると言わんばかりにぎらぎらしていた。

人を呼ぶわよ。

呼べよ。

けだもの。

マリーナは幾らでもぼくと寝た。勿論《もちろん》、ばらすぞと脅した上での話だが、呼べば納屋にでも車庫にでもやってきた。日課の昼寝の後には、髪をぞんざいに纏《まと》め、適当に引っ掛けた服の裾を絡げて現れた。納屋の張り出しに寝そべって待っていると、閉めておいた扉が細く開き、マリーナの影はまだ高い日差しの中で金色に輝いた。梯子《はしご》の下で靴を脱ぎ捨てた。靴下も穿《は》いていなかった。信じられないくらいの敏捷《びんしょう》さで梯子を上がり、服を脱ぎ捨て、裸になって横たわった。ぼくはよくマリーナを殴った。跡にならないよう、ごく軽くだが、その都度マリーナは、薄い瞼《まぶた》をひくつかせながら閉じて、けだもの、とぼくを罵《ののし》った。生気のない白い肌はうっとりするような血の色を滲《にじ》ませた。顔を醜く歪め、眉間《みけん》に皺《しわ》を寄せ、豚のように鼻を鳴らしながらよがる癖に、終るとさっさと服を纏め、ぼくに背を向けて引っかぶり、梯子を下りて母屋《おもや》に去った。二度くらい、寝込みを襲ってやろうとしたこともある。だがマリーナは寝室に鍵《かぎ》を掛けていた。脅しても、賺《すか》しても駄目だった。鍵は開けておけ、でないとドアを蹴破《けやぶ》るぞと言っても、御自由に、と言うだけだった。みんな起きてくるわよ。それで全部お終《しま》い。せいせいするわ。ぼくが憮然《ぶぜん》とすると、どうするの、今日はやらないの、と、せせら笑うような口調で言うのだった。

夕食の席に、まるでまだ貴婦人ででもあるように粧《めか》し立て、冷たい顔で現れるマリーナを、ぼくは憎んだ。もう少し自制心がなければ、農場や弁護士や兄が居並ぶ前で平手打ちを食わせてやっただろう。ぼくは前にも増して惨めだった。幾ら殴ろうと強《ごう》姦《かん》しようと、脅し付けて情婦にしようと、淫売《いんばい》には痛くも痒《かゆ》くもないのだ。

だからそれはミハイロフカで行われた最後の俸給支払いだったことになる——事務

員たちは前の週の終りに雇い人の名簿を確認し、日数を数え、支払うべき金額を書き出した。エリザヴェトグラドの銀行から現金が運び込まれたが、これは軍曹が護衛してくれた。支払いは厳戒態勢だった。オーストリア軍が遠巻きにし、ヤーシカの手下たちがこれ見よがしに歩き回る前庭で、雇い人たちは行列を作り、名前と就労日数と金額を書き込んだ紙片を渡され、大抵は文字が読めないので口頭で内容を確認され、こっくり頷《うなず》いて現金を受け取りに向った。俸給を受け取ると、玄関の脇に椅子を出して坐《すわ》っているシチェルパートフに帽子を取って挨拶《あいさつ》をした。村に通じる道や、街道や、居酒屋は、屯《たむろ》する雇い人たちで一杯になった。仲間と落ち合ってから、冬越しをする場所へと消えるのだ。

醸造場に寝泊まりして三交代で仕事を仕上げる連中だけが残った。メリンスキーが夏も冬もなく住み着く醸造場の二間続きに、農場と弁護士は軍曹を連れて通うようになった。幾らもしないうちに、兄も加わった。

メリンスキーは自室でささやかな賭場《とば》を開いていた。

眠り込む訳にはいかないからね、というのがその説明だった。醸造と蒸留が並行して行われる間、朝になって交代の助手が来るまで、メリンスキーは服を着たまま仮眠する。兄たちはそのメリンスキーの部屋に酒を持ち込み、さんざっぱら飲んで、それから夜通し、骨牌《カルタ》で遊ぶのだ。

朝、シチェルパートフのところに現れるメリンスキーの顔は蒼《あお》かった。作業の進展を報告する口調はしっかりしていたが、その窶《やつ》れ方は薄気味が悪いくらいだった。兄は夕方まで起きて来なかった。弁護士はいつの間にか行くのをやめた。

冗談じゃない、とぼくに言った。あいつらはどうかしてるよ。

それから、あのメリンスキーって奴は何であんなに金を持ってるんだ、と訊《き》いた。ぼくは震え上がった。メリンスキー自身は無一文だが、醸造場の運営資金を任されている。露見すればただでは済まないだろう。意気軒高なのは農場と軍曹だけだった。

どうかしていると言うよりも、農場の意気軒高を軍曹が支えていた。金も用立ててやっているらしい。

と言うよりも、大馬鹿だな、と、どこにでも顔を出すオトレーシコフ大尉はそっけなく言った。いかさま師どもに身ぐるみ剝《は》がれるのは御免だよ。

それから、何とも色彩豊かに、秋の夜長の賭博《とばく》を描いて見せてくれた。負けが込んで下りるに下りられない農場は死人のような顔でぐったりと椅子に腰掛け、軍曹は胡《ご》麻擂《ます》り口調で煽《あお》り、メリンスキーは外に飛び出してげえげえ吐き、兄は麦藁《むぎわら》で酒を啜《すす》り、淡々と賭《か》け続ける。

シチェルパートフは知っているのかね。

兄が起き出してくるのは夕食の前で、農場と弁護士の間に坐り、黙々と飲み込んだり流し込んだりし、すぐに外套《がいとう》を着て醸造場に向った。勿論、シチェルパートフが知らない訳はない。メリンスキーは、朝、ぼくとすれ違っても、目を上げようとはしなかった。もはや情婦などどうでもいいのだ。ぼくはその度に僅《わず》かばかりの優越感を覚え、メリンスキーと言うよりはメリンスキーの残骸《ざんがい》に、機嫌よく声を掛けてやった。

おはよう、メリンスキー、醸造場は順調かい。

そう言いながら、ぼくはマリーナのことを——見捨てられた可哀相な情婦のことを考えた。哀れなマリーナ。男どもは出払っている。どんなに嫌でも、この冬はぼくを相手に過すしかない。

たぶん、ぼくは何もかもを甘く見ていたのだ。メリンスキーを甘く見ていたし、マリーナを甘く見ていた。それを言うならシチェルパートフのことも甘く見ていた。ぼくは自分が未成年であり、誰も真面目には勘定に入れないことに、いつの間にか慣れ切っていた。本気で相手にする者がいないのと同じように、本気で腹を立てる者もいない——何かあれば誰かが庇《かば》ってくれる。兄か、シチェルパートフか、オトレーシコフ大尉か、事によるとメリンスキーさえ。

その晩、兄が戻って来たのはいつになく早かった。ぼくが起きて、ミハイロフカで手に入る限りのいい加減な本を欠伸《あくび》をしながら読み流していると、階段を上がってくる足音がして、ぼくの部屋の前で止った。ぼくは暫《しばら》く頁から目を上げて扉が開くのを待っていたが、兄はそのまま隣の自室に入ってしまった。扉を叩《たた》く音がしたのは、ぼくがうつらうつらし始めてからだ。起きて、開けに行くと、兄は何故かまだ外套を着たまま、ぼくに白い封筒を差し出した。ぼくは困惑した。兄の人差し指の爪が割れて、まだ血が出ているのに気が付いたからだ。

爪、どうしたの、とぼくは訊いた。途端に、壁まで張り飛ばされた。マリーナのことだ、と思った。兄は扉を閉め、壁に張り付いたままのぼくを引き剝がすと、手を振り解《ほど》こうとする暇もなく、もう一打ちくれた。あとはもう、何がどうなっているのかさっぱり判らなかった。ぼくは玉突きの玉のようにあちらの壁やこちらの壁に叩き付けられ、カーテンを被《かぶ》ったまま窓を突き破って転げ落ちそうになり、這《は》って逃げ出せば蹴《け》り上げられ、家具にしがみ付けば家具ごと突き倒された。狆《ちん》はきゃんきゃん吠《ほ》えたが、何の助けにもならなかった。最後に漸《よう》く、寝台の下に潜り込んだ。兄が蹴ると、寝台の脚は折れて大きく傾いだ。狆が悲痛な叫びを上げた。ぼくはそのまま失神した。朝まで気が付かなかった。

翌朝は気味が悪いくらい静かだった。狆の死骸《しがい》を潰《つぶ》れた寝台の下から引っ張り出し、あちこち切れて血塗《ちまみ》れになった顔を洗い、呻《うめ》きながら階下に下りた。胸が息をする度に痛むし、脚は挫《くじ》くか脱臼《だっきゅう》するかしていたから医者を呼んで欲しかったし、何より、にもかかわらず、腹が空《す》いていたのだ。

食卓にいたのはシチェルパートフだけだった。農場と弁護士は二日酔いと寝不足でふらつきながら兵営に行った後で、兄もマリーナもいなかった。シチェルパートフはぼくにはろくに目もくれず、後でヤーシカに見て貰《もら》え、と言った。その方が医者よりいい。痛みを堪《こら》えながら空腹を満たして、台所でヤーシカに怪我を見せた。脱臼は手荒く嵌《は》め直され(お蔭《かげ》で一週間くらいまともに歩けなかった)、肋《あばら》は乱暴に叩かれた上、折れちゃいないから大丈夫だと言われた。

一日寝ていようと階段を上がり掛けたところで、醸造場からメリンスキーがやって来た。おはよう、メリンスキー、と言い掛けて、ぼくは口を噤《つぐ》んだ。メリンスキーはもっと手酷《てひど》くやられていたからだ。向こうはちらりとぼくを見て、逃げるように書斎に消えた。

下男が駆け下りて来て、何か言いながら上を指差した。二階の廊下にはぼくがさっきまで押し潰されていた寝台と、家具の残骸が引っ張り出されていた。女中が一人、しゃがみ込んで泣いていた。怯《おび》えていた。廊下の奥の、裏階段の扉が開きっぱなしになっていた。

ぼくは階段を屋根裏まで上がった。積み上げた家具や木箱の間で、視界を縦に過《よぎ》るものがあった。それはゆっくりと動いており、動きに合わせて絹の軋《きし》みが聞えてきた。カーテンの太い飾り紐《ひも》が、頭を屈《かが》めなければぶつけそうなくらい低い梁《はり》に結わえ付けられていた。兄が、奇妙な加減に俯《うつむ》いていた。俯いた顔とだらりと下がった肩との間が不自然に遠かった。そのまま、梁に結わえ付けられた飾り紐の結び目を中心にゆらりと背を向けた。膝《ひざ》を曲げた両足が、爪先《つまさき》で床に円を描いた。

ぼくは部屋に戻り、怯えて泣いていた女中の前で扉を閉めた。昨日の封筒が床に落ちていた。中の紙片には、後はシチェルパートフに任せること、とあった。


実際、シチェルパートフは万事をきちんと処理してくれた。母に連絡が付かなかったことを除けば葬儀はちゃんとしていたし、相続と後見の問題も片付けてくれた。その間もぼくはずっと考え続けていた。一体何が起ったんだろう。マリーナはメリンスキー共々、その日のうちに行方を晦《くら》ました。荷物さえ殆《ほとん》ど持って行かなかった。メリンスキーの方は、一週間ほどしてから、クリヴォイ・ログの駅の引き込み線で死体になって見付かった。

農場は首を傾げていた。軍曹にも訊いてみたが、知らぬ存ぜぬを押し通した。メリンスキーが死んだことを知らなかったようなので教えてやると、逆さまに十字を切った。推測できることもないではなかった。が、それでは理屈が通らない。確かに兄は大金を賭けて負けてはいたが、死ななければならないほどではなかった。少なくとも、土地は手付かずでぼくが相続した。

今更、そんなことに意味があるとすればだが。

シチェルパートフは老け込んだ。頭も半分しか働いていないように見えた。充分以上に狡猾《こうかつ》に立ち回っていたが、自分がどれくらい狡猾かになぞ、もう関心がないように見えた。オーストリア軍の徴発も、穀物の売却も、かねて用意していた通り順調に進んだに過ぎない。それから、倒れた。卒中だった。意識は数日で戻ったが、左半身に麻痺《まひ》が残った。

ぼくはずっとシチェルパートフの枕元に付き添っていた。心配していたからではない。ぼくの方が心細かったのだ。時々、シチェルパートフは右目を大儀そうに開けてぼくを見た。薄目しか開かない左の瞼《まぶた》が震えていた。浮腫《むく》んで歪《ゆが》んだシチェルパートフの顔はサヴァを思い出させた。死人の顔だ。何日か目に、ヤーシカを呼んでくれ、と言った。口はねじ曲がっていたが言葉ははっきりしていて、ヤーシカがやって来ると、意外なほどにそっけなく暇を出した。ヤーシカはシチェルパートフの肩を親しげに叩き、手下共々立ち去った。

起き上がれるようになると、シチェルパートフは書斎に寝床をしつらえさせた。看護人も看護婦も拒絶した。器用に車椅子を操って書斎の中を動き回り、食事は運ばせ、夜は一人で横になって眠った。前と違うのは、非道《ひど》く寒がることくらいだった。昼は車椅子か書物机の椅子に、しゃんとした様子で腰掛けて仕事をした。農場と弁護士の要求を捌《さば》き、エリザヴェトグラドやニコラーエフの代理人に指示を与え、フェルドゥシェルの不安げな訴えに耳を傾け、事務員や作男《さくおとこ》や、メリンスキーに取って代わった醸造場の助手を呼び付けた。どこもおかしくはなっていないのだと、皆に信じ込ませようとしているようだった。それでも、シチェルパートフはお終《しま》いだった。ぼくには判ったし、たぶんヤーシカにも判ったのだろう。勿論《もちろん》シチェルパートフ自身が一番よく知っていた。あとは遅いか、早いか、どんな風にかだけだ。

村も様変りしつつあった。

まだ十月のことだったと思う。村で、ぼくはグラバクに出くわした。母親の家から出て来るところだった。そこらの作男が町に出る時のような格好で、目深に帽子を被り、犬に見付かった狐のようにぼくを見たが、ぼくも竦《すく》んでいるのに気が付くと、図々《ずうずう》しく側にやってきた。よお、元気か、と言った。ぼくは答えなかった。銃は持っている。仕返しをするなら今しかない。

抜けた真似すんなよ、と言って、グラバクはにやつきながら上っ張りのポケットに突っ込んだ手をぱたぱた動かした。すけこましの坊ちゃんも立派になったもんじゃないか。一丁前に男って訳か。シチェルパートフ様々だな。よろしく言っといてくれ。折りを見て礼に伺うから。

グラバクは太々《ふてぶて》しかった。それでいながら、特別に無茶をしているようにも見えなかった。昼日中にのこのこ村に舞い戻るのは、間違いなく安全だと確認しているからに違いない。ぼくはフェルドゥシェルの家に行って、昼飯に戻って来たところを捉《つか》まえた。グラバクに遭ったと言うと、溜息《ためいき》を吐いた。

匿《かくま》う人間は幾らでもいるだろうな。

村でも？

フェルドゥシェルは頷《うなず》いた。ただ、自分には漏らさないだろうとも付け加えた。一九一七年以来の行動が祟《たた》って、彼はもう誰からも信頼されてはいないのだ。

ぼくは屋敷に戻ってシチェルパートフに報告した。フェルドゥシェルの見解も付け加えた。シチェルパートフは頷いた。大して関心がなさそうだった。それからぼそりと呟《つぶや》いた。

村まで来たのなら、じきにここにも来るだろうさ。逃げ出すなら潮時だな。

ぼくには自分の耳が信じられなかった。シチェルパートフともあろう者が、農場を捨てて逃げ出す？　たかが追い剝《は》ぎに逐《お》われて？

オトレーシコフ大尉も同意見だった。敗北主義の蔓延《まんえん》にぼくは腹を立てた。どうして、と嚙《か》み付いた。病人ではない分、嚙み付きやすかったのだ。

オーストリア軍が撤退するからだよ。

兎《と》も角《かく》、いつの間にかそういうことになっていたのだ。名目ばかりだろうとロシアから独立したぼくたちにはもう関係のないことだったが、オーストリアの皇帝は退位し、戦争は終っていた。農場にも、兵隊たちにも、変った様子はなかったが、弁護士は落ち着きがなかった。いつ撤退するのか尋ねると、まだ命令が来ていないのだと打ち明けた。ぼくはうろたえた。支払い日には盤石だったものが、今はもう砂地の砂のようにぐずぐずだ。

シチェルパートフは飲み始めた。信じられない話だが、部屋を閉め切って、朝から飲んでいた。昔から、その年の一通りの仕事を終えると一月くらい飲みっぱなしにはなったが、病身の癖にその飲み方はかつてないくらい非道かった。酔っ払って、時々、ぼくに車を出すよう言った。部屋から出る時にはしゃんとしていたが、村を抜け、街道に入ると、背中を丸めて哀れげな様子になった。痩《や》せて、背丈まで縮んだようだった。老いぼれ犬と言っても、本人も反論はしなかっただろう。

全てが枯れ果てていた。底なしに透明な空の下で何もかもが鮮やかな黄色に変り、シチェルパートフの屋敷だけが遠くにぽつんと白く輝いていた。醸造場の煙突が最後の煙を棚引かせ、畑では九月に播《ま》いた種が土を被《かぶ》って眠っていたが、もう、何一つ自分のものとは感じられなかった。

一度だけ、夜、オトレーシコフ屋敷に行った。寝台で一人で横になっていたら堪《たま》らなくなったのだ。服を着て車を出し、オトレーシコフ家の裏手に乗り付けた。小さな石を幾つか拾って庭に入り込み、まだ灯《あかり》の付いていたテチヤーナの窓の脇に投げ付けた。影が窓に映り、灯が消えた。ぼくはそのまま立っていたが、テチヤーナは現れなかった。窓を開けさえしなかった。仕方がないのでもう一度石を投げ、坐《すわ》り込んだ。月が空をぐるりと回ると、小石を入れた袋を裏返すように太陽が現れる——だがその時はまるで別だった。世界が裏返しにされ、放り出されるのはぼくだった。その感覚は気に入った。だからテチヤーナが、空だけ青く明るむ頃に現れたとしても、もうどうでもよかったのだ。ぼくは立って、背を向けて、テチヤーナがいつも出入りしていた木戸から外に出た。テチヤーナが何度もぼくの名前を呼ぶのが聞えたが、ぼくはそのまま立ち去った。

オーストリア軍は十二月に入る前に、エリザヴェトグラドまで撤退した。最初の雪が降る前だった。シチェルパートフは見送りさえしなかった。軍曹が例の藁《わら》布団をどうしたのか——その中の、じきに紙屑《かみくず》に変ってしまうに違いない金をどうしたのか、ぼくは知らない。老オトレーシコフ夫人は荷造りを済ませ、エリザヴェトグラドの駅に送り出した。鉄道が安全な間にオデッサへ——そこからイスタンブールへ逃げ出すのだ。

オトレーシコフ大尉に頼まれて、ぼくは車で屋敷まで迎えに行った。奥様と見送りの大尉だけかと思ったらテチヤーナまで、兎の毛の縁の付いた小綺麗《こぎれい》な外套《がいとう》に身を包んで乗ってきた。だって、ねえ、と老オトレーシコフ夫人は言った。テチヤーナがいなけりゃ部屋履きがどこにあるのかも判りゃしない。テチヤーナはそっぽを向いていた。その顔を見て、ぼくは胸苦しくなった。他に誰もいなければ、たぶん、行かないでくれと頼んでいただろう。

実際、駅で、ぼくはテチヤーナにそう頼む羽目になった。母親をどうするんだ、と訊《き》いたら、兄さんが面倒を見るでしょ、とそっけなく答えたからだ。奥様には私が必要なの。それにもう、あなたの顔を見なくて済むわ。

ぼくは行かないでくれと頼んだ。何でも言う通りにするから、法的に可能な年齢になったらすぐにでも妻にするから行かないでくれ、と。これは、本来なら、劇的な効き目がある筈《はず》だった。言ってから一瞬、しまったと思ったくらいだ――獣のように目をぎらつかせたテチヤーナは、ぼくに飛び付いて来るだろう。だが、彼女はかぶりを振った。手を摑《つか》もうとすると、振り払いながら後退《あとずさ》った。汽笛が鳴った。オトレーシコフの奥様が呼ぶと、彼女は後ろも見ずに車室に駆け込んだ。ぼくは見送りの大尉を追い越し、のろのろと進み始めた列車について歩いた。非道いよ、とテチヤーナに言った。ぼくが一体何をした？　テチヤーナは窓枠を鷲摑《わしづか》みにして身を乗り出し、オフチニコフんとこの馬鹿息子、と大声で喚《わめ》いた。列車は速度を上げ始めていたので、ぼくは小走りになっていた。

反対側の座席に腰を下ろした老オトレーシコフ夫人が、訳知り顔で軽く肩を竦めたように見えた。テチヤーナは泣いていた。

オフチニコフんとこの馬鹿息子、死んじまえ、人でなし。

ぼくは足を止めた。車輪の間に身を投げて死んでやろうと思ったが、そんなことをするにはもう速度が上がり過ぎていた。テチヤーナの帽子はどこかへ吹っ飛び、金色の髪は解《ほど》けて風に嬲《なぶ》られていた。列車が軽く傾いで車室が見えなくなるまで、窓から噴き上がる炎のように揺らめいていた。

家まで送る間、オトレーシコフ大尉はぼくを放っておいてくれた。有難いが気の滅《め》入《い》る態度だった。大尉は大尉で気の滅入る事情を抱えていたのだが、そんなことはおくびにも出さなかった。屋敷の前に車を着けると、大尉は、寄って行かないか、とぼくを誘った。オトレーシコフの屋敷は今や空っぽだった。ぼくが村でグラバクを見たと言ったその日のうちに、大尉は私設軍隊を解散してしまったのだ。どのみち脱走者が相次いでいた。ごく忠実だった何人かには待機を命じてある、と大尉は言った。

とはいえ、声を掛けるかどうかは微妙な問題だな。

白い布で家具という家具を覆った屋敷は、事実上、空き家だった。エリザヴェトグラドへの往復の間に、火の気さえ絶えた屋敷は冷え切っていた。書斎の長椅子の上には枕と上掛けが置かれていた。大尉は外套を着たまま、机の上の瓶から火酒を注いでぼくにくれ、自分は一息で呷《あお》って飲んでしまった。

グラバクの一味と一戦交える気はない、と大尉は続けた。既に百人を超えてちょっとした軍隊に成り上がっている上、小競り合いとはいえ何度か実戦も潜《くぐ》っている。先月、イワノフカの辺りでオーストリア軍の輜重《しちょう》を襲ったやり口は非の打ち所がなかった。大した戦上手だよ、あのグラバクは。玩具《おもちゃ》の兵隊じゃ差し向けるだけ可哀相だ。

じゃ、どうするんです。

クリミアへ行く。

リューマチでも出たか、というのが、ぼくの呑気《のんき》な感想だった。暖かいところでひと冬過すのか。この状況で。そうじゃないということに気が付くまで少し掛った。

白軍に入るんですか。

知り合いがいる。何かやらせてはくれるだろう、と言って、大尉はもう一杯呷った。ぼくにも飲ませようとしたが、断った。

餓鬼どもを連れて？

大尉はげらげら笑った。ぼくが彼の隊長たちを餓鬼呼ばわりしたのがよほど面白かったらしい。いや、彼らは置いて行く。忠誠が期待できるのは小金を持った家族のいる奴ばかりだが、それじゃ気の毒というものだ——連中ではなく、家族がね。それで君のことを思い出した訳だ。どうする、一緒に来るか。

シチェルパートフがいます。

具合はどうなんだ。

よくはありませんよ。酒もやめない。

正直、君の手には余ると思うよ。助言を聞く気があるかね。

翌日、ぼくは大尉に言われた通り、エリザヴェトグラドに買い出しに行った。主に保存食と、弾薬だ。サヴァが持っていたのと同型の六連発ライフルも買った。一部を車庫に隠し、三日掛けて手頃な隠れ家を二つ見付け、夜中に行って、それぞれに穴を掘って半分ずつ埋めた。シチェルパートフを連れて逃げるのは大変だぞ、とオトレーシコフ大尉は言っていたからだ。雪が降り始めたら尚更《なおさら》だ。車庫には橇《そり》も用意した。

雪が降り出したのは、ぼくが何日かぶりに熟睡した晩だった。屋敷はいつもと変りがなかった。一晩で膝《ひざ》まで積り、その後も、何日も降り続いた。雪の中をぼくは時々偵察に出た。橇の扱いに慣れておく必要があったし、雪にも慣れておきたかったからだ。お蔭《かげ》で、吹雪の夜中に迷わず村まで行って、フェルドゥシェルを叩《たた》き起こすくらい簡単であることも判った。

寝惚《ねぼ》け眼のフェルドゥシェルは怯《おび》えていた。それでも、台所の竈《かまど》の前に坐り銃を膝に載せたぼくに向って、何も知らないと言い張った。目の前の銃も怖いが、グラバクの方が尚更怖かったのだ。馬と橇が雪に埋まると面倒なので、ぼくはそれで立ち去った。どのみち、フェルドゥシェルがグラバクがどこにいるか知っているとも思えない。むしろ、ぼくの方が知っておいて欲しかったのだ――吹雪いていようと晴れていようと、夜陰に乗じて彼の家に入り込むくらい簡単であることを。銃を持っていることを。ぼくがもう、彼を信じていないことを。甘く見ていると痛い目に遭うことを。そしてそれをグラバクにも知っておいて貰《もら》いたがっていることを。

シチェルパートフは飲み続けた。ぼくが出掛けても、行き先さえ尋ねなかったし、戻って来ても何も言わなかった。女中に言って暖かい衣類や着替えを纏《まと》めさせてあることも知っていた筈だが、特に感想はないらしかった。雪は降り続いた。外の世界の噂が何一つ入ってこない以上、いつ出発すべきかも決められなかったが、止んだら出る、とぼくは決めていた。

相変らず雪の降る午後のことだった。玄関の呼び鈴をうるさく鳴らす音がした。シチェルパートフに言われて見に行くと、一足先に出た事務員の前で、グラバクが足を踏み鳴らして長靴の雪を落とし、潰《つぶ》れた軍帽で毛皮外套を払っていた。ぼくを見るなり歯を剝《む》いて笑い、こうまで非道《ひど》くはなかった筈だというくらいの訛《なま》りで言った。

アナトーリ・ティモフェイヴィチはおいでかね。

事務員は事務所に逃げ込んだ。グラバクは女物とおぼしき毛皮外套を脱いで、腰掛けの上に放り投げた。革の上着を着て、腰に馬鹿でかい拳銃《けんじゅう》のケースを下げていたが、蓋《ふた》はきっちりと閉めてあった。

ぼくは書斎の扉を開けた。グラバクが来てます、と言うと、シチェルパートフは、通せ、と言った。ぼくが開けた扉の隙間を潜るようにして、グラバクは中に入った。ぼくは後手に扉を閉めた。車椅子のシチェルパートフに、グラバクは一瞬、途惑ったように見えた。だがシチェルパートフは、常にもましてシチェルパートフだった――少なくともぼくには、発作前のシチェルパートフが戻ってきたように見えた。

お久しうございます、アナトーリ・ティモフェイヴィチ。

今時、金を借りに来た作男《さくおとこ》だって、ここまで卑屈ではない。その癖、にやにや笑っていた。三文芝居もいいところだ。

いい羽振りだそうだな。噂は聞いてるぞ。

そりゃ有難いこって。戻ってくることになりましたんで、誰よりまずあなた様に御《ご》挨拶《あいさつ》をと伺った次第で。

シチェルパートフは鷹揚《おうよう》に頷《うなず》くと、ぼくに向って、こいつに一杯やれ、と言った。ぼくは怪しみながらも、机の後ろのキャビネットからグラスを出し、朝開けてもう半分以上空になった瓶から火酒を注いだ。

作業場は閉めてる。仕事はないぞ。

御心配は無用に願います。おれにはおれの仕事があるんで。グラバクはぼくの渡し

たグラスを呷り、返して寄越した。用件に入りましょう――おれんとこの連中は、も
う、村にいます。遠目でこの屋敷を見るなりぞっこんで、村の連中を煽って押し掛け
ると言って聞かないんだが、まあ、晩までは押さえておけるでしょう。夜の八時に迎
えを寄越します。指一本触れずにエリザヴェトグラドまでお送りして、一等車に乗せ
て差し上げますよ。

それはまたえらく寛大だな。

おれはこの餓鬼の身柄さえ貰えりゃ結構なんで、とグラバクはぼくに顎をしゃくっ
た。シチェルパートフは目顔でぼくを制した。妹を傷物にされた上、弟を見殺しにさ
れたとあっちゃあ、放っとく訳にはいきません。

お前、おれのことを一体いつから知ってる？　赤ん坊だったお前が、おれを見ただ
けでおむつを濡らしてびいびい泣き出したのを覚えてるぞ。かれこれ一世紀の四分の
一は、たっぷり顔馴染みだろうが。

グラバクは肩を竦めた。それが何か。

おれが大人しくヴァーシャを渡して、ここを出て行くと思ったか。車椅子の肘掛け
をぽんぽんと叩いた。これでおれが腑抜けたと見たなら間違いだ。ちっとは利口にな
れ。一遍だって、おれがただ人にものを取られたのを見たことがあるか。出て行け、
餓鬼は置いてけ、じゃ話にもならん。お情けなら別だがな。後生だから出て行って下

さい、なら、聞かんこともない。

餓鬼は。

そうさな。お情けでならくれてやらんこともないな。

あんた、自分の立場が判ってるのか。

格好の付け過ぎだ、グラバク。気の利いた芝居のつもりかもしれんが、田舎役者もいいとこだな。いきなり押し掛けておれを吊《つ》るした方がよほど似合いさ。

それからぼくに、叩き出せ、と言った。ぼくは途惑ったが、シチェルパートフが撤回の指示を出さないので、やむなくグラバクの肩に手を掛けた。案の定、乱暴にはね除《の》けられた。

八時ですよ。その時にもまだ、餓鬼は渡さない、出ても行かないと言い張るなら、あんたもそれまでだ。

松明《たいまつ》を忘れるなよ。おれは派手なお祭りが好きでね。

グラバクは出て行った。ぼくは窓から外を覗《のぞ》いた。小止みになってきた雪の中に、馬に跨《また》がった男が二人いて、一方が馬の手綱を恭しくグラバクに渡すのが見えた。

事務所の連中を呼べ、とシチェルパートフは言った。帳簿を持って来させろ。

それからシチェルパートフは、一滴も飲まずに、その場で事務員たちに会計報告を纏めさせ、手持ちの現金を持って来させ、そこから半年分の給金を払って馘首《くび》にした。

仕事中の使用人たちも呼び集め、俸給を前払いし、夜までに荷物を纏めて出て行くように命じた。抗議は許さなかった。料理女は早めの夕食にシチューを作って書斎に運び、皿を下げに来ると言ったが、シチェルパートフは、ヴァーシャに下げさせるからいい、の一点張りだった。

書斎で一緒にシチューを食べてから、ぼくは厩《うまや》に行って、自分で馬に馬具を付け、屋敷の裏手に橇を着けて繋《つな》いだ。雪は完全に止んでいたが、辺りは暗かった。荷物を積んで覆いを掛けた。人気《ひとけ》の失《う》せた屋敷中の灯《あかり》を、裏口に通じる廊下まで、消して回り、玄関の扉に閂《かんぬき》を下ろし、シチェルパートフの毛皮外套《がいとう》を下げて戻った。書斎ではシチェルパートフがまた飲み始めていた。もう七時半だった。

まだいたのか、とシチェルパートフは言った。裏手に橇を用意したとぼくは告げた。

何の為に。

逃げるんでしょう。

お前とか。シチェルパートフはげらげら笑った。お前と逃げるのは御免だな。

では立て籠《こも》るのか、とぼくは思った。無茶な話だ。殺されちゃいますよ、と言った。

いや、おれは考えたんだよ。この際だ、お前をグラバクにやって厄介払いしちまうのも手だ、ってな。びびるこたぁない。やらんよ。癪《しゃく》だからな。お前を奴にやるってのは、何としたって癪だ。だがな、考えてみろ、こいつはよくよく馬鹿げてるぞ。お前、一体自分にそんな値打ちがあると思うか。あ？　お前さんの値段は如何ほどだ？　ぼくは呆然《ぼうぜん》とした。それから、酔っ払っているのだ、と思い直した。髭《ひげ》も生えそろわんうちから一丁前に人間の屑《くず》だ、と言われても、真に受けるのは間違いだ。泣ける話さ。おれが最後に頼るのは、お前みたいなどうしようもない屑坊ちゃんか。キエフのお袋に瓜二《うりふた》つだ。しょうもない女から生まれたしょうもない屑だ。オフチニコフとは似も付かん。

それから、あれは立派な男だった、と言った。葉巻を取ってくれ。

ぼくは机の上の箱から葉巻を取り、口を切って、マッチで丁寧に火を点《つ》けた。火が完全に回るまでの間、シチェルパートフは何も言わずに黙っていた。縁に沿って綺麗《きれい》に火の点いた葉巻を渡すと、まだ動く右手で取って、物惜しみでもするようにそっと口を付けた。書斎に染みついているのと同じ、醗酵《はっこう》した煙草の葉が燃える悪臭が漂った。シチェルパートフは満足そうに目を細めた。

アレクサンドルが何で死んだか、お前、知りたいか。

背中を軽い身震いが走った。聞きたくない、と思った。

行かないならライフルを取ってきます。

お前、マリーナを手籠《てご》めにしただろ。

お説教は御免だ、と叫び出しそうになったが、ぼくは黙っていた。シチェルパートフはぼくの顔を見て薄笑いを浮かべた。

悪いとは言わんさ。おれだってやった。やって家にいられなくなって、そこらをふらふらしながらやって、ヤーシカに呆《あき》れられながらもやって、ぶちこまれて逃げ出してからもやって、成り上がってからも散々やったよ。何であんなにやりたかったのかね。女が欲しかったからか。纏《まと》わり付くのを払い除けながら歩かにゃならん始末だったのにな。押し込んだ先の女房とか、百姓女とか、宝石を山ほど付けてそこらをほっつき歩いている馬鹿な貴族女とか、そんなのをぶん殴ってやる方がよほどよかった。そうそう、お前のお袋さんもな。まあ、あの辺が最後だったか。ありゃ悪くない女だった。ぶん殴るしかないお引き摺《ず》りだがな。女はぶん殴るに限る。ぶん殴って貰《もら》いたがってるのさ。ああもお上品ぶってたんじゃ、どなたでも結構ですからあたしとやって下さいなんて言う訳にもいかん。ぶん殴ってやれば、口実ができる。悪いのはあたしじゃない、ってな。あとは始末を間違えないことさ。ぶん殴ってでもやりたかったのはあんたが美人だからだ、お上品過ぎるからだ、ぶん殴ってでもなけりゃやらせてくれないと思ったからだと言ってやれば、女はそれで御満悦だ。後は幾らでもやらせる。終《しま》いにはそれが恋だと思い込む。何、お互いやりたいだけなんだがね。

シチェルパートフは葉巻を置いて、酒を一杯呷《あお》った。それからまたふかし始めた。外はまだ静かだった。

ただ、相手は選ぶこった。あの女は間違いだ。

ここで死ぬならそう言って下さい、アナトーリ・ティモフェイヴィチ、ぼくも残ります。

聞け、とシチェルパートフは凄《すご》んだ。あれはな、何をして貰ったって有難みなんてものを感じない女だ。馬鹿な倅《せがれ》やメリンスキーが何をしてやろうと、これっぽっちの恩義も感じない。そういう人情の欠片《かけら》もない女がいるのさ。その女を、お前はかんかんに怒らせた。拙《まず》いことをしたな。おれがメリンスキーにどれくらいうんざりさせられたか、ちっとは想像して欲しいもんだ。オフチニコフの馬鹿な小倅がマリーナを強姦《ごう》《かん》した、というのさ。散々ぶん殴って、手籠めにして、手籠めにしたと言い触らされたくなければ言うことを聞けと言って脅してまた手籠めにした、とさ。まあ、あの女のことだ、早晩誰かにやられてただろう。御丁寧にひとの金で巣作りして口説くなんて手間を掛けるのはメリンスキーくらいのもんだ。だからどうした、とおれは言ってやったよ。マリーナはお前の情婦だろう。おれが何かしてやる義理があるかね。メリンスキーは泡でも吹かんばかりだったよ。あの優男が怒るってのは、それはそれで見物だったがね。では私が何をしても口出しは無用に願います、と来た。そりゃ結構だな、仕事はちゃんとしろよ、と答えておいたがね。お前もつくづく馬鹿な坊ちゃんだ。あの女が何で大人しくお前に抱かれていたと思う。哀れなメリンスキーに発破を掛けてたのさ。奴は腸《はらわた》の煮えくり返るような思いでお前への仕返しを考えた。ただし、お前自身には指一本触れないやり方でな。

メリンスキーは死にました、とぼくは答えた。そんなのはもうどうでもいいことだ。だが、どうしてだか、声が震えた。おれがやらせた、とシチェルパートフは言った。作業の手配の話でもするようだった。

そこの金庫を開けてみろ。

ぼくは机の脇の金庫を開けた。鍵《かぎ》は掛っていなかった。革の袋の脇に、まちまちな大きさの紙の束が、輪ゴムで括《くく》って投げ込まれていた。兄の筆跡が見えた。農場と弁護士が名前を添え書きしていた。

四千二百五十デシャチナだ。大したもんだろう。屋敷の敷地も含めてだが、オフチニコフはそこまでやり遂げたのさ。アレクサンドルはそれを、お前の分まで形に入れた。

ぼくは束ねたままの証文を捲《めく》った。

現金も証券もとっくに擦ってる。おれのお情けがなけりゃお前は無一文だ。シチェルパートフはまた一杯呷った。それから丁寧に葉巻をふかした。お前のお袋だがな。母の話は止めて下さい、とぼくは言った。証文に指が貼り付いたようで、指の爪が妙に白くなっていた。

そうはいかんさ。アレクサンドルを孕《はら》んだと判った日にやってきてな、おれの子だと言って聞かない。オフチニコフとは別れるとさ。冗談じゃないとおれは言ってやった。オフチニコフは立派な男だ。何でそんなこと言い出すんだ？　馬鹿な女さ。仕方がないからあの女はオフチニコフの女房でいることにした。その後も、孕むたんびにそう言ってくる。お前の時にはさすがにうんざりして、腹を蹴《け》って流すぞと脅してやらなけりゃならなかった。幾らでも他に男がいる癖に、孕んだとなると決まっておれのところにやって来るのはどういう了見かね。子供は、亭主の子供さ。ご存知なのは神様だけだが、直《じか》に訊《き》いたってそう言うとおれは思うね。オフチニコフは文句も言わなかった。気が付いていたのかいなかったのかも、おれは知らん。おれにとっちゃ、アレクサンドルとお前の親父が誰なのかより、畑の方が大事だった。オフチニコフもそうだったんだろうよ。アレクサンドルがああなった途端にころっと逝《い》っちまったところを見ると、案外自分が父親だと信じていたのかもしれんな。アレクサンドルは薄々勘付いていたかもしれんが、それだってどうでもいいことだ。お前が馬鹿さえ仕出かさなければ、万事はそれで上手《うま》く行っただろう。

目を上げるのは辛《つら》かった。シチェルパートフの歪《ゆが》んだ顔が、これ以上ないくらいの軽蔑《けいべつ》を湛《たた》えているのを見たくなかった。銃把の感触と重さが妙にはっきりと感じられた。腰の後ろに斜めにぶら下がって、勝手に滑り落ちそうだ。

アレクサンドルが、襤褸《ぼろ》切れみたいに伸《の》したメリンスキーを引き摺ってきた時には、さすがにおれも驚いたがね。醸造場からここまで、幾ら優男とはいえ死に物狂いで抵抗するのをぶん殴ったり蹴り飛ばしたりしながら引き摺ってくるってのは、若い頃のおれでもようやらんことさ。幾らいかさまに腹を立ててたってな。ばれた途端にメリンスキーは逃げ出したが、アレクサンドルは捕まえて、散々にぶちのめして、泥を吐かせた。マリーナの仕返しだとメリンスキーはぶちまけた。他にも色々とな。で、アレクサンドルは引き摺ってきたメリンスキーをそこの床に叩《たた》き付けて、好きなようにしていいとおれが言ったのは本当か、と訊いたのさ。本当だと答えるしかなかろう？　アレクサンドルは上に行って、今度はお前をぶん殴った。凄い音だったぞ。それから降りて来て、メリンスキーを引き摺り起して醸造場に戻った。もうひと勝負しにさ。メリンスキーはその証文を全部賭《か》け、アレクサンドルはお前の土地を全部賭けた。で、擦った。あとはお前も知っての通りだ。アレクサンドルは上で首を括り、メリンスキーは血相変えて逃げ出した。身ぐるみ剝《は》がれるのは自業自得だが、お前たち兄弟に髪の毛一筋でも傷を付けたらどうなるか知らんほど、メリンスキーは馬鹿じゃない。証文を持って行ったのは取引を持ち掛けるつもりだったのかも知らんが、ヤーシカがクリヴォイ・ログで奴を取っ摑《つか》まえて、始末を付けた。

アナトーリ・ティモフェイヴィチ、とぼくは言った。叫んでいたような気もする。

もういいです、やめて下さい、奴らが来ます。

だからどうしたというんだ。おれはお前と一緒には行かんよ。お前みたいなろくでなしに連れ出されるのはまっぴらだ。お前はどこへでも行くさ。ここはもうお前の土地じゃない。アレクサンドルはお前に見切りを付けた。おれも堪忍だな。

拳銃《けんじゅう》は、熟した果実が落ちるように、上着をはね上げた手の中に落ちてきた。ぼくはそれをシチェルパートフに突き付けた。膝《ひざ》ががくがくしたが、手は震えていなかった。アナトーリ・ティモフェイヴィチ、後生ですから。

シチェルパートフの口が妙な加減に歪んだ。笑っていた。げらげら笑った。

言ってみろ、ヴァーシャ、父なし子、お前は一体誰の息子だ。

引金を引くのは、おそろしいくらい簡単だった。ぼくは弾倉が空になるまで立て続けに撃った。至近距離だった。シチェルパートフは窓枠に叩き付けられ、車椅子から転げ落ちた。一発が窓を割った。外で叫び声が聞え、撃ち返された弾で硝子《ガラス》が粉々に砕けた。

玄関の扉が乱暴に打ち破られた。ぼくは書斎を飛び出した。まだ片手に証文を摑んでいた。背後で銃声がし、証文が吹っ飛んだ。

金だ、と誰かが叫んだ。ぼくは廊下を裏口まで走った。振り返ると、暗がりで数人の男が、証文を奪い合っていた。

餓鬼が先だ、とグラバクが喚《わめ》くのが聞えた。ぼくは外に飛び出し、馬を解き、橇《そり》に乗って鞭《むち》を当てた。

Ⅳ

ぼくは隠れ家に身を潜めた。うち捨てられた納屋は信じられないような寒さだった。集めておいた薪《まき》で火を焚《た》いたが気休めにしかならなかったので、橇の上で外套《がいとう》を着たまま毛皮の膝掛《ひざか》けを被《かぶ》って眠った。缶詰類は掘り出して火の側に並べた。冷たいまま食べると気分が悪くなる。

思い出しては、ぼくは腹を立てた——シチェルパートフを守って討ち死にしかねなかった自分の馬鹿さ加減にだ。彼の意思に関しては幾らでも綺麗《きれい》事が言えるだろう。足手纏《あしでまと》いにならないよう挑発して見捨てさせようとしたのだ、とか何とか。だがぼくは、人間が感傷で死んだりはしないことを知っている。よしんばシチェルパートフが——押し入りで強姦魔《ごうかんま》で徒刑囚で大旦那《おおだんな》だったシチェルパートフが——妙な気紛《きまぐ》れを起したのだとしても、何の違いもなかった。彼もよく知っていたように、ぼくは、屋敷を焼かれ、兄を死なせ、知らない間に一文無しになっていたろくでなしだ。シチェルパートフがその事実を指摘してぼくを放り出そうとすれば、ぼくは躊躇《ちゅうちょ》なく彼を殺したただろう。行かないならそう言ってくれ、自分もここで死ぬと見得を切った自分が心底恥ずかしかった。いつでも自分を放逐できる男の為にか。それではまるっきりの馬鹿者だ。

だからシチェルパートフが墓の下に入っていようといまいと、ぼくは少しも後悔しなかった。別に父親という訳ではない。何もなくてもいつかは殺すことになっただろう。論理的な帰結だ。

だからといってグラバクが許せる訳ではない。

ぼくはグラバクが「親父」と呼ばれて敬われているのが許せなかった。手下とおぼしき男がグラバクに馬の手綱を渡した動作が許せなかった。餓鬼が先だと言ったことではなく、いかにも威厳たっぷりにそう命じたことが許せなかった。彼がそう命じた途端、手下どもは証文を放り出し、無様などた靴の音を響かせ、銃を撃ちまくりながらぼくを追い掛け始めたのだ。許す訳にはいかない。

荷物を纏《まと》めた。シチェルパートフの毛皮外套だけ残して絨毯《じゅうたん》張りの鞄《かばん》を空けた。弾薬を詰め込み、まだ入るところに食糧を詰めた。酒瓶二本と葉巻も取っておくことにした。夜になるのを待って、クリヴォイ・ログに向う道の脇の雪の中に埋めた。戻ってこれるとは思っていなかったからだ。それから、雪がちらつく中をミハイロフカに戻った。

夕食時で、人影はなかった。半ば焼け落ちたシチェルパートフの屋敷の裏に橇と馬を繋《つな》ぎ、歩いて裏手からフェルドゥシェルの家に回った。一家は台所で食事の最中だった。

フェルドゥシェルは強《こわ》ばった顔のまま、ぼくの拳銃とライフルを見た。食卓にはシチェルパートフの屋敷の客間にあった燭台《しょくだい》が置かれていた。細君は子供を攫《さら》うように抱えて逃げ出そうとしたが、フェルドゥシェルは素早く、神経質そうにかぶりを振った。今やぼくの方がならず者だ。食卓の椅子に坐《すわ》り、ライフルを立て掛け、拳銃を上に置いた。フェルドゥシェルが頷《うなず》くと、細君は鍋《なべ》に残っていたキャベツと肉の煮込みを深皿に取ってくれた。

食べたまえ、遠慮なく、とフェルドゥシェルは言った。匙《さじ》までシチェルパートフのものだった。竦《すく》み上がったフェルドゥシェル夫人は子供を抱いて竈《かまど》の脇の腰掛けに坐り、フェルドゥシェルはぼくが食べるのを、眼鏡の奥で異様に小さくなった目を見開いたまま、見詰めていた。もう少し行儀が悪ければよかった、とぼくは考えた。ならず者のお作法としては品が良すぎる。匙を鷲摑《わしづか》みにすることを考えたが、やめにした。折角の温かい食事を気取りで台なしにすることはない。ゆっくり食べ終ってから、お茶を要求した。すぐりのジャムを口に運んでは飲んだ。湯沸かしも、ジャムの壺《つぼ》も、ぼくがよく覚えているものだった。皮肉を込めて見遣《みや》ると、フェルドゥシェルは赤面した。だが君は、と口籠《くちごも》った。人民の、と言って、また口籠った。教師を気取れたざまではないことに気が付いたのだ。

何しに戻って来た、とフェルドゥシェルは教え諭すような口調をかなぐり捨てて囁《ささや》いた。グラバクが君を探している。見付かったら殺されるぞ。それから、本当にシチェルパートフを殺したのか、と訊《き》いた。

あなたには関係ありません。

父親代りだっただろう。

だから殺したのだと言ったらどんな顔をするだろう、と、ぼくはちらりと考えた。親父でもない癖に、親父になる気もなかった癖に、親父面して放り出そうとするから殺したのだ、と。それは何やら本当らしくも思えたが、銃を抜いた時に感じたこと全ての説明にはならなかった。別にやましくはありません、とぼくは言った。グラバクはシチェルパートフの死体を引き摺《ず》り回したりしなかったでしょうね。

丁寧に葬式を出したよ。坊主なしの葬式だがね。村中を集めて演説まで打った。君を捕まえて墓の前で撃ち殺すと誓ったよ。

フォーティンブラス気取りとは呆《あき》れたものだ。空き家に入り込んだ癖に正義の執行者とは。グラバクがシェイクスピアを愛読していたのを、ぼくは今更のように思い出した。学のない連中はみんなシェイクスピアが好きだ。で、連中はどこです、と訊いた。

兵舎だ。

本人も?

フェルドゥシェルは操り人形のようにぎこちなく頷いた。もう出てってくれ、と言った。頼むよ、出てってくれ。こんなことしているところを見付かったらえらい目に遭う。

その癖、ぼくがライフルを取ると椅子から飛び上がりそうになった。武器がよほど恐ろしいらしい。ぼくは子供を手招きした。フェルドゥシェルは悲鳴に近い叫びを上げた。

知らせに行ったりはしない、誓う。

自動車をあげる。一緒においで。

子供は暫《しばら》くぼくの顔を窺《うかが》っていたが、やがて、引き摺り戻そうとする母親の手を振り切って側に来た。ぼくの顔を見上げて、帰って来れるよね、と言った。

場所を教えてあげるだけだよ。

ぼくたちのこと、撃たないよね。

一緒に来るなら、撃たない。

フェルドゥシェルも、細君も、身じろぎもしなかった。ぼくは子供と一緒に外に出て、人目に付かないようにもと来た道を戻った。ぼくの先に立って、ぼくが来る時に付けた足跡を難儀して辿《たど》りながら、お父さんを殺したの、と子供は聞いた。

ああ、殺した。親父じゃないけどな。

どうして。好きじゃなかったの。

好きだったよ。

納屋は半ば雪に埋もれていた。扉の前の柔らかい雪を、どうにか出入りできる程度まで掘り返して、中に入った。カンテラの火を、まだ中に下がっていたランプに移した。自動車は秋に入れた時のままだった。子供を抱き上げて中に乗せ、銃を下ろして脱いだ外套を着せ掛けた。

学校の窓を全部割ったって本当?

本当だよ、と答えながら、ぼくは納屋の奥の方を探して、燃料の四角い缶を二つ、引っ張り出した。

どうして。

悪い子だから。

燃料缶を戸口に下ろしてからライフルを取って、子供の側に行った。暫く遊んだら家に帰るんだよ。春までは誰も動かせないから、取られたりしない。大丈夫だ。

あなたはどこへ行くの。

のらくらの国さ。

ぼくは少しだけ、グラバクのことを羨《うらや》んだ。グラバクを探して家を出た馬鹿者どものことを羨んだ。奴らは驢馬《ろば》になるまで遊び呆《ほう》けるつもりだ。ぼくもさっさとそうすべきだったのだ。

燃料缶を積み、シチェルパートフの外套《がいとう》を着て、ぼくは橇《そり》を出した。外套は少しきつかった。

兵舎の側の窪地《くぼち》に馬を繋いだ。窓には灯《あかり》が点《とも》り、人気はなかった。歩哨《ほしょう》はいなかった。村で彼らに逆らう者はいない。燃料缶を両手で引き摺るようにして近付くにつれて、足を踏み鳴らす音と、アコーディオンと、音程の外れたがなり声が漏れて来た。

窓は中の熱気で曇っていたから、見付けられる心配はない。壁に丹念にガソリンを引っ掛けて回った。台所の裏口まで来た時、一瞬だけ、扉が開いたが、中の罵声《ばせい》とともにすぐに閉ざされた。扉には取り分け丹念に掛けた。ぐるりと反対側まで行ったところでもう一缶を取りに戻り、表側の出入り口を回って、兵舎を油塗《あぶらまみ》れにした。幾らか残った缶を出入り口に転がし、マッチを擦って投げ付けた。

危うくぼくまで火を被《かぶ》るところだった。ガソリンは炎の輪を描いて燃え上がり、廃材の壁は紙切れでも燃やすように燃え始めた。窪地までの距離を半分ほど戻って、ぼくは雪の中に身を伏せた。窓枠が燃え始めた。中で叫び声が上がった。誰かが裏口から飛び出し、缶に躓《つまず》いて火だるまになったまま、雪の中を転げ回った。表口からは数人が、火を被ったまま雪の中に飛び込み、罵声を上げながら、雪を掛けて消火しようと試み始めた。炎は屋根まで這《は》い上がり、中から悲鳴が聞えた。

ぼくは橇まで駆け戻って逃げ出した。振り返ったのは、シチェルパートフの屋敷の焼け跡に差し掛ってからだった。兵舎は炎上していた。


二番目の隠れ家は前よりも街道に近く、必ずしも安全ではなかった。

雪の中を、途中からはへばった馬の轡《くつわ》を引いて、二時間ほど掛けて辿り着いた時には、納屋というより物置の扉は開け放たれ、地べたはほじくり返されていた。構うものか、とぼくは思った。兎《と》も角《かく》、草臥《くたび》れていたのだ。馬と橇を中に入れて扉を閉め、藁《わら》を火口《ほくち》にして盗《と》られずに済んだ薪《まき》を焚《た》き、前夜同様、橇の上で外套を着たまま横になって眠った。その晩から吹雪になった。ぼくは回収した鞄《かばん》の中の缶詰を食べ、暖を取る為に取っておいた酒を瓶飲みし、シチェルパートフの葉巻を吸ってじっとしていた。橇の跡はとっくに埋もれてしまっただろう。だが、雪が小止みになり、グラバク一味ないしその残党(ざまあみろだ)が動き出したら、見付かるのは時間の問題だ。

雪は一向に止まず、ぼくは降り籠《こ》められたままだった。食糧は三日目に尽きた。四日目は空腹を抱えたまま、酒の残りをちびちび飲み、眠って過した。外が晴れ上がったことにも気が付かなかった。

雪が止むと、輝かしい日差しとともに、刺すような寒気がやって来る。だからそれは、氷片が舞い上がって何もかもを覆い尽す朝だった。ぼくは震えながら眠っていた。目を覚ますと、何かが蹲《うずくま》って絨毯鞄《じゆうたん》を覗《のぞ》き込んでいた。薄汚れた灰色の塊だった。見ていても暫く動かなかったが、やがて鞄の中で弾の包みをこそこそ破り、懐から馬鹿でかい自動拳銃《けんじゆう》を取り出し、弾倉を抜いて思案し始めた。ぼくも思案した。その外套に見覚えがあったのだ。だぶだぶのオーストリア軍の外套が、着膨れしても肩が尖《とが》って見えるくらい痩《や》せた体をだらしなく覆っていた。袖口《そでぐち》は指の先まで来ており、時折それを苛立《いらだ》たしげに引っぱり上げた。

ぼくは体を起した。侵入者は素早く銃を構えて突き付けたが、弾倉は左手に持ったままだった。煤《すす》けて目鼻立ちさえはっきりしない顔の中に色の薄い目が見えた。左手の方に顎《あご》をしゃくってやると慌てて弾倉を押し込んだが、弾が入っていないのは明白だった。彼はまた思案し始めた。こんな脅しが利くかどうか考えていたのだ。食いもの、と言った。それから、弾、と言った。ぼくはかぶりを振った。可哀相だが、食いものはないし、弾は合わない。

侵入者は立ち上がった。銃を外套の中に突っ込んだ。恨みがましい顔でぼくを見た。ぼくは枕にしていた兄の背嚢《はいのう》に左手を入れ、飲み止《さ》しの酒を取って差し出した。侵入者は悲しそうな顔をした。これしかないんだよ、とぼくは言った。葉巻もある。他は何もない。

暫く考えてから、ドイツ人は瓶を取り、栓を抜いて一口呷《あお》った。咳《せ》き込んだ。咳き込みながらもう一口飲み、更にもう一口飲んで瓶を下ろした。目が空《うつ》ろになった。頭に被っていた薄汚い帽子を毟《むし》るようにして脱いだ。汚れてくすんだ金髪が現れた。まだ若かった。と言うよりは餓鬼だった。ぼくとあまり変らない。

ぼくは立ち上がった。侵入者は酒の瓶を庇《かば》うようにして後退《あとずさ》りした。ライフルを取ると露骨に狼狽《ろうばい》した様子を見せたが、背負うと安心したようだった。ぼくは戸口を示した。侵入者はいやいやをした。

食いものだ。欲しいんだろ。

ぼくは外に出て、雪を摑《つか》んで顔を擦《こす》った。侵入者は脇に立って疑わしそうに眺めていた。

来いよ、とぼくは言った。木立の陰に農家があることを知っていたのだ。鶏小屋《とりごや》付きの農家だ。卵は頂ける。上手《うま》くすれば鶏も手に入る。

腰までの雪を漕《こ》いで、ぼくたちは歩いた。ドイツ人は何をさせられているのかまるで気が付いていないようだったが、ぼくは気楽だった。何しろ一人ではなく、二人だ。捕まって袋叩《ふくろだた》きに遭うのはこいつであって、ぼくではない。ぼくはただ、こいつはドイッ人だぞ、と叫んで逃げ出せばいい。何なら袋叩きの仲間に入ってもいいのだ。見掛け通りの大間抜けなら、後のことも随分と楽になる。

ドイツ人は立ち止まっては、酒を呷った。三度目に呷った時、手を差し出すと、嬉《うれ》しそうに回して寄越《よこ》した。ぼくはそれを毛皮外套のポケットに仕舞った。ドイツ人は何やら抗議の声らしきものを上げたが、ぼくがかぶりを振ると黙り込んだ。大して用心もせずに雪に覆われた畑を横切り、木立を抜けた。どうせ地吹雪で何も見えない。見えるのは、半ば埋もれた農家の壁と、横殴りに舞う氷片の上に突き出し、うっすらと透ける青空に煙を上げる煙突だけだ。

ドイツ人は立ち止まった。農家の脇を指差した。鶏小屋だと判ったらしい。それからいきなり、雪を蹴《け》立《た》てて走り出した。後ろから見ていると二度ほど転倒し、すぐに立ち上がった。ぼくが辿り着く前に鶏小屋に侵入していた。雌鶏《めんどり》を払い除けて卵を奪い、一羽の首を摑んで捕まえ、自慢顔で振り回してからぼくに押し付けた。粉々になった鶏糞《けいふん》と羽根の漂う真ん中で、だらしなく笑み零《こぼ》れるドイツ人は、飢えた狐そっくりに見えた。鶏は絶命していた。あとは羽を毟って、血抜きをして、焼いて、食えばいい。

ふいに、ドイツ人は真顔になった。役にも立たない拳銃を抜いた。百姓が一人、入口に立っていた。銃を見て、手に持っていた棒切れを取り落とした。ドイツ人は近付いて襟首を捉《とら》え、額に拳銃を突き付け、外に押し出した。そのまま、雪の中を母屋《おもや》まで押して行った。後ろ向きに歩かされた百姓は何度も転んだが、お構いなしだった。一度は彼の方が転んだ。百姓が怯《おび》えた視線を走らせたのは、鶏をぶら下げて付いて来るぼくの方だった。ドイツ人は罵声を上げて立ち上がり、百姓を突き飛ばし、引き摺《ず》り起して母屋に押し込んだ。

何をするつもりだ、とぼくは訊《き》いた。返答はなかった。老婆と、よく肥えた百姓女が悲鳴を上げた。ドイツ人は片足で床を踏み鳴らして沈黙を命じると、床の切り穴に顎をしゃくった。

穴蔵に百姓とその細君を押し込めると、ドイツ人は椅子を動かしてその上に坐《すわ》った。既に昼餉《ひるげ》の支度の最中で、鍋《なべ》は生煮えの野菜の匂いを漂わせていた。老婆はぼくから鶏を引ったくり、乱暴に羽を毟り、首を飛ばし、腸《はらわた》を抜いた。聞こえよがしに、ろくでなしが、と言った。罰当りな外人なんかとつるんで。

ドイツ人はげらげら笑った。ぼくはポケットの瓶を食卓に置き、外套を脱いだ。中は随分と暖かかったのだ。ドイツ人は手を伸ばして瓶を取り、軽く呷った。最高だ、と言った。

何が。

ドイツ人は幾らか驚いた顔をした。ぼくがドイツ語を話せるとは思わなかったのだ。

それから、何が、と口真似して、吹き出した。何が、だってさ。拳銃を寄越して、持っててくれ、と言った。

空だろ。

ああ、空だよ。判りゃしないから突き付けとけ。

それから外套《がいとう》を脱ぎ、下に二枚着込んでいた上着の釦《ボタン》を順に外した。一番下にはオーストリア軍の歩兵の制服を着ていた。居酒屋にいるかのように機嫌よく、婆《ばば》ぁ、早くしろ、と言った。

あんまり飲むな。もうないんだから。

お前、どこの「ブルジョワ」だ、とドイツ人は訊いた。屋敷を追い出されたか。

人を殺して逃げている。火付けもやった。

そりゃまた大したもんだな。

脱走兵か。

ドイツ人はかぶりを振った。軍隊がおれから逃げ出したのさ。

どこの出だ。

クラカウ。

帰らないのか。

ドイツ人は手を差し出した。拳銃を返せという意味だった。渡してやると、自慢そうに振り立てた。

これ一丁でやりたい放題ができるって時にか。

それにしては随分哀れな様子だった。飢えて、痩せ衰えて、酒一口で目を回すありさまで、おまけに弾倉は空っぽだ。ぼくが拾ってやらなければ、二、三日で野垂れ死にしていただろう。それでもドイツ人は自信たっぷりだった。見栄と駄法螺《だぼら》が習い性で、触れ込みは七割くらい差し引く必要があることはまだ知らなかった。危うく、「これ一丁でやりたい放題」が可能だと信じ込み掛けたくらいだ。老婆は相変らずぼくを罵《ののし》りながら結構旨《うま》い粥《かゆ》を作り、鶏を焼いて出してくれたし、冷たくはあったがピローグまでくれた。ドイツ人は文字通り貪《むさぼ》り食った。自分がどんな風に食べたかは覚えていない。

散々食って、動けなくなる前に退散しようと立ち上がったところで、ウルリヒ、とドイツ人は唐突に言った。自分のことを指差していた。ウルリヒでいいよ。

別に名前などどうでもよかった。馴《な》れなれしく名前で呼ばれるのも嫌いだった。ぼくは外套を着て、ポケットをまさぐった。十ルーブリ札を出して、老婆に渡した。

何してんだよ、とウルリヒが言った。習慣のように銃を突き付けたが、ぼくがライフルで胸を軽く押してやると大人しくなった。外にでて、扉を閉めると、何やら重々しげに言った。

お前、ありゃ間違いだ。今のは非道《ひど》い間違いだ。

何が間違いだ。

百姓を甘く見るな。寝込みを襲われるぞ。

それから、戻って始末するか、と訊いた。そのまま居着けば当分は寝床の心配も食べ物の心配もいらない。

婆様も床下に入れるか。

皆殺しだよ。

できるもんか、とはぼくは言わなかったが、ウルリヒは薄笑いを浮かべた。本当にやるつもりではないかと疑いたくなる笑みだった。ぼくは彼を促して歩かせた。幸い、腹がくちくて、自分が誰よりも上手だと確信していて、つまりは至極単純に幸福な時には、ウルリヒも極めて大人しい。

空はますます明るくなり、地吹雪は一層非道くなった。前も見えないくらいだ。ウルリヒはぼくにしがみ付き、ぼくは嫌々ながらもその姿勢を受け入れて進まざるを得なかった。ぼんやりと霞《かす》む納屋の屋根だけを頼りに進み、扉を引っ張り開け、中に転げ込んだ。

客がいたことに気が付いたのはその後だ。後先見ずに盛大に焚《た》いた火の周りに、三人の男が陣取っていた。グラバクの一味かと思ったが、そうでなくてもその手合いには違いなかった。一人が立ち上がって、妙に愛想のいい笑いを作ったかと思うと、もそも弾なしの銃を取り出そうとしているウルリヒをぶん殴った。もう一人がぼくのライフルを取り上げた。

危ないもん持って歩いてるな、坊ちゃん。

ぼくには状況が呑《の》み込めていなかった。ウルリヒは口を結んで沈黙した。一言教えてくれれば手の打ちようもあるだろうが、ドイツ語で喚《わめ》いたりすれば恐ろしいことになるからだ。小突かれて、ぼくとウルリヒは腰を屈《かが》めた格好で壁に両手を突かされ、両足を開かされた。女のスカートでも捲《まく》るような案配に外套を捲り上げられた。拳銃《けんじゅう》を見付けた奴が、おおおおお、というような声を上げると、立ち上がったもう一人がげらげら笑った。火の側にいた一人が、またかよ、と言った。

てめえらにはうんざりだぜ。

言うなって。お前もやるだろ。先にやれ。な。

ズボンと下穿《したば》きを一緒に引き下げられた時にも、ぼくにはまだよく判っていなかった。身ぐるみ剝《は》がれたり、ぶん殴られたり、撃ち殺されたりはありだと思っていたが、これればかりは想像したこともなかった。ウルリヒは諦《あきら》めた様子で大人しくしていた。

つまり、これはよくあることなのだ。

男たちは黙々と用を足した。他にどう言いようもない。彼らも別段面白がってはいなかったからだ。こちらはといえば、生きたまま尻《しり》の方から半身に割かれるようだった。信じ難いくらい痛くて不快な思いをさせられ、散々汚ねえケツだの鶏の方がいいだの罵倒《ばとう》され、銃だけではなく金と時計も巻き上げられ、ウルリヒは何も持っていないので散々どやされ、外套はお情けで許して貰《もら》って(ぼくたちは泣きながら古《いにしえ》の農奴のように腰を屈めてお慈悲を乞《こ》うた)、文字通り尻を蹴《け》られて納屋から追い出された。とどめに、餓鬼が、と言われた。

生意気やってるんじゃねえぞ。今度はやりながら腹をかっ捌《さば》くからな。

ズボンを引き摺り上げながら、ぼくたちは足を引き引き木立まで撤退した。信じらんねえ、とウルリヒはぼやき続けた。何なんだ、お前、信じらんねえよ。

それからぼくを追い払った。理由はすぐに判った。二人揃って鶏姦《けいかん》されて、並んで下痢便を垂れるくらい情けないことはないからだ。あっちとこっちでしゃがんだからと言って情けなさが薄らぐものではないが、それでも、並んでやるよりはましだ。死ぬほど痛かった。猛烈に染みた。もう一度こんな目に遭うくらいなら、殺されたって抵抗しなければならない。

ズボンを上げて下痢便を埋めてから、ぼくは木立の中に腰を据えた。ウルリヒも側にやって来た。寒くてどうしようもなかったのだ。歯をがちがち鳴らしながら、相変らず、信じらんねえ、と繰り返していた。

何ぼけっとしてたんだよ、お前、ほんとに信じらんねえ。

それから、いよいよ寒さが堪《たま》らなくなって来ると、立ち上がって、行くぞ、と言った。

駄目だ、とぼくは答えた。

何が駄目なんだ。

銃を取り返す。

ウルリヒが不審げな唸《うな》り声を上げた。なんで。

丸腰でそこらをふらふらできると思うか。あんなのがそこら中にいるんだろ。いるね。

いつも取られっぱなしか。

そういうことはないけどさ、とウルリヒは不服そうに言い返した。ないよ、そういうことはない。

じゃもう少し待て。

やっちまうんだろ？　片付けるんだろ？　さっさとやろうぜ。

待ってろ。

まるで躾《しつけ》の悪い犬だった。ウルリヒは坐《すわ》り込んでうーうー唸り、信じらんねえ、の代りに、寒い、と、死にそうだ、を連発し始めた。

地吹雪は収まって、青白い夕暮がやってきた。確かに寒くて死にそうだった。浅い蛸壺《たこつぼ》を掘って中に潜り込んでも大して役には立たなかった。納屋からは誰も出て来ず、誰も入って行かなかった。連中も寒くて死にそうなのだろう。日が落ちると屋根と壁の間からぼんやり中の火が光って見えた。星が出るまで、ぼくは待った。それからウルリヒを促して納屋に近付いた。

納屋の造りは信じられないくらいやわだった。ところどころ板が割れていて風が吹き込むことを、ぼくは知っていた。誰も手を入れなければ春には倒壊して跡形もないだろう。納屋の側に坐り込んで、隙間から中を覗《のぞ》いた。

連中が眠り込むには、更に、コペイカ玉くらいの丸い月が出るまで待たなければならなかった。焚火《たきび》は小さくなり、中は薄暗くなった。彼らは薄汚い毛布に包《くる》まって眠っていた。眠っていないのは、気を立てて目を開いたままでいる馬だけだった。

ぼくは細く扉を引き開けた。誰も目を覚まさなかった。中に入り、後生大事にぼくのライフルを脇においで寝ている男に近付いた。取り敢《あ》えずはそれだけ頂戴《ちょうだい》して戻るつもりだった——それ一丁だけでも取り返して、後の策を練るつもりだったのだ。だが、ぼくがライフルを手にした途端、ウルリヒが派手に口笛を吹いた。

男たちは飛び起きた。馬は棒立ちになった。焚火の向こうの二人は馬の脚を避《よ》けて身を縮め、足下の男は身を起した。力任せに台尻で殴り付けた。何かがぐしゃりと砕ける手応《てごた》えがあった。馬の蹄《ひづめ》から壁際に逃れた男が不器用な手つきで拳銃を抜こうとしているのを腰だめで構えて撃ち殺し、弾を送った。薬莢《やっきょう》が飛んだ。もう一人は頭を抱え込んだ両腕の間からこっちを見て何か言おうとしたが、ぼくはもう引金を引いていた。地べたに叩《たた》き付けられた頭から血が流れ出した。一瞬、納屋の中は静まり返った。

馬まで、呆気《あっけ》に取られたのか、暴れるのを止めていた。ウルリヒはたっぷり数秒の間、ぼくを見詰めていたが、暫《しばら》くすると溜息《ためいき》でも吐くように、ブラーヴォ、と呟《つぶや》いた。死体を漁《あさ》ろう。さっさとやらないと虱《しらみ》が動き出すぞ。

虱？

死体が冷たくなると這《は》い出してくるんだ、と言って、さもおぞましそうに震えて見せた。ざわざわこっちに来る。

冗談ではなかった。虱ならさっきも貰ったに違いないが、たかられるのは御免だ。ぼくは台尻で粉砕されて顔面を殆《ほとん》どなくした男の懐を探り、財布と時計を取り戻した。古びた軍用拳銃も持っていた。弾が入っているのを確認してから、ウルリヒに渡した。壁際の男が抜こうとしたまま床に転がっていたぼくの拳銃をウルリヒから取り戻すのは一苦労だった。どう見てもそちらの方が新しくて綺麗《きれい》だったのだ。あとは古い猟銃と、弾が少々だった。ウルリヒは猟銃に弾を込めて背負い、残りはポケットに捩《ね》じ込んだ。外に橇を出し、興奮気味の馬を繋いだ。

何びくびくしてるんだよ、と言いながら、ウルリヒは荷物を引っ張り出してきて橇に積み、当然と言わんばかりに乗り込んで、行こうぜ、と言った。上機嫌だった。

時々、くすくす笑った。

何がおかしい。

笑いたくならない？

ぼくはならない。

なんで。あいつらは死んだ。おれたちは生きてる。最高だろ。

ウルリヒは目を見開いて顔を引き攣《つ》らせ、断末魔の真似をしてげらげら笑った。解らないこともなかったが、ぼくは口を噤《つぐ》んでいた。暫く橇を走らせていると腹が立ってきた。何だってこいつはあんな状況で口笛を吹いたんだ？　それから、可能な限り礼儀正しく訊《き》いてみると、ああ、あれな、いいだろ、冴《さ》えてただろ、と言った。ぼくはそれ以上訊くのをやめた。ウルリヒは鼻歌を歌っていた。本当に御機嫌らしかった。

ふいに、虫でも叩き潰《つぶ》すみたいに頭潰してんの、と言った。すげえな、異常だよお前、ほんとにおかしいよ。どっか壊れてんじゃないの。

壊れてるのはお前だ。

そりゃどうも。

ウルリヒにとってそれは、文字通り最大級の称賛なのだった。

叔父貴《おじき》のガレージ、とウルリヒは言った。あれが間違いの始まりでさ。

ウルリヒの両親はクラカウで商いをやっていた。小商人ではなく、かなり大きい商いだったらしい。叔父貴が一人いて、遺産の分け前を食い潰した後はウルリヒの親にたかって暮していた。趣味は自動車だった。その後は飛行機だった。猛烈に金の掛る道楽だ。ウルリヒは物心付くや、叔父のガレージに入り浸った。

その頃はまだ、叔父は自分で車を転がしては、ボンネットを開けて油塗《あぶらまみ》れになっていた。そのうちに買った自動車では満足できなくなり、自分で弄《いじ》り始めた。更に機械工を雇い、自分では無理だというので専門のドライバーを雇い、あちこちのレースに出張る辺りで、評判は上がったが、遺産は底を突いた。その後は借金を始めた。万事は順調だった——順調に坂道を転げ落ちていた。ウルリヒは叔父の破滅を心待ちにし、自分もその破滅に倣おうと考えていた。ただし、御自慢のエンジンを飛行機にも搭載してみようという辺りで、ウルリヒの叔父の道楽人生は、ウルリヒの人生もろとも暗転した。

戦争が始まったのだ。

ウルリヒ以外の誰も暗転とは言わないだろうが、ウルリヒにとっては紛れもない暗転だった。叔父貴の工場は扱いに困るほど馬力のあるエンジンで名を馳《は》せ、叔父貴当人は親父よりも仕立てのいい揃いに身を包み、一定以上の速度は絶対に出さない御仕着せの運転手を外に隔離した屋根のあるお車に乗り、親父なぞ声も掛けられないような名士の仲間入りをした。最低だ、とウルリヒは言った。糞《くそ》だ、人間の屑《くず》だ。ウルリヒの父親は叔父を嫉《ねた》み、憎み、ウルリヒに叔父との交際を禁じ(冗談じゃねえ、腹の出たブルジョワなんかと付き合えるか?)、真面目に勉強をして大学に行くように命じた。法律家になるか医者になるかしろ、という訳だった。

むかついたウルリヒは志願事務所に出向き、年齢を三歳も誤魔化して軍隊に入った。誰がどう見ても十五なのに、みんなにこにこするだけで何も言わなかった。騙《だま》された、と言った。飛行機に乗りたいと言ったのに、歩兵部隊でも飛行機はあるから大丈夫と言って、奴ら、おれに保証しやがった。おまけにこんな田舎に飛ばされてさ。

ウルリヒの夢というのはこうだった——撃墜王になって、シャンパンを抜いてどんちゃん騒ぎをするのだ。撃墜王とは何か、ウルリヒは熱弁を振るい詳細に説明してくれたが、それとどんちゃん騒ぎがどう繋がっているのかはどうしても解らなかった。兎《と》も角《かく》それは一緒なのだ。他にも一緒のものはあった。上等な仕立ての軍服と(そこらが弛《たる》んでたり皺《しわ》になってたりしないやつ、上等な布地を使った上等なやつ、吊《つ》るしておけばプレスでもしたみたいにぴんとする、舞踏会にでも着て行けそうなやつ、にウルリヒは拘《こだわ》った）、ぞろりと並んだ勲章で表現される隠れもなき名誉というやつだ。しかもそこには、ウルリヒが二言目には罵倒《ばとう》するブルジョワ臭いものは何もない（ぼくはささやかな疑念を呈したが、返答はこうだった——どこがブルジョワ臭いんだよ、物知らずの田舎者が、生意気抜かすと殺すぞ）。ところで、軍隊というやつは、ぼくも見て知ってはいるが、将校でもない限り猛烈にしけたものだ。将校だって、シチェルパートフが何不自由なく暮させてやらない限りは、しけたものだった。ブルジョワ以下だ、貧民窟《ひんみんくつ》だ、とウルリヒは言った。まともなドイツ語も喋《しゃべ》れねえ。

だからウルリヒは「騙されて」歩兵にされ、「騙されて」ここまで連れてこられたのだ。制服を着せられた猫背の貧民どもと一緒くたにされ、ぞろぞろ歩いては列車に乗せられ、歩いては列車に乗せられ、歩いては列車に乗せられて、一発も撃たないまま、気が付いたらどこなのか見当も付かない場所にいた。試しに消し炭でヨーロッパの地図を書いて、今どこにいると思うと訊いたら、ウルリヒは躊躇《ためら》うことなくポーランドを指差した。ぼくが違うと言うと怒り狂い、臭い畑と臭い畑の違いなんか判るかよ、と言った。どっちにしたって掘っ立て小屋しかありゃしねえ。勿論《もちろん》飛行機はなかった。任務は猛烈に馬鹿臭かった。徒党を組んで百姓屋に押し掛け、芋だろうと小麦だろうと燕麦《えんばく》だろうと端から掻《か》っ攫《さら》い、家畜は引っ張り、引っ張れない時はその場で叩き殺して荷車に乗せ、文句を言う百姓は殴り、帰りがけには百姓に逆襲された。国家公認の盗賊の生活だ。ウルリヒは不貞腐《ふてくさ》れた態度でちんたら尻尾《しっぽ》を付いて行くだけだった（下士官にさえなれなかったことを、彼は本気で怒っていた——どん百姓相手なんかじゃない、まともなどんぱちさえあれば、おれはなれたよ）。駐屯地に戻ると略奪品は召し上げられ、エリザヴェトグラドに送られた。お零《こぼ》れはグラーシュが一杯きりだ。何度目かの遠征で、部隊は組織された武装集団に襲われ、散りぢりになった。五、六人で安全な帰路を求めて彷徨《さまよ》っている最中にウルリヒは腹を壊して熱を出し、そこらに捨てていかれた。気が付くと、脇には将校外套《がいとう》と、弾を一発だけ込めた拳《けん》銃《じゅう》が置かれていた。分隊長殿（乾物屋の丁稚《でっち》が、上手《うま》くやりやがって）の置いて行ったせめてもの心遣いだったが、ウルリヒはむかっ腹を立てた。

一発だけだぞ、お前、そんなんで何をしろって言うんだ。死ねってか。頭ぶち抜いてか。

　勿論、その一発はもっと有効に使わせて貰《もら》った、とウルリヒは言った。彼の頭ではなく他の誰かの頭を狙い、彼の叡知《えいち》を以《もっ》てしても計り知れない何らかの理由により、外したのだ。後は空の銃を手に食べるものを探してうろうろするばかりだ。

　つまりこいつは本物の馬鹿だ、とぼくは思った。お国に騙される隙もないくらいの馬鹿者だ。ぼくとしてはさっさと見捨てたいところだった。馬鹿と組んでいいことは一つもない（ぼくはまだあの口笛を恨んでいた）。が、相棒としてこれ以上安全な奴はいないのも事実だった。ろくに言葉もできない外人なら、たとえば荷物を任せておいても、持ち逃げさえできない。馬鹿ならなおいい。裏をかかれる心配はせずに済む。

それに、算段が何と言おうと、ぼくたちには手を切る暇がなかった。

ウルリヒを国に帰そうという努力はした。少なくともそう言って放り出す努力はした。説得もしたし、手段も探した。本人も時々猛然と弱気になり、こんなところにいたら殺されちまうと漏らしもした。事実だった。ミハイロフカ近辺の住人はシチェルパートフの手配のお蔭《かげ》でオーストリア軍の徴発の被害を受けずに済んでいただけで、一歩外に出れば、旧占領軍に対する怨嗟《えんさ》は信じられないくらいだったのだ。だからぼくたちはクリヴォイ・ログに行った。町なら、ドイツ人を目の敵にする百姓もいない。鉄道もある。まともに動いていて乗れさえすればキエフにもオデッサにも行ける。キエフなら鉄道でクラカウまで一日だ。オデッサなら船でトルコに出られる。ぼくとしては貨車にでも押し込んで知らんぷりをするつもりだった。ぼくはそのまま残ればいい。ドイツ軍が撤退した後キエフがどうなったのか、ぼくは知らなかったが、何かしらの政府は立っているだろうし、とすれば、田舎がどんなことになっていようと、市民の安全くらいは計ってくれるだろう。ペテルブルクの赤の政府だってぼくは別に構わない。いきなり人を摑《つか》まえて鶏姦する類《たぐい》の蛮行が放置されていなければいいので、後はほとぼりが冷めるのを待つだけだ。赤でなければぼくのミハイロフカに対する権利は保障してくれるだろうし、赤だってグラバクの一味がぼくを吊るすに任す筈《はず》はなく、だから後は、やられたことは忘れずやったことは口を拭《ぬぐ》って忘れ去り、大手を振って帰って、法がそうしろと命じるなら土地は百姓どもに分けてやり（どうせ当座のことだ――すぐに食えなくなって借金の形にし始める）、残りから出直せばいい。農場をどう動かすかは、どんなどん百姓より心得ている。

のらくらの国の野蛮さに、ぼくは正直なところ、辟易《へきえき》していた。人の頭を銃床で叩《たた》き潰《つぶ》したりするのは朝飯前だが、同様の乱暴狼藉《ろうぜき》を被るのは御免だった。焼き打ちに関して言うなら、それなりの自負は抱きつつも、反省していた。一口で言うなら、ぼくの反撃などは大勢に対する非力な抵抗に過ぎず、自分が飽くまで狩られる側であることを思い知ったのだ。秩序は必要だ。是非とも。それもできればあまりぼくの不利にならないやつが。ぼくはぼくなりに、誰の持ち物であれ権力とは折り合いを付けるつもりでいた。朝起きる度に自分に言い聞かせた――人の頭をぶち抜いたり潰したりはもうしない、へべれけになった追い剝《は》ぎの巣に火を放ったりもしない、ぼくは大旦《おおだん》那《な》だ、旦那として扱って貰いたければ旦那のように振舞え、つまり自分の手は汚すな、解ったか。

実際、政府はあるらしかった。警察もあったし、治安維持の努力もそれなりには払われていた。ただし、それなりは――つまり、それなりだ。実際に存在するのは軍隊であり、その軍隊たるや、グラバクの手下たちや、納屋でくたばってこちこちに凍り付き春になったら腐り出そうと待ち構えている死体どもと全くの同類で、クリヴォイ・ログ市民の安全をむしろ積極的に脅かしている以上、地主の坊ちゃんの安全などまるで考慮してくれそうになかった。町中にいきなり機関銃座を築いて通行人を止め、馬と橇《そり》を徴発し、荷物は開けて端から抜き、外套と銃は有り金を叩《はた》いて許して貰わなければならないような奴らなのだ。ウルリヒの外套も、彼らは別に気にはしなかった。穴が開いていたり血が染みていたり無傷だったりするオーストリア軍やドイツ軍の外套を着ている奴は幾らでもいたからだ。

もっと悪いことに、彼らは慢性的な兵員不足に悩まされていた。治安維持の恩恵に与《あずか》りたければ兵隊にならなければならない。

ウルリヒはかぶりを振った。ぼくもだった。雪に閉ざされたクリヴォイ・ログで、略奪の跡も生々しい無人のアパートを見付けて潜り込んだぼくたちは、事実上の浮浪人だった。略奪はとっくにされ尽していたが、時々、新兵狩りがやって来た。ぼくたちは裏階段を使って地下室や屋根裏に隠れた。しまいにはそこも見付けられたので、凍り付いた屋根を伝って必死で逃げた。潜り込んだ隣の家の屋根裏には、似たような餓鬼どもが三人ばかり、巣穴の鼠よろしく息を潜めていた。口は利かなかった。向こうは向こうで焼け出された鼠のように逃げ込んできたこちらを心の底から軽蔑《けいべつ》していたし、こちらはこちらで、その藁山《わらやま》の鼠じみた潜みっぷりを思いきり軽蔑したからだ。列車どころではない。駅になぞ近付けば、その場で捕まって兵隊にされてしまう。

だが、まあ、人は何にでも慣れるものだ。家主顔で現れる奴は銃で脅し付け、腰板や床板を剝いでストーヴに投げ込み、焚《た》くものがなくなったら隣室に移動し、凹《へこ》んだ盥《たらい》一つで体を洗い、同じ盥でお湯を沸かして下着を煮込み（ウルリヒは清潔好きという以上に虱《しらみ》を目の敵にした）、垢染《あかじ》みたマットレスを床に直《じか》置きして外套を着たまま眠ることに馴《な》れたように（だからウルリヒがどう抵抗しようと、虱その他の害虫はぼくらの友だった）、鼠よろしく狩り立てられることにもすぐに馴れる。ぼくたちは逃げっぷりを自慢した。隣家の餓鬼どもも自慢した。みんなで新兵狩りのごろつきの間抜けさを笑いものにし（中の一人は、どこからどう迷い込んだのか知らないが、申し分ないペテルブルク風のアクセントで、教育のない連中には困ったものさ、と言った）、夕食前に友好的に別れた。そのうちには競争が始まった。どっちがどれだけ遠出をして、どれだけ要領良く振舞い、どれだけのものをせしめて戻ったか、殺し合いにならないようお裾《すそ》分けをぶら下げて威張りに行くのである。

誰が町を支配しているのかは慎重に見分ける必要があった。軍隊が交代した訳ではない――そんなことはついぞない。ただ、どこかから湧いて出たごろつきたちがいい加減に腕に巻いている腕章の色が変るだけだ。ごろつきたちの頭目《アタマン》が河岸《かし》を変えれば、当然、そうなる。一夜にして青が赤一色に変ったこともあった。ウルリヒは無言で、ぼくはいつでも百姓言葉を話す準備をして、しかるべき色の布切れを腕に巻き、食いものを漁《あさ》りに出た。堅気の住民は着込めるだけのものを着込んで地下室や屋根裏に潜んでいたが、銃を突き付けるとなけなしの食料を恵んでくれた。武器も漁った。ウルリヒは廃虚になった学校から、どうも使い方が判らずに捨てていかれたらしい機銃(パラベルムだ、とウルリヒは言った——畜生、飛行機もどこかにある筈だぞ)と弾を一箱せしめ、ぼくは図書館で焼け残った本をかき集めた。潜伏生活はいかにも退屈だったからだ。

屑《くず》ばっかだな、とウルリヒは言った。

じゃ何がいいんだ。

西部劇小説、とウルリヒは答えた。早撃ちのガンマンが出て来るやつ。

ウルリヒは、半分くらい、正しかった。キエフ時代に読み飛ばしたような小説は、今や、どうしようもないくらいぴんと来ない。ウルリヒが雑にかい摘《つま》んで話してくれたような、武装集団が列車を襲う話や、お礼参りに来た三人のごろつきを保安官が一人で皆殺しにする話や、潰れた政府の軍資金を悪党どもが奪い合う話の方が、恐ろしいことによほど本当らしく聞えた。だろ、と、機銃をばらしてから組み直していたウルリヒは一人で頷《うなず》いた。不動産屋の女房の贅沢三昧《ぜいたくざんまい》とか株屋の破産なんざ絵空事だ、大真面目に読む馬鹿はいねえ。

エリザヴェトグラドの街角で、懐に拳銃《けんじゅう》を呑《の》んだヤーシカの手下とグラバクの一味が撃ち合いを始めるところを想像して、馬鹿ばかしさにかぶりを振ったこともあったのを、ぼくは思い出した。今なら、それはあり得る。たとえば、有難くない話だが、クリヴォイ・ログの往来でグラバクや手下たちに出くわし、撃ち合いになるところを、ぼくは簡単に想像できた。ウルリヒは寝る前になると、機銃を扉に向けて設置した。寝込みを襲われたら派手にぶっ放すつもりだったのだ。

つまりはそれが秩序の消滅というやつだ。

偵察にはぼくが一人で出掛けた。食料調達の前には、慎重に、町がどうなっているのか調べる必要がある。漸《ようや》く近付く勇気の出た駅では市役所の部隊から来たと言い、市役所では駅の部隊から来たと言い、愚痴ったり無駄口を叩いたりしながら何がどうなっているのか、誰がその場を仕切っているのか、そのまた親玉は誰かを調べるのに、誰何《すいか》されても一言も答えられないウルリヒは足手纏《あしでまと》いだ。そうやって一回りして安全を確認してから戻ると、また別な鼠が一匹、裸にひん剝《む》かれて、ぼくたちの鍋《なべ》の番をしていた。下着は部屋の隅の盥でまだ湯気を立てており、窓の外に吊《つ》るされた外套《がいとう》は雪を被《かぶ》っていた。

フェディコだとさ、とウルリヒは言った。

あんた、ロシア人、とフェディコは訊《き》いた。

食扶持《くいぶち》が減るだろ。

けちな野郎だな。ドイツ人だ、とか喚《わめ》かれたら、どうすりゃいいんだ。

で、鍋で釣ったという訳だ。二人も三人も変らねえよ、とウルリヒは言い、な、と言ってフェディコを促した。フェディコは訳も解らず、ただ、頷いた。

腕章が赤に変ってすぐの頃だった。ぼくが布を裂いて渡すと、フェディコは尊敬の眼差《まなざ》しでぼくを見た。すげえな、と言った。おれ、こんなこと考えなかったよ。

何て言ったんだ、とウルリヒが訊いた。

腕章のことまでは考えなかったとさ。

こいつ、馬鹿？

自分だって考えなかった癖に、とぼくは思ったが、口を噤《つぐ》んでいた。ぼくたちは三人で、僅《わず》かばかりの燕麦《えんばく》と肉の切れ端を入れて塩味を付けた鍋を回し、ジャムを瓶から直舐《な》めした。窓を叩き割られた家の地下室に、いるかよと言わんばかりに放り出されていたのを拾い集めてきたので、ジャムだけは幾らでもあったのだ。フェディコは涙を流して、こんなにうまいものは食べたことがないと言った。

ロシアの地主様はすげえよな。農奴にはジャムも食わせないのか。

農奴なんかもういないよ。

ロシアにか。そりゃ初耳だな。鞭《むち》でこき使ってたんだろ。どこから来た、とぼくはフェディコに訊いた。フェディコはジャムを舐めながら窓の外を指差した。

どこ?


フェディコはなおも窓の外を示しながら、ヤノーフカ、と言った。

どこだって。

イワノフカだとさ。

だからそれ、どこだよ。

どこかその辺だろ。

ぼくはフェディコからジャムの瓶を取り上げた。底まで舐め尽されては堪《たま》らない。

後でな、とぼくは言った。ちゃんと稼げば、また食わせてやる。

地主様々だな、とウルリヒは言った。もう鞭で使ってやがる。

その日は炊き出しがあるのを知っていたので、夕方、ぼくはウルリヒとフェディコを連れ、兵隊たちに混じって駅の行列に並んだ。引き込み線と車庫の間には馬鹿でかい鍋が据えられていた。今日の話題として余所《よそ》で仕入れたねたを愚痴りながら、列を離れようとするフェディコを襟首で捉《つか》まえ、ウルリヒを口も利けない哀れな奴と説明し(ウルリヒは妙な唸《うな》り声を上げながらへらへら笑った)、内心びくびくもので、ぼくは三人分として鍋一杯の粥《かゆ》をせしめた。列を離れながら、一気食いしそうな馬鹿どもを説得して何とか二食食い延ばそうと考えていると、ぞろぞろ散りつつあった兵隊たちが顔を上げた。レールが僅かに震え、冷たい空気が落雷に揺らぐように揺らいだ。薄汚れた浮浪人同然のごろつきたちと一緒に、ぼくたちは線路から後退《あとずさ》った。

列車の前照灯が目を眩《くら》ませた。辺りはまだ充分明るかったが、前照灯が煌々《こうこう》と線路を照らし出したので、一瞬、何が来たのか判らなかった。汽笛で何も聞えなくなった。立ちすくんだぼくの目の前を、巨大な金属塊が徐行しながら、それでも充分な速度を保って通過しようとしていた。車輪の回転に怯《おび》えて後退ると、徽章《きしょう》を雑に塗り消した鋼鉄の板が舐めるように過《よぎ》った。

装甲列車だ、とウルリヒが我を忘れて呟《つぶや》いた。

ぼくたちは——ぼくとウルリヒとフェディコだけではなく、辺りに屯《たむろ》って、既に炊き出しに手を付けていた連中までもが、呆然《ぼうぜん》と列車を見上げた。まるで違う世界から来た何かが、目の前を通り過ぎつつあった。坐《すわ》っていた連中は立ち上がった。どよめきが沸き起こった。歓声だった。真っ先に叫んだのはウルリヒだ。機関車の後ろを、同じように鉄の板で装甲した車両が続いた。頭上を大砲の砲身が通り過ぎた。続く台車にはシートを掛けた何かが積まれており、その周囲を、革の外套と革の帽子のせいで鉄で装甲されたように見える兵士たちが、巨大な機械の狂いのない部品のように、微動だにせず見張っていた。

ぼくは吐気を覚えた。ただの鉄板を張った機関車だ、と自分に言い聞かせたが、吐気は治まらなかった。ただの正規軍の兵士たちだ、と思っても無駄だった。飢えた仲間に奪われないよう両手で鍋を抱え、ほんの数週間で垢染《あかじ》みて見る影もない毛皮外套に身を包んだぼくの目の前を傲然《ごうぜん》と通過して行くのは、鋼鉄の装甲の中に煮えたぎる罐《かま》を抱え、一両四門の砲身で辺りを制圧しながら走る力そのものだった。圧倒的な力の顕現を前にして、誰もが、ウルリヒまでもが、熱狂した。力とはそういうものだ。たとえ自分を叩《たた》き潰《つぶ》す為に向けられたものだったとしても、それを目の当りにしたら、ぼくたちは感涙に噎《むせ》びながら跪拝《きはい》するだろう。

つまりぼくは自分の奴隷根性に吐気を覚えていたのだ。

熱狂は一瞬だった。列車が通過し終える頃には、興奮は冷めつつあった。ウルリヒが冷める方が早かった。飛行機だ、と言って、台車の上のシートを掛けた塊を指差した。ぼくにはそうは見えなかったが、それでウルリヒは我に返ったのだ。最後尾には砲塔を載せた車両が連結されていたが、ウルリヒは大して感激しなかったらしい。

鍋を抱えて戻る間も、ぼくは装甲列車に腹を立てていた。同時に、幻惑されてもいた。シチェルパートフのステッキを思い出した。ぼくはあれが欲しかった。実際に人を殴るかどうかは別として、あれで人を殴り付けるという贅沢《ぜいたく》を手に入れておきたたかっていた。装甲列車はステッキとは比べ物にならないが、ぼくが感じたものはよく似ていた。親父が差配の金時計に感じたものにも似ていたのではないかと思う。親父がミハイロフカの最初の収穫で買ったのは、ちょうどそんな金時計だった。屋敷と一緒に焼けた金時計だ。お袋はあの時計を毛嫌いした。

飛行機だぜ、おい、とウルリヒは憑《つ》かれたように繰り返していた。赤のどん百姓どもめ。飛行機だぜ。あれさえありゃなあ。

飛ばしたこともない癖に。

あるよ。宙返りもできる。叔父貴《おじき》に習ったからな。

行って雇って貰《もら》え。

ばぁか、飛行機に乗っててなんで誰かの手下になるんだよ。でけぇ面する奴は端からぶっ殺してやる。それからぼくをちらりと見て、てめえが最初だ、地主、と言った。

ぼくは肩を竦《すく》めた。

鼠はどうした。

フェディコ？　そこらにいるだろ。

一つだけフェディコに関して褒めるべき点があるとすれば、それは端《はな》から神性になぞ何の興味もないところだった。自分が鼠であることに大いに満足しており、鼠以上のものになろうなどとは考えたこともないから、惨めにもならないし、幻惑もされない。この時も、フェディコはごろつきどもと一緒に口を開けて装甲列車を眺め、うらぁと一番大きい声で叫び、坊ちゃんたちがそれぞれの夢を見ている間に、もっと堅実な目標を目指して一散に駆け去ったのだ。彼はいつの間にか足早に、駆けるように付いて来て、だらしなく笑って見せた。紙に包んだ揚げパンを持っていた。いるか、と言った。油で揚げた小麦と甘ったるい砂糖の匂いがした。フェディコは歩きながら揚げパンを半分に割り、それを更に半分にしてぼくとウルリヒにくれた。

なんでこんなものを有難がらなきゃならないんだ、と言いながら、ウルリヒは揚げパンの端をちびちび齧《かじ》った。人間の食うもんじゃねえ。それでもウルリヒは余りの旨《うま》さに目も空《うつ》ろだった。フェディコは妙に哲学的な顔で、いつまでも口を動かしていた。油と砂糖の組み合せはそれほど甘美だったのだ。ぼくは冷めた鍋を片手で抱えて半分だけ食べ、フェディコから包み紙を貰った。残りは帰ってからジャムを付けて食べようと思ったのだ。

油と砂糖に塗《まみ》れた揚げパンを包んで仕舞おうとして、ぼくは手を止めた。振って開いた。覗《のぞ》き込んだウルリヒが笑い声を上げた。

まじかよ、これ。

呆《あき》れるのも道理だった。現物を想像するのも難しいくらい下手《へた》糞《くそ》な似顔絵の下に、クラフチェンコ、生死を問わず、五百ルーブリと数字で書き込まれていた。

賞金首だぜ。

どこで貰った、とぼくは訊《き》いた。駅の食堂を占拠して揚げパンを揚げていた連中に貰ったのだとフェディコは答えた。

ぼくは紙切れに揚げパンを包んでポケットに仕舞った。彼らは興味を失ったが、ぼくはそうは行かなかった。巣穴に戻り、ウルリヒとフェディコを脅したり賺《すか》したりして鍋《なべ》を半分取っておく同意を取り付け、温めて三人で回し食いしてから、揚げパンの残りを出してジャムを塗った。半分寄越《よこ》せよとウルリヒは言った。ぼくは拒絶した。田舎者、とウルリヒはぼくを罵《ののし》ったが、返事はしてやらなかった。ぼくは紙切れを見ていたのだ。

それがどうかしたのかよ。

ぼくは揚げパンの残りをウルリヒとフェディコにやった。おおお、えらく気前がいいじゃないか、とウルリヒは言った。仕方がない。こんな奴らでも員数のうちだ。

翌朝、ぼくは一人でもう一度駅に行った。

駅舎の中では兵隊たちが火を焚《た》いて暖を取っていた。焚火《たきび》の周りに蹲《うずくま》ったり、壁に寄り掛って眠ったり、立ったまま頻《しき》りと足を踏み鳴らしていたりする連中のせいで、不潔な人間の群れの放つ不潔な臭いが充満していた。酒と吐瀉《としゃ》物の臭いもした。馬が数頭繋《つな》がれて脱糞《だっぷん》したり放尿したりしていたが、その臭気がいっそ爽《さわ》やかなくらいだった。駅舎の二階に上がる階段も、踊り場までは、専ら酔《よ》い潰れた連中を転がしておくのに使われていた。踊り場で、ぼくは漸《ようや》く目を開いている男に遭遇した。髭面《ひげづら》の中で何かもぞもぞ言った。通り過ぎようとすると胸倉を掴《つか》まれた。吊《つ》るすぞ、と言われた。心臓が一瞬、鼓動を止めたが、ぼくはちらしを突き付け、コヴァリシンとこのもんだども、ほんとにこいで金くいるがぁかの、と訊いた。男はぼくの顔をまじまじと見た。ぼくもまじまじと見返した。男は階段の上に顎《あご》をしゃくった。通っていいという意味だった。恐るおそる、ぼくは男の手を逃れ、階段の上の扉を押し開けた。

電話が鳴っていた。電信の機械がかたかた音を立てていた。部屋はがらんとしていた。シャツ一枚でストーヴの前にいた男が、顔を石鹸《せっけん》で泡だらけにし、片手に剃刀《かみそり》を持ったまま、電信機の吐き出すテープを引きちぎった。

ちぎるなと言っただろう、と苛立たしげな声がした。電話に出てくれ。だが男は悠然とストーヴの前に戻り、髭を剃《そ》り始めた。電話は暫《しばら》く鳴っていた。まだ若い男が奥の硝子《ガラス》戸をばしゃんと開けて現れ受話器を取るまで、鳴っていた。若い男は受話器を戻し、また硝子戸をばしゃんと閉めて奥に消えた。ぼくは部屋の中に入った。髭剃りの男が振り返りもせずに、どんなもんかね、と言った。

ぼくがきょとんとしていると、男はタオルで石鹸を拭《ぬぐ》って、綺麗《きれい》に剃り上げた顔を見せた。赤の坊ちゃんみたいだろ。それから奥を軽く指差して見せた。電信機がまたかたかた音を立て始めた。途中でちぎるな、電話は取れ、と奥から金切り声が聞えた。男は歩いて行ってテープをちぎり捨て、ぼくに寄越した。

ぼくは始末に困ってテープをポケットに押し込もうとした。男は、ちちち、と舌を鳴らして、そりゃ駄目だ、と言った。そこらに捨てとくのはいいがな、隠しになんか仕舞おうもんなら奥の坊ちゃんが白軍のスパイだって言い出すぞ。

じゃどうするんですか。

そこらへびちゃっとけ。何の用だ。

電信はどうした、と奥から声がした。電信て何だっけの、と男は返答した。テープだ、そのテープだよ、途中でちぎらずに持って来いと何度言ったら判る。んげことゆうても途中で終ってしもうがれすて、と言って、男はぼくに目配せした。用だっきゃエリザヴェトグラドまで誰かやったほうがええがれねえれすかの。

電話が鳴った。男はゆっくりと動いて受話器を取り、暫く耳を傾けていたが、あー、あー、と発声練習をした後で、あんた誰《だい》らの、と、間の抜けた声で言った。硝子戸がふたたびばしゃんと鳴り、小柄な若い男が飛び出してきて受話器を引ったくった。眼鏡を掛け、道化のような服を着ていた。カーキの色合いからすれば制服に違いなかったが、斜めの打ち合わせを止める珍妙な形の布も、袖《そで》の星も、見世物小屋の道化の兵隊にしか見えなかった。早口に受け答えしながらぼくをちらりと見遣《みや》り、もの問いたげに顎をしゃくった。ぼくはちらしを取り出した。道化は軽蔑《けいべつ》し切った顔でそっぽをむき、二言三言話して受話器を置くと、硝子戸をばしゃんと閉めて奥へ入ってしまった。

赤の坊ちゃんにそれを見せるなよ、と髭剃りの男は言った。そうでなくても機嫌が悪いんだから。

これで金くれるってのはほんとかどうか訊きに来たんだけど。

お前がか。

コヴァリシンが。

知らねえな。暇なのか。

暇だし、おれ、まだ一発も撃ってないしさ。そう言ったらコヴァリシンがこれくれて、本気で五百出すなら行ってもいいって。

抜けるのか。

駄目かな。手は足りてるからさ。

男はげらげら笑って、そりゃ道理だがな、と言った。赤の坊ちゃんは一銭も出さんよ。金を持ってるかどうかも怪しいもんだ。暖かい部屋と飯を宛てがって、仕事しているつもりにさせてやってるだけだからな。そのクラフチェンコの首に賞金を掛けたのはオタマンのザトフォルスキーよ。前々から気に食わなかった奴が、赤に転ぶのは御免だって言うんで逃げ出したんだ、オタマンにとっちゃ物怪《もっけ》の幸いさ。

首を取ったら五百？

そのうち正面から取れる首に金を払う奴はいねえ。向こうだってザトフォルスキーにそのくらいは掛けてら。まあほんの御挨拶《ごあいさつ》ってとこだ。だが、まあ――。

だが、まあ？

男はさも愉快そうに笑み零《こぼ》れた。取れたら褒められもんだな。

褒められるだけかい？

赤軍の金なんざ紙切れだ。五百よりいいことは幾らでもあるわな。あとはオタマンの御機嫌次第だ。

やったらここへ来ればいいのかい。

ああ、まあ、ここだろうな。

あんたここにいる？

ピヴネンコに話は通してあると言えばいいさ。

結局のところは怪しげな話だった。赤軍の金で五百は、確かに紙切れだ。クリヴォイ・ログでさえ素町人どもは誰も受け取らない。自称頭目《アタマン》の御厚意も、別段欲しくはなかった。欲しければ、銃を背負っている連中から一番羽振りのよさそうな奴を見繕って、兵隊になりたいと言えばいいだけのことだ。駅を出る時、ぼくは幾らか失望していた。手配書を見て、これで鼠生活とはお別れだと決め込んでいたが、そんな都合のいい筋書きなぞある訳がない。赤軍の金で五百に確たる——国境を越えて持って出たら金貨に替えられるくらいの——実体があったとしても、頭目同士の諍《いさか》いに首を突っ込むなぞあり得ない馬鹿話だ。じっとしているに越したことはない。結局は鼠が一番長生きをするのだ。

ところで、戻ってみると、藁山《わらやま》を崩された野鼠が逃げ出すように逃げ出さざるを得ないことになっていた。通りには相変らず人気はなかったが、並んだ窓の中には、こんなに住人がいたのかと思うほどの人数が群がって、ぼくたちが隠れ住んでいる建物を見上げていた。三階の開け放った窓のところにウルリヒの姿が見えた。いつの間にくすねたのか、ぼくが取っておいたシチェルパートフの葉巻の最後の一本をふかしながら、窓枠に機銃を載せて通りを睥睨《へいげい》していた。

ぼくは階段を駆け上がった。扉は開け放たれており、そこに、穴だらけにされ前をはだけて懐を探られたらしい死体が二つ、無造作に放り出されてあった。フェディコが寒さに足踏みしながらストーヴに当っていたが、ぼくを見ると嬉《うれ》しそうに笑み零れた。勝ち誇っていた。ウルリヒが窓際で振り返った。

何だ、これは、とぼくは訊《き》いた。

見りゃ判るだろ、撃ち殺したのさ、と言って、ウルリヒはフェディコを示した。いい仕事だろ。

それでか、と言って、ぼくは機銃を指差した。

ああ。田舎者どもが騒ぐんで軽く威嚇射撃もやった。

クラフチェンコの首も何も、これではもうクリヴォイ・ログにはいられない。荷物を纏《まと》めろ、とぼくはフェディコに言った。ずらかるぞ。

何だって、とウルリヒは訊いた。

お前はそこを動くな。誰か来たらぶっ放せ。

ウルリヒは不満顔で葉巻を軽くふかすと、窓の外に向き直った。フェディコは手際よくぼくたちのなけなしの家財道具を纏めた。クリヴォイ・ログで拾ったものの殆《ほとん》どは、本も含めて、諦《あきら》めざるを得なかった。フェディコは空になった鍋《なべ》を背負った。

ちょっと待てよ、とウルリヒは言った。おれも支度するから。

馬鹿は来るな、と言ってやりたいところだった。ウルリヒが機銃を引っ込めたので、ぼくはライフルを持って窓辺に陣取った。外の誰かが罵声《ばせい》を上げた。ぼくも罵倒し返した。

兵隊を呼ぶぞ。

呼べるもんなら呼んでみろ。

ウルリヒは機銃を畳み、弾薬箱を持ち上げて、重てえ、と呻《うめ》いた。

持って走れないなら諦めろ。もう行くぞ。

結局、ウルリヒは引きずり出した弾帯を肩から巻き付け、猟銃はフェディコに持たせた。走るどころではなかった。ぼくたちは階段をもたもたと下り、中庭を突っ切り、柵《さく》を越えて反対側の建物に侵入した。

どこへ行くんだ、とウルリヒは訊いた。

駅だ。

駅?

頭目を一人やりに行くのさ。金をくれる。

あれか、とウルリヒは言った。

ああ、あれだよ。

豪勢だな。

駅舎の中は御免だったので、ぼくたちは夜を待ってこっそりホームの隅っこに陣取った。尾羽打ち枯らした善良な市民たちが、寒さと恐怖に震えながら、どこへ行くつもりかは知らないが兎《と》も角《かく》クリヴォイ・ログからは逃れようと群がっていた。七時の列車は一向に来なかった。兵隊が銃を持ってうろついていたが、いい加減に挨拶してやると、挨拶を返した。ほろ酔い加減だった。まだ手は回っていないらしい。何か言う奴がいたらこれで片付けてやる、と、ウルリヒは小声で呟《つぶや》いた。

勘弁してくれ。

何が勘弁だ。

これ以上騒ぎを起すな。

ウルリヒは、おお、そうかよ、と答えた。頭目をやりに行こうってお方が、えらくお行儀がいいな。じゃ何か、お前、おれたちが取っ捕まった方がよかったって言うのか。捕まったら、おれは喋《しゃべ》るよ。何だって喋ってやる。そしたらてめえも御一緒にだ。逃げればいいだろ。

機銃持ってて逃げる奴はいねえ。逆らう馬鹿は皆殺しだ。

ぼくは口を噤《つぐ》んだ。小声でもドイツ語はドイツ語だ。幸い誰も聞いてはいなかった。ウルリヒは寒い寒いと漏らし始め、ケツが凍ると愚痴り、ロシア語ができたら密告してやるぞ、搾取階級め、とぼくを罵《ののし》った。実際、寒かった。寒過ぎて雪さえ降らなかった。フェディコがどこかからスープのようなものを鍋で貰《もら》ってきたので、ぼくたちはそれを回し食いした。

ごとごと音を立てて列車がやってきたのは、真夜中過ぎのことだった。目を覚ますと、怯《おび》えて疲れ切った客たちが降りて来て、怯えて疲れ切った客たちが乗り込んだ。この状況では逃げ場などどこにもない。ぼくたちは堂々と三等車に乗り込んだ。ライフル程度では心許《こころもと》なかったが、ウルリヒの機銃は確かに効果絶大だった。善良なる乗客たちは物騒な餓鬼どもを叱り付けるどころか速やかにストーヴの前を譲り、一晩中、ぼくたちを放っておいてくれた。

クリヴォイ・ログを出てから一月《ひとつき》ばかりの間、ぼくたちは列車から列車へと乗り継いで暮した。鉄道はどうにか動いているというに過ぎず、始終待避線で停まったままになり、時にはそのまま夜通し、軍用列車の通過を待つことになった。一度など、待っている間に機関車を持って行かれた。列車が丸ごと徴発されるのも四六時中だった。非道《ひど》い時には、二度ほどだが、雪の積った畑の真ん中で降ろされた。荷車もなしに荷物を抱え、子供の手を引き、老人を背負った連中を置き去りにして、ぼくたちは歩ける客たちに混じって何キロも歩く羽目になった。畑の真ん中で立ち往生した連中がその後どうしたのか、ぼくは知らない。百姓どもは抜《は》け目なく寄ってきて、僅《わず》かばかりの食料と引き換えに容赦なく彼らの身ぐるみを剝ぎ、ぼくたちは後を追って私的徴発を行った。食糧事情に関して言うなら、クリヴォイ・ログよりよほどましだった。飢える心配はしなくて済んだし、鱈腹《たらふく》食う機会も時にはあったからだ。

鉄道がたまたま上手《うま》く動いたとしても、客車で暖かく眠れることは稀《まれ》だった。ストーヴで焚《た》けるほどの石炭はなかったからだ。大抵は貨車で眠った。家畜運搬車ならなお結構だった。軍用列車に潜り込むこともあった。戦闘に巻き込まれる心配がなければ、この手も随分と使わせて貰った。大きな駅では炊き出しにありつけたし、臭くて小汚い連中に混じってでよければ、それなりに暖かく眠ることもできたからだ。

他人の不潔さもさることながら、ウルリヒは時々、自分たちの不潔さに錯乱寸前になり、こっちへ来るな、虱《しらみ》ったかり、と金切り声を上げた。実際、ぼくの外套《がいとう》は虱にたかられ、薄汚れた毛足の奥で繁殖しては中に潜り込んで来てぼくを悩ませた。ウルリヒはぼくに機銃を突き付けフェディコに剝ぎ取らせた外套を雪の中に二時間ほど埋めてみたが、大して効果はなかった。春になったらシャツごと焼いてやる、とウルリヒは宣言した。春まで焼かないのは別にぼくを哀れんでのことではない。夜、貨車の中や無人の駅で、身を寄せ合いお互いの体温で暖を取りながら眠らざるを得ない時、ぼくの虱ったかりな毛皮外套はウルリヒたちにとっても随分と有難かったからだ。つまりはウルリヒにしても虱ったかりは大差がなかった。手持無沙汰《てもちぶさた》になるとウルリヒは、空《うつ》ろな目付きで外套の中に手を突っ込み、シャツの縫い目に潜り込んで卵を産み付けているのを潰《つぶ》していた。虱ったかり以上に不快な所業だったが、諦めるのに時間は掛らなかった。虱はたかるものなのだ。それでも、ウルリヒはぼくに言いつのった——春になったら全部焼き捨ててやる。いいか、おれは本気だからな。フェディコは重々しく頷《うなず》いたが、彼自身はありとあらゆる害虫の類《たぐい》を全く気にしてはいなかった。

クラフチェンコを探してぼくたちは随分とあちこちを移動した。それでもドニエプル川は渡らなかった。キエフにもオデッサにもニコポリにも近寄らなかった。赤軍の正規軍には近付きたくなかったし、白軍に出くわすのも御免だったし、両者が揉《も》み合っているところは尚更《なおさら》避けなければならない。川を越えたり、黒海から船が上がってくるような場所に近付いたり、奪い合いの対象になっている乗換駅で足止めを食ったりしなければ、あとは概《おおむ》ね我らが頭目ザトフォルスキーのそのまた頭目たるグレゴーリエフの縄張りの中であり、戦闘に巻き込まれる危険は殆どない。一度、昔懐かしいニコラーエフの近くで、駅で寝ているところを叩《たた》き起こされ、敵がそこまで来ているぞと言われた時には、最初は大人しく――それから血相を変えて逃げ出した。誰も追っては来なかった。たぶん本当に大仕事を抱えていたのだろう。

ウルリヒとフェディコは四六時中、何か囁《ささや》き合っていた。意思疎通の手段があるとは思えなかったが、いきなり二人で貨車の扉を開けて並んで小便を始めたり、一緒になってぼくの《虱の巣》を剝ぎ取ったりするのを見ると、何かしらの方策を見付け出したものらしかった。どこの駅だったか、駅員にさえも放棄されて無人になったところで、暖を取る手段さえなく一夜を明かす羽目になった時、ウルリヒは妙に滑らかに、ほんねありがてえこってすて、と言った。それがウルリヒがぼくに向って口にした最初の、ロシア語とも言えないようなロシア語だった。フェディコはにやにや笑った。

ぼくが嫌な顔をすると、ウルリヒは言い返した——誰も喋らねえようなロシア語喋ってどうするんだ？　おめえさまみたいにお高く止って喋ってたらすぐさま銃殺だとさ。ドイツ語よりやべえ。

　妙なロシア語以上に不愉快なことに、彼らはぼくをヴァーシカと呼び始めた。おーい、ヴァーシカ。まるで農奴だ。でなければ徒刑囚だ。

　ところで肝心のクラフチェンコはと言えば、ほぼ間違いなく、ぼくたちが鉄道でうろうろしている安全圏の外にいるのだった。こんなことやってたって始まらねえ、と言い出したのはウルリヒだった。鉄道にただ乗りしていればどうにか食べて行ける以上、ぼくはもう何を始める気もなくなっていたのだが、ウルリヒはそうはいかなかったらしい。ちっとは真面目に探せよ、さっさと片付けねえと春になっちまう。

　雪は緩み、小雨が降り出し、それはそれで惨めだった。行き迷って凍え死ぬ心配はないとしても、三月の小雨の中で列車を降ろされ、泥濘《でいねい》の中を歩くのは、二月の雪の中で降ろされて歩く以上に不愉快なものだ。だからといって行き先を選ぶことは不可能だった。来た列車には喜んで乗り、やばいと感じたら降りて命拾いしてきた。今更、三日も四日も乗換駅でぐずぐずして行き先を選んだりするのはいかにも面倒だし、第一危険だ。大体その列車にしてからが、冷たい小雨の中を馬で移動するのにうんざりしたどこかの小頭目に乗っ取られ、あらぬ方向に向わない保証はどこにもない。取り敢《あ》えず真面目な捜索の努力はする、とぼくは約束した。とはいえ、列車は来ないし、来てもどこへ行くか判らないし、判っても途中で乗っ取られないとは限らないし──。

革命なんかすんなよ、糞《くそ》馬鹿どもが、とウルリヒは罵った。列車もまともに動かせねえなら、大人しく地べたに張り付いて泥でも食っとけ。

だからそれは、例によってどこに行くのかあまり確信を持てないまま、夜中にクリヴォイ・ログを通過し、ドニエプル川の方へ──たぶんエカテリノスラフに向っている途中のことだった。ぼくたちは貨車の中にいた。三人で隅っこに固まって眠りこけていたら、列車が凄《すさ》まじい音を立てて急停止した。そのまま脱線すると思ったくらいだ。貨車の扉を細く開けて覗《のぞ》くと、カーブで弧を描いて停車した列車の先に炎が見えた。線路に火を焚いて停めたらしい。降りようかとも思った。が、列車を停めた連中と鉢合わせするのは御免だった。無学で薄汚れたごろつきどもを仕切っているのが必ずしも馬鹿ばかりではないことを、ぼくは何となく理解していた。グラバクさえ薄馬鹿にはほど遠かったのだ。舐《な》めた真似をすると後が怖い。

暫《しばら》くすると撃ち合いが始まった。軍用列車ではないので、抵抗は微々たるものだった。撃ち合いの音が止んで暫くすると、怒号と悲鳴が上がり、一方的なピストルの発射音が数回聞えた。兎《と》も角《かく》、これは前代未聞の列車徴発だった。ザトフォルスキーの身内なら、こんな荒っぽい真似はする必要がない。

貨車の扉が開けられるまで暫く掛った。機銃をぶっ放そうとするウルリヒと隠れていようとするフェディコが摑《つか》み合いを始めた隙に、ぼくは大声で訊《き》いた。

クラフチェンコがどこにいるか知ってるかい。


この世界は時々、非道く単純なことがある。敵の敵は味方だし、味方の敵は敵だ。どれほどぞんざいに扱われてはいても一応ザトフォルスキーの庇護《ひご》下にある列車を有無を言わさずに停め、抵抗する者を撃ち殺し、そのまま分捕って持って行こうという連中は、少なくともザトフォルスキーの味方ではない。貨車の扉を開けた連中は唐突な質問にげらげら笑いながらぼくたちを降ろして歩かせた。月夜の薄暗がりの中で、乗客はでかい荷物や家財道具を抱えて途方に暮れており、下っ端の襲撃者たちは金目のものを巻き上げげに掛っていた。死体が幾つか転がっていた。客車の入口からも放り出された。中に入ると、おかしらを探しているんだとさ、と誰かが言った。大した関心も引かないらしかった。銃撃で窓硝子《ガラス》が割れ、床に血をぶちまけた客車は空っぽも同然だった。列車が走り出した。幌《ほろ》を取り払った馬車や馬が伴走していたが、それも方向を変えて消えた。

ぼくたちはそのまま客車に置き去りにされた。ウルリヒは血溜《ちだ》まりを踏んで歩き去った足跡を見ると自分の靴の裏を眺め、神経質そうに床に擦《こす》り付けた。

臭《くせ》え。

何が。

血だよ。腐った魚みたいだ。お前らも拭《ふ》け。

ぼくたちはそのまま暫く、お行儀よく坐《すわ》っていた。呼ばれて何か問い質《ただ》されるものとばかり思っていたのだ。だが誰も現れなかった。ぼくたちは再び眠りこけ、朝になると列車は見知らぬ駅にいて、列車の中にはもう誰もいなかった。ホームも、駅舎も静まり返っていた。ぼくたちは列車を降り、硝子扉越しに駅舎の中を覗き込んだ。誰も彼もが眠り込んでいた。一人が立ち上がって、ふらつきながらこちらに歩いてきた。ぼくたちが硝子扉の前を空けると、相変らずふらつきながら出て来て、ホームの縁で立ち小便を始めた。

クラフチェンコだ、とフェディコが囁いた。

似てねえ、とウルリヒが言った。

似てる。

二人が小声で囁き合う間、ぼくはその背中を眺めていた。見たこともないくらいの巨漢だった。用を足し終えると、ふらついてホームから足を踏み外しそうになりながらも、どうにか戻って来た。ウルリヒとフェディコは口を噤《つぐ》んだ。

おはようございます、クラフチェンコさん、とぼくは声を掛けた。

うう、とも、おお、とも取れる呻《うめ》きを上げ、拒絶とも何とも付かない具合に手を振ると、ぼくたちには目もくれないまま、男は駅舎の中に引っ込んだ。

なんでそういつも唐突なんだよ、とウルリヒは愚痴った。で、どうなんだ。

ぼくは首を傾げた。似ているといえば似ているし、似ていないといえばまるで似ていない。とはいえぼくは確信していた。間違いなくクラフチェンコだ。

駅舎の連中は昼近くまで起きてこなかった。ぼくたちはホームで干涸《ひから》びたパンを齧《かじ》り、縁の錆《さ》びた鰯《いわし》の缶詰を開けて空腹を満たした。昼過ぎに、駅の前の通りが騒々しくなった。馬や無蓋《むがい》馬車に乗った男たちが帰ってきたのだ。昨日、列車を襲った連中の残りだ。駅舎の中からぞろぞろ出て来た連中が出迎え、例の巨漢が馬から下りた一人の背中を力一杯叩いた。労《ねぎら》っているつもりらしい。駅舎の中から出て来た一人が、欠伸《あくび》をしながらぼくたちを呼び寄せ、クラフチェンコさんに挨拶《あいさつ》しろ、と言った。ぼくたちは大人しく平身低頭した。面倒はミコラに見て貰《もら》え、と言われた。

その後は酒宴になった。何がなんだかよく判らなかったが、成り行きに任せていればそう大きな間違いはなかろうと思われた。嬉《うれ》しそうに得意の薄馬鹿のふりを決め込むウルリヒの脇で、ぼくは大いに飲み食いし、フェディコはフェディコでまめまめしく駆けずり回っては戻って来て、酒と肴《さかな》を差し出し、男どもに喜ばれていたが、半分以上はきっちりぼくらの背嚢《はいのう》や絨毯鞄《じゅうたんかばん》に押し込まれている筈《はず》だった。濁声《だみごえ》の歌が始まり、誰かが踊り出し、日が暮れる前に誰もがべろんべろんになった。ぼくたちは駅の外に逃げ出した。これ以上飲まされたら潰《つぶ》れかねない。

夕暮だった。町には灯《あかり》一つ見えなかったが、空はまだ明るかった。ぼくたちは暫く無言で坐っていた。ウルリヒはフェディコを小突き、寝てるのか、と訊いたが、返事はなかった。こいつら一体何やってんだ、とウルリヒは言った。

赤と戦ってるんだろ。

白軍をぶっ殺せとか言ってたぜ。

じゃ白軍ともやってるんだろ。

これでか。

クリヴォイ・ログのごろつきどもも烏合《うごう》の衆だったが、この連中はそれより非道《ひど》かった。ザトフォルスキーが本気で潰しに掛ったらひとたまりもないな、とぼくは言った。

逃げるんだろうさ。あの馬の数、見ただろ。

逃げてどうする。

兎も角この辺はだだっ広いからな。野っ原で逃げ隠れされたら手を焼くだろ。でかい機関銃だの野砲だのを抱えた連中はお手上げだ。装甲列車も列車砲も、線路の側に寄り付いてくれなきゃ糞の役にも立たねえ。ウルリヒはだらしなく笑み零《こぼ》れた。革命だ。戦争の革命だよ。

何が。

馬鹿には判らん。

野っ原に出るんだろ。

ウルリヒは目を見開いた。それからくすくす笑った。判ってるじゃないか。何か考えろ。

何を考える。

何でもいいから、おれが起きるまでに考えとけ。

クラフチェンコはどうする。

ウルリヒは唸《うな》った。それきり返事はしなかった。二人とも眠りこけてしまったのだ。

ぼくが酔い覚めの快い頭痛に陶然としながら一人で夕暮の空を愉《たの》しんでいると、一台の馬車が目の前に停まった。馬を二頭繋《つな》いだ無蓋馬車だった。というか、大型の馬車の扉から上を取り払った馬車だった。昨日、月明りで見たのと同じようなものだ。御者は馬車を停めて降りると、ぼくたちには目もくれずに中に入って行った。他には誰も乗っていなかった。馬車の後部座席があった場所に機関銃が据え付けられていた。

揺り起こすまでもなかった。ウルリヒは目を覚ましていた。中では何か騒動が始まっていた。ウルリヒはフェディコを揺さぶり起し、身振りで馬車を示すと、荷物を取ってこい、と言った。

なかなか戻ってこなかった。何度目かに覗《のぞ》くと、両手に背嚢と絨毯鞄を提げ、ぼくのライフルを背負い、ウルリヒの機銃を抱えたまま、クラフチェンコに絡まれているところだった。目顔でぼくに助けを求めた。中に入って行くと、クラフチェンコはぼくを捉《つか》まえて両頰に接吻《せっぷん》し、そのまま凭《もた》れ掛って来た。外だ、とぼくに言った。もううんざりだ。外だ。

ぼくはクラフチェンコを支えて外に連れ出した。凄《すさ》まじい酔いどれ方だった。おそらくはぼくが誰だか判っていなかっただろうが、いいか、次は装甲列車だ、見てろよ、と言った。千鳥足のクラフチェンコは目の前の馬車を見るとぼくを乱暴に押し遣《や》ってよじ登った。中ではまだ騒動が続いていた。ぶっ殺してやる、という叫び声に続いて、爆笑が起った。馬鹿どもが、とクラフチェンコが目を瞑《つむ》ったまま呟《つぶや》いた。

フェディコは馬車に荷物を放り込み、ぼくとウルリヒは大急ぎで飛び乗った。フェディコは物慣れた様子で馬車を出した。まるで酔い醒《ざま》しにそこらを一回りしろと言われたかのようだった。暫《しばら》くは平穏そのものだった。中の連中のうち数人が気付いて、馬に鞍《くら》を置き、だらだら並足で後《あと》に付いて来た。やがてクラフチェンコが目を覚まし、停めろ、と喚《わめ》いた。フェディコがいきなり馬車の速度を上げた。ウルリヒが銃を抜き掛けたが、クラフチェンコは猛烈な頭突きでウルリヒをはじき飛ばし、支えたぼくは馬車から転げ落ち掛けた。

クラフチェンコの部下たちが馬に鞭《むち》をくれるのが見えた。

ぼくはウルリヒの下から這《は》い出して、機関銃にしがみついた。装弾はされていなかった。

おい、これ、どうするんだ。

取っ組み合っていたウルリヒは、こちらに顔を向けたと思うと、クラフチェンコを思いきり蹴《け》り上げ、突き飛ばした。酔っ払いは馬車の縁に手を掛けて踏み止《とど》まろうとしたが、上体はそのままのけ反り、転落した。どけ、とウルリヒはぼくに言った。

何が、どけ、だよ。落してどうするんだ。

クラフチェンコがよろめきながら立ち上がるのが見えた。ウルリヒはぼくを押し退け、揺れをものともせずに脇の箱から引っ張り出した弾帯を取り付け、引金を引いた。発射音が響き、ぼくは両耳を塞《ふさ》いだ。クラフチェンコが泥道に前のめりに倒れるのが見えたが、すぐに顔を上げた。ウルリヒは舌打ちをした。手下たちが迫っていた。

すっ飛ばせ、フェディコ、と妙に流暢《りゅうちょう》なロシア語で喚いた。あんなデブ乗せといたらこっちがやられちまう。諦《あきら》めろ。

ここまで来てか。

こいつがあるだろ、と言って、ウルリヒは馬車の座席を叩《たた》いた。これもだ、と言って機関銃に顎《あご》をしゃくった。赤軍の金で五百なんざ紙切れだ。こっちの方がよっぽどいい。嘘だと思うなら、お前、撃ってみろ。

泥まみれのクラフチェンコのところに数人を残して、手下たちはまだ追ってきていた。ぼくは恐るおそる引金を引いた。音で耳が遠くなり、銃口が躍り上がった。馬車が轍《わだち》を乗り越えて跳ねた。今度は低めに狙った。道に叩き付けられて馬車のスプリングが軋《きし》んだ途端、追手の先頭にいた馬が躓《つまず》いたように膝《ひざ》を折り、騎手は前にはね飛ばされ、後ろの馬が棒立ちになった。当ったらしかった。

どうよ、とウルリヒは言った。ぼくが見遣ると、ウルリヒは満面の笑みを浮かべていた。追手は明らかに戦意を喪失しており、もう二、三度撃ってやると、追撃をやめた。兎《と》も角《かく》クラフチェンコは取り戻したのだ。フェディコは夕べの薄闇の中で、横転もさせずに馬車を飛ばしていて、それはそれで一つの才能だった。

V

今や何もかもが信じられないくらいに簡単で、単純だった。ぼくたちは気が向くままにその妙な馬車を乗り回し、どこへでも好きなように行くことができた——非道くぬかるんだところ以外なら。だが、ぬかるみにはそもそも踏み込む必要がない。そのぬかるみも日差しが強まるにつれて干上がり、やがて消えた。馬は繋いでおけば勝手に青草を食《は》み、水は拾ってきた桶《おけ》で宛てがっておけばよかった。ぼくたちは同じ桶から水を飲み、必要があればそれで体を洗った。川や用水路があれば桶さえ必要がなかった。素っ裸で飛び込んで行水し、着ていたものを洗い、日向《ひなた》で鳥肌を立てて後悔しながら、生乾きだがまずは清潔な衣類を着るのは幸せなことだった。農場と弁護士があれほど簡単に軟化したのもむべなるかな、これで綺麗《きれい》なシーツを掛けたまともな寝床があれば、シチェルパートフどころか悪魔にだって、ぼくは魂を売り渡しただろう。

だが勿論《もちろん》、シチェルパートフなしの方がずっといい。ぼくは時々シチェルパートフのことを思い出した。後悔とともにではない。彼がいなくなった世界がこれほど広く、そこで寝起きする自分がこんなにも幸福なことが嬉《うれ》しかった。親父は死に、兄は首を括《くく》り、お袋と伯父《おじ》は最初から存在さえしなかったようにいなくなり、ミハイロフカさえ消えてなくなった今や、ぼくは何者でもない。俄《にわか》に妙な才能を発揮し始めたウルリヒ（放棄された馬車を見付けて一日掛りで解体し、スプリングをおそろしく気長に石で研いで、およそ実用に耐えない「剃刀《かみそり》」——といおうか一応は実用に耐えるナイフを削り出してのけた時には、三日くらいだが、確かにぼくは彼を尊敬した）とフェディコ（馬を扱わせたら大したものだった）にとっては、御機嫌次第でヴァーシャだったりヴァーシカだったりしたが、それさえ大して誰かであるとは言えなかった。ぼくは時々、ライフルを背負って出掛け、一人で心行くまで獲物を狙う贅沢《ぜいたく》を味わった。獲物を背負って帰れば、その晩一晩——一度、はぐれた羊を見付けて仕留めた時には数日間——はでかい面ができた。

何者でもないということは、何者にでもなれるということだ。

暑くなると、ごろつきどもは群れを成して動き始めた。方々で小競り合いが起った。殆《ほとん》どは遭遇戦だった。銃を背負い、獲物をぶら下げ、無邪気な百姓を装ってぼくは彼らに話し掛け、誰なのか、何をしているのか聞いた。グレゴーリエフの手下のザトフォルスキーの手下の誰かの手下だったか、昨日までは敵だったのが手下の手下の手下になったのか、何かそんな風な連中だった。赤をこの国から叩き出すのさ、と彼らは言った。余所者《よそもの》にでかい顔をされるのは堪《たま》らんからな。

つまり彼らは赤軍も敵に回すことにしたらしい。

その首尾は、ぼくたちには関係がなかった。肝心なのは銃を背負ったあちこちの連中が相当な人数で移動していることだ。ごろつきの群れに掻《か》き回された赤軍は、追いつ追われつを繰り返すうちに、補給を失い、連絡を失い、結局はそうした群れの一つになり果てた。制服を着ていなければ何だか判らなかったし、着ていても、やはり何だか判らなかった。略奪した制服を着ているのか、制服を着たままごろつきの群れに紛れ込んだのか、全員が最初から制服なのか、行動を見る限りでは区別はない。村は踏み荒らされ、百姓屋は略奪され、奪われた食糧は山積みの荷車で軍隊紛《まが》いの連中の行列の後ろを運ばれた。弾薬もあった。犬でも引っ張れそうな小振りの砲や、ぼくたちがクラフチェンコから奪ったような機関銃を載せた馬車や、荷車を随《したが》えた騎馬の男たちの行列が、糞暑《くそあつ》い日差しの中を、丘を縫うように進んで行く。

ぼくたちは奴らを遠巻きに尾《つ》けた。鼠からの階級上昇は思ったより簡単だ——小競り合いになったら、少し離れて様子を見る。負けた側が死人や怪我人を放り出して逃げ、勝った連中があらかたのものを剝《は》ぎ取った後で駆け付けて、素早くお零《こぼ》れに与《あずか》る。つまりはハイエナだ。勝った連中の後を尾け、夜になるのを待って略奪品を満載した荷車を漁《あさ》る。つまりは狐だ。馬車に載せた機関銃の弾は幾らでも手に入ったので、追手が掛ればぼくは思う存分ぶっ放し、フェディコは馬車を飛ばし、ウルリヒは装弾を手伝いながら笑い転げた。

単純な世界は美しい。丘の陰に伏せ、分捕り品の双眼鏡で様子を窺《うかが》うぼくの目の前を、騎馬の男たちが何組も通り過ぎた。近くにいたら堪らないだろう悪臭も、垢《あか》と土《つち》埃《ぼこり》で汚れた身形《みなり》も、とうの昔に人間であることを振り捨てた顔も、遠目では見事な騎乗を見せる影に過ぎない。コサックども、とウルリヒは言った。こんなところにコサックなんかいないと言っても聞かなかった。

すげえよな、コサックどもは。

伝令が襲歩で現れると、彼らは立ち止まり、向こうの丘の上に馬車を停めて機関銃陣地を作る。退却に備えて馬は繫《つな》いだままだ。騎兵はその陰に待機する。馬車を降りた歩兵が身を寄せ合う。近くでは耳のおかしくなりそうな機関銃も、遠くでは軽過ぎる音を響かせるだけだ。騎兵が丘の向こうへと降りて行く。叫びが聞える。ぼくはフェディコを促して御者台に乗らせる。追うにしても、逃げるにしても、次の行動は迅速でなければならない。歩兵がもたついた足取りで丘を越えて行く。

ぼくはいつの間にか微笑んでいたらしい。

妙な奴だな、とウルリヒは言った。何がそんなに嬉しいんだ。こっちの取り分を想像しているのだとぼくは答えたが、そうではなかった。ぼくは美しいものを目にしていたのだ――人間と人間がお互いを獣のように追い回し、躊躇《ためら》いもなく撃ち殺し、蹴《け》り付けても動かない死体に変えるのは、川から霧が漂い上がるキエフの夕暮と同じくらい、日が昇っても虫の声が聞えるだけで全てが死に絶えたように静かなミハイロフカの夜明けと同じくらい美しい。半狂乱の男たちが半狂乱の男たちに襲い掛り、馬の蹄《ひづめ》に掛け、弾が尽きると段平《だんびら》を振り回し、勝ち誇って負傷者の頭をぶち抜きながら略奪に興じるのは、狼の群れが鹿を襲って食い殺すのと同じくらい美しい。殺戮《さつりく》が？それも少しはある。それ以上に美しいのは、単純な力が単純に行使されることであり、それが何の制約もなしに行われることだ。こんなに単純な、こんなに簡単な、こんなに自然なことが、何だって今まで起らずに来たのだろう。誰だって銃さえあれば誰かの頭をぶち抜けるのに、徒党を組めば別な徒党をぶちのめし、血祭りに上げることができるのに、これほど自然で単純で簡単なことが、何故起らずに来たのだろう。

ぼくは時々考えることがあった――シチェルパートフを殺したのは間違いだっただろうか。納屋の三人組を殺したのは間違いだっただろうか。もしかするとそうかもしれない。褒めてくれたのはウルリヒくらいのものだが、彼に道徳の基準を求める気を、ぼくはとうになくしていた。フェディコはどんな光景を目にしても怯《おび》えるだけだ――死体を剥ぐのに一々十字まで切り、その癖、聖母様のメダルだの何だのといった愚にも付かないお守りは丁寧に奪ってポケットに収める。ウルリヒは死体を足で蹴転《けころ》がし、懐を探り、略奪を免れた背負い袋を開けるのをうんざりするような作業と心得、数が多い時には一日十四時間こき使われる工員のように目の下に隈《くま》を作って、もういいだろ、いい加減にしようぜ、とぼやき出す。こいつまだ生きてるじゃん、と愚痴るウルリヒに、持ち物だけ取っとけ、と言いながら、ぼくは、長くなった影と辺りを朱に染める太陽を見遣《みや》り、天から見下ろすように、転がっている死人や半死人と動き回るぼくたちの姿を眺める。最初の死体と、その後に続く死体と、その後も無数に続く死体には、もう何の違いもない。

双眼鏡はそうやって拾った。敗走する連中と追撃に移る連中との後《あと》に、瀕死《ひんし》の怪我人と手付かずの死人が転がった時のことだ。将校格だったらしい生殺しの怪我人は麗々しい地図ケース（どうせどこかの死体からの略奪品だ）に入った地図も持っていた。ウルリヒに見せたが顔を顰《しか》めただけだ。食えるもん漁れよ、と彼は言った。でなけりゃ弾を。怪我人の視線は一瞬だけぼくを捉《とら》えたが、すぐに、放っておいてくれと言わんばかりに天に向けられた。死ぬ時にはどんな気分がするものか、ぼくはまだ知らなかった。まだ息はあったが、幾らもしないうちに死んだだろう。

ぼくたちの武器庫は溢《あふ》れんばかりになった。機関銃を挟んだ革張りの座席の下には機関銃の弾の箱の他に、機銃用の円い弾倉が幾つか収まった。ウルリヒは得意顔で口径の大きい軍用拳銃《けんじゅう》を二丁、ベルトの前に挟み、腰には無闇と銃身の長い自動拳銃をぶら下げた。自動拳銃に関しては何か御託があったと思うが（プロイセンのカイザーがどうのこうの）、今のぼくには思い出せない。フェディコもそれに倣った。ぼくは真似る気にならなかった。不意を突くか、物陰からこっそり狙うか。ぼくたちが誰かと事を構えようと思えば、それ以外に方法はない。これ見よがしに三丁も拳銃を下げてどうにかなる問題ではない。

たとえばだ——ぼくたちに、少なくともぼくに、自分の分を思い知らせてくれたのは、軍隊紛いが代るがわる荒らし回る間、頭を垂れて従っていた百姓たちだ。食糧を出せと言われれば、大人しく出した。馬を寄越《よこ》せと言われれば、これも大人しく出した。娘を寄越せと言われれば、さすがに仏頂面を作ってだが差し出し、二度か三度やられて娘がつわりで呻《うめ》き出す頃には、ささやかなしもた屋を残して身ぐるみ剝がれたも同然だったが、それでも、彼らは武器を隠していた。死人から奪ったのかもしれない。樽《たる》に入れたり油布で包んだりして埋めておいた銃を、軍隊が立ち去るなり掘り出して、後を追うのだ。

ぼくたちは同業者だった。小競り合いの後、一番乗りするのはぼくたちだ。できれば彼らとは遭遇したくなかった。友好的な遭遇なら、取り分が減る。敵対的な遭遇なら、非道《ひど》い目に遭う。彼らもその辺は心得ていて、ぼくたちを見付けるなり銃を突き付けて追い払おうとした。ウルリヒが銃を抜いて撃ち合いになったこともある。ぼくたちはほうほうの体で逃げ出した。相手は十人近かったのだ。フェディコがいきなり喚《わめ》いて倒れた。ウルリヒが血を流しているフェディコを座席に引っ張り込み、ぼくが馬車を出した。

怪我自体は大したことがなかった。二の腕の肉を綺麗《きれい》にぶち抜いていたのだが、ぼくたちにはそのことが判らなかった。泣き叫ぶフェディコの傷を分捕り品の火酒で洗い、持っている限り清潔な布で縛るしかできなかった。血はなかなか止らなかった。飯を食っている最中も止らなかった。何とかしてくれよ、死んじまうよ、とフェディコは啜《すす》り泣きながら訴えた。気の滅入《めい》る訴えだった。苛《いら》ついたウルリヒはフェディコに小石を投げ付け、そこらで野垂れ死ね、百姓、と罵《ののし》った。ぼくもそれに倣った。どうしようもないのに側で泣かれるのは堪らない。フェディコは泣きながら馬車に這《は》い込み、ぼくとウルリヒは空腹を満たして焚火《たきび》の脇で眠った。

翌朝、馬車を覗《のぞ》きに行くと、フェディコは馬車の座席の隅に丸まって小さくなっていた。死んだか、とウルリヒが訊《き》いた。死んでない、とフェディコが身じろぎもせずに答えた。

馬車、取られんなよ。

判ってる。

それからぼくたちは川まで水浴びに行き、戻って来てからフェディコに食事を運んだ。フェディコは恨みがましい顔で黙々と食べた。傷を洗って、布で縛り直した。フェディコはぼくたちから背を向けて目を閉じた。夜には何食わぬ顔で起きて来て、何食わぬ顔でぼくたちと一緒に食べた。指、動くか、とウルリヒが訊いた。動くよ、とフェディコは答えた。使えなくなったらそこらに捨ててくからな、と妙に陰気な声でウルリヒは宣言した。

それは事実だった。ウルリヒもそうやって置いて行かれたのだ。弾を込めた銃を置いて行ってやれるか、食糧や衣類を残して行ってやれるかも怪しかった。非道い傷を負ったら、着の身着のままで見捨てるしかない。フェディコはじっとぼくたちの顔を見ていたが、諦《あきら》めたように頷《うなず》いた。動かせない怪我や使い物にならなくなる怪我をしたら見捨てる——それが、その時以来、ぼくたちの暗黙の了解になった。

それでぼくたちが少しでも慎重になったか。とんでもない。前よりも荒っぽくなっただけだ。何もかも剥《は》ぎ取られたぼろ家から猟銃を持って這い出してくる百姓に大怪我をさせられ、拳句に放り出されて野垂れ死には堪らない。ウルリヒは早撃ちの練習を繰り返した。弾《たま》の無駄だからやめろと言っても聞かなかった。足を撃ち抜かずに済んでいる方が奇跡だ。ぼくは機銃を押し付けた。その方がよほど威嚇になる。

やっぱそう思うか、とウルリヒは訊いた。ぼくは頷いた。それでも三丁拳銃は相変らずだった。

筋はフェディコの方がよほどよかった。弾の貫通した右腕を吊《つ》っている間、小石を拾っては左手の指で弾《はじ》いて、正確に車の輻《や》に当てて遊んでいた。ぼくには到底真似できない芸当だ。自慢顔のフェディコに銃を持たせ、ウルリヒを馬車の見張りに残して、ぼくは猟に連れて行った。左右を逆にして銃を構えていたが、それでも腕前は結構よかった。

百姓どもが現れる前に死体漁《あさ》りは済ませる。万が一鉢合わせしたら、ウルリヒに機銃で脅させながら撤退する。無事に済ませる方法はそれに尽きた。ぶっ殺していいか、とウルリヒはしつこく訊いたが、ぼくはかぶりを振った。ウルリヒは撤退の間中、ぶっ放せよ、なんでぶっ放さないんだよ、と絡んだ。機関銃を奪い取って掃射しようとした。ぼくはウルリヒを殴り、ウルリヒは銃を抜き、フェディコが馬に鞭《むち》をくれたのではずみで暴発した。弾は掠《かす》めさえしなかったが、自分でも顔から血の気が引くのが判り、同様に顔面蒼白《そうはく》になったウルリヒを、ぼくは更に殴り付けた。判ったよ、とウルリヒは頭を抱え込んで喚いた。判ったからさ。でもなんで？

答は簡単だ。ぼくたちは三人しかいない。そしてこんな馬車を乗り回して略奪に耽《ふけ》っている餓鬼どもは他にはいない。哀れな百姓どもに掃射を浴びせ掛けたりしたら、それこそ何日でも執念深く追い掛けてくるだろう。安心して飯も食えなければ眠ることもできなくなる。奴らも暇なのだ。うざったい女房や娘など振り捨てて、思う存分虫けらではなく人間のふりをしたいのは誰でも同じだ。

皆殺しにすればいいだろ。

取り零《こぼ》しは出る。

ほんとに詰まんねえ奴だな、とウルリヒは呟《つぶや》いた。一遍くらい、すかっと皆殺しにしたいと思わねえか。

フェディコはもっと利口だった——一度、一人で馬車の番をしている時に居眠りをして、百姓に囲まれた。食糧を洗いざらい持って行かれた。機銃に弾倉も付けてやっていた。ウルリヒはフェディコを散々に殴る蹴《け》るした。でもそれだけで済ませてったんだぜ、とフェディコは弁明した。馬車ごと持って行くって言ったのを、これで勘弁してくれって頼んだんだぜ。

勘弁してくれたか、とぼくは訊いた。

フェディコは口を噤《つぐ》んだ。ぼくたちはまだ濡《ぬ》れている洗濯物をかき集めて移動した。とんでもない奴だ。ぼくたちのこと売っただろ、と言うと、悪びれもせずに頷いた。

でもそれで勘弁して貰《もら》ったんだぜ。

こいつ、結構こすいな、とウルリヒは言った。

何て言ったんだ、とフェディコは尋ねた。

てめえは人間の屑《くず》だと言ったのさ。

馬車を停めさせるとウルリヒは姿を消した。夜中まで戻って来なかった。ぼくとフェディコが薮《やぶ》に馬車を隠し、空《す》きっ腹を抱えて、どうにか百姓どもの目を逃れた桃の缶詰の汁を回して啜っていると、撃つなよ、と言って姿を現し、取り返した機銃と弾倉を馬車の座席の下に収めた。こんなもん持たせといたら危なくて仕方がねえ。飯盒《はんごう》もぶら下げていた。やる、と言った。おれはもう鱈腹《たらふく》食った。

押し入ったのか。よく生きてるな。

もう一遍襲って何かせしめるか。結構物持ちだぞ。

勿論《もちろん》そんな度胸はなかった。ぼくたちは夜通し移動して距離を稼いだ。地図には印を付けておいた。面倒は避けるに越したことはない。

実入りがいいのは、荷車から盗むことだった。どんな小部隊も、二、三日後を付ければ大きな部隊に合流する。大きければ大きいほど結構だ。上手《うま》くすれば荷車を引っ張っていて、食糧や弾薬を貯め込んでいて、しかも自分たちが盗みに遭うなどとは夢にも思っていない。軍隊を襲うなぞ、どれほど切羽詰っても、百姓は思い付きもしないのだ。

フェディコは手際のいい泥棒でもあった。日が暮れて静かになったところで、馬車を少し離れた場所に停めてウルリヒを残し、フェディコを荷車に潜り込ませ、ぼくは見張りをした。フェディコは箱を音もなくこじ開け、積み上げられた袋や包みにそっと触れ、中身に見当を付けて抜き、弾薬は絨毯鞄《じゅうたんかばん》や袋に収め、食糧は背負えるだけ背《はい》嚢《のう》に詰め、道具類は布で包んでぼくに渡す。ぼくはそれを物音を立てないよう馬車まで運ぶ。誰かが来ると、ぼくは荷車の下に潜り込み、フェディコは荷物の間で息を潜める。見張りがいい加減なら何度か往復した。ウルリヒは大抵機関銃の脇で寝ていた。ぼくたちが戻っても気付かずに寝ていたこともある。

見付かったことは一度しかない。フェディコは引っ張られ、ぼくは頃合いを見て逃げ戻り、そのまま移動した。助け出そうなどとは夢にも思わなかった。最初の一日二日は、フェディコも知っている隠れ場所を回って逃げてくるのを待ったが、三日目に、追手の先頭に立って道案内をしているのを発見して考えを変えた。あの野郎ぶっ殺してやるとウルリヒが言ったからだ。

放棄された農家の前に馬車を停めた。前にも二、三度泊ったことのある場所だった。フェディコも当然知っている。馬車の尻《しり》を道の方に向け、馬を外し、納屋から持って来た藁《わら》を積み上げ、中に潜り込んだ。ウルリヒは焦《じ》れた。待つ間に俄雨《にわかあめ》が降って藁はぐしょ濡れになり、その後の日差しで蒸れて不愉快極まりないことになったからだ。

来やしねえよ、馬鹿だから、とウルリヒは言った。

むしろぼくは逆のことを心配していた。フェディコも利口ならこんなところに正面から突っ込んできたりはしないだろう、と考えたのだ。正しいのはウルリヒの方だった。来ない訳ではなかったが馬鹿は馬鹿だ。その後《あと》を付いて来る軍服の成れの果てを着た二人はもっと馬鹿だった。馬車を見付けると、偉そうに馬上に君臨したまま、躊躇《ためら》うフェディコを鞭で小突いてまっすぐこっちにやってきたのだ。

フェディコの顔が強《こわ》ばるのが見えた。足は停めなかった。そのまたっぷり十数歩、度胸試しのように歩いてきて、いきなり、脇に身を投げ出した。

ぼくは引金を引いた。ウルリヒは藁をはね除《の》け、仁王立ちになって機銃を乱射した。一人はのけ反って転げ落ち、馬は巻き添えを食った。もう一人は怯《おび》えた馬から放り出され掛けた拍子にウルリヒの乱射を食らい、そのまずだ袋のように脇にずり落ちた。馬は騎手を片側の鐙《あぶみ》でぶら下げ、駆け去ろうとしていた。

捕まえろ、とぼくは喚《わめ》いた。農家の壁際で蹲《うずくま》っていたフェディコは飛び出して馬の轡《くつわ》を摑《つか》んだ。ウルリヒは機銃を置くと、ぶっ違いの二丁拳銃《けんじゅう》を抜いて馬車から降りた。フェディコは後退《あとずさ》ったが、それでも轡は放さなかった。

何怒ってんだよ。

ウルリヒはドイツ語で喚き散らした。何が何だか解らなかった。銃を乱射した。だが、フェディコは少し首を竦《すく》めただけで、轡をしっかり摑んだまま動こうとはしなかった。ウルリヒが怒りに任せてあらぬ方に撃っているのが判っていたからだ。

畜生、と言って、ウルリヒは銃を下げた。冷めるまで差さないくらいの分別は残っていたらしい。フェディコは無言で馬の首を叩《たた》いて落ち着かせながら、鐙に嵌《は》まったままの赤軍の長靴を抜いた。とっくに絶命していた。持ち物を剝《は》ぐぞ、とウルリヒが言った。フェディコは興奮気味の馬の手綱をぼくに寄越《よこ》すと、ウルリヒと二人で、死んだ馬の下から死んだ人間を引きずり出そうとし始めた。

そう悪くはない生活だった。滅多に腹を空かすことはなく、時々は食い過ぎて動けなくなるまで食えた。物惜しみはしなかった。軍隊の荷車は宝の山だ。どんなものも手に入る。ぼくたちは石鹼《せっけん》を使えるようになり、剃刀《かみそり》を使えるようになり、奪ったものを食えなくなってもまだ貪《むさぼ》り食った後は、三日も四日も木陰に馬車を停めたまま、何もせずに眠って過した。惨めなのは雨の日だけだったが、それも、くすねた防水帆布を馬車に掛けて潜り込んでいれば結構愉快にやり過ごせる。荷車から盗むことを覚えてからは百姓と諍《いさか》いになる心配はしなくて済むようになったし、切羽詰れば背嚢の中の僅《わず》かな食糧を目当てに兵隊だって平気で襲った。三人や五人なら危険は殆《ほとん》どない。利は薄かったし、出来る限り避けるようにはしていたが、とはいえ、武器を持った軍隊からただ逃げ回るだけではないというのは、気分のいいものだった。今やぼくたちは立派な捕食獣という訳だ。

だがそんなことはみんな、血を撒《ま》いた畑の落穂拾いに過ぎない。

ぼくたちの事業の——というのが大仰なら生計の手段の転換は、文字通り天から降って来た。

腹がくちくなるまで食べまくった後の、黄金の午後の終りだった。ぼくたちは放棄された麦畑の真ん中にいた。縁こそ村中総出で刈り取りを試みた痕跡《こんせき》に齧《かじ》り取られていたが、金で雇った人手なしでは、大半は放置するしかない。今年ちゃんと刈り入れを済ませて出荷していたら結構な儲《もう》けになっただろうな、ともぼくは考えた。だが今年は無理だ。まともに刈り取りを終えた畑は幾らもない。秋の播種《はしゅ》もなしだ。寒気のするような想像もした——百姓が、一家で食べるのが精々の麦を刈り取って貯め込む。あの軍隊やこの軍隊がやってきて彼らの身ぐるみを剝ぐ。来年の収穫はない。百姓も飢えるが、軍隊も飢える。

だが今は、木立からは離れ、街道からも距離を取り、ぼくらは安全で、鱈腹食って、幸せそのものだった。周囲では刈り取られないまま熟れ切って駄目になり掛けた小麦がそよりとも揺れないまま黄色くなり、屋根の半ば落ちた打穀場が三角形の姿を黒々と曝《さら》していた。探せばどこかに屋敷もあるだろう。日が傾いたら屋根のある場所に潜り込んで古《いにしえ》の栄耀栄華《えいようえいが》のお零れに与《あずか》るのも悪くはない、と馬車の陰で考えていると、遠くから奇妙な音が響いてきた。ウルリヒが立ち上がった。おい、双眼鏡、と言われて馬車の中に手を伸ばすまでもなく、向こうの木立を掠《かす》めるようにして、飛行機が現れた。

初めて見るそれは、黒い影を落して頭上を通り過ぎた。ウルリヒは馬車によじ登り、両腕を振り回しながら大声で叫んだが、その声も轟音《ごうおん》でかき消された。高度が低かったのだ。飛行機は大きく弧を描いて通り過ぎ、更に高度を下げながら戻って来ると、少し離れた場所の麦を撥《は》ね散らかして着陸した。

双眼鏡を渡すと、ウルリヒは麦の間に半ば埋もれた飛行機を眺めて、何かぶつぶつ言い始めた。一言ごとに涎《よだれ》を垂らさんばかりで、その殆どが専門用語の羅列だった。連れはなし、と言ったのが辛うじて解ったくらいのものだ。フェディコは感心して口を開けていた。つまりはこれが撃墜王か、という革ずくめの男が降り立ち、革の頭巾《ずきん》のようなものを眼鏡ごと引き毟《むし》りながら歩いて来た。さぞや遠くから飛んできたのだろう、体が強ばっているらしく、歩き方が何か妙だった。ウルリヒはぼくに双眼鏡を返した。

君たち、と撃墜王は言った。ペトロフカはこの近くかね。

ぼくは馬車の中に放り出してあった地図入れに手を伸ばした。道を訊《き》かれたら答えてやるのがぼくの習慣なのだ。中から地図を出し、ペトロフカとやらがどこにあるのかを調べ始めた途端に、銃声がした。目を上げるとウルリヒが、腰の自動拳銃を抜いて撃墜王の後頭部に突き付けたまま傲然《ごうぜん》と突っ立っていた。哀れな犠牲者は額から血と脳味噌《のうみそ》をぶちまけながら、チェスの駒でも転がすように前に倒れた。

ウルリヒは竦《すく》み上がったぼくたちを冷然と見遣《みや》ると、至って冷静に銃をケースに仕舞い、釦《ボタン》まできちんと掛け、これであれはおれたちのもんだ、と言った。フェディコが何か口にしかけると押し止《とど》めた。

こいつを脱がすぞ。

なんで。

上は寒いからな。

フェディコとウルリヒは二人で死人の身ぐるみを剝いだ。それからウルリヒは分捕り品の革上着と革のズボン、革の頭巾と眼鏡と手袋とブーツ、を抱えて、分捕り品の飛行機の方に飛んで行った。ぼくたちは墓穴を掘り、気の毒な男を葬るというよりはただ埋めた。証拠隠滅となれば、そう言うしかあるまい。

非道《ひど》くないか、と埋めた後の剝《む》き出しの土に藁を掛けながらフェディコは言った。

大分非道い。

何が非道いもんか、とウルリヒは、飛行機の側に取りついたぼくたちを操縦席から見下ろして嘯《うそぶ》いた。死人から剝いだ飛行服一式に身を固めていた。こいつだって別に聖人様って訳じゃない。プロペラの方を指差した。

一体何を指差したのか、ぼくには見当も付かなかった。前に回ってみても、ぼくの理解は格別深まりはしなかった。

銃が付いてるのか。

後ろにも付けられる。

どこの奴だ。

ペトロフカまで行けば判るさ。どっちでもいいから乗れよ。

念願の飛行機を手に入れたウルリヒを引きずり下ろすのは難しそうだった。何か積んでたか、とぼくは訊いた。ウルリヒは面倒臭そうにそこらを指差した。使い古した戦時中の背嚢《はいのう》が一つ転がっていた。ぼくはフェディコの肩を叩いて、乗るように促した。フェディコは苦心惨憺《くしんさんたん》這《は》い上がった。

プロペラ、回してくれ。

要領は自動車のクランクと大差がない。プロペラにぶら下がるようにして勢いを付けてやると、エンジンが掛り、勝手に回転し始める。飛行機は後ろに下がったぼくの目の前を通り過ぎてむしろよたよたと走り始め、やがて速度を上げた。尻尾《しっぽ》が上がったのが見えたが、飛び立つとは到底思えなかった。あのまま街道まで出ちまうな、とぼくは思った。燃料のとんでもない無駄遣いだ。そのまま誰かに売り払うことを考えた方が利口じゃないだろうか。たとえばペトロフカに陣取っている連中に。ところが機体は凧《たこ》が風を孕《はら》むようなな案配にふわりと宙に浮き、そのまま高度を上げた。飛ばせるというのは法螺《ほら》ではなかったらしい。ただその影はふいに軽く傾いで旋回し、まっすぐこちらに戻って来た。ぼくは慌てて背嚢を拾い上げ、走って逃げた。飛行機は降りるというよりはがくんと落ち、二、三度大きく弾んで、ぼくの目の前で停まった。フェディコが後部座席から転げ落ち、蹲《うずくま》ったまま吐いた。ウルリヒは苦り切っていた。何としても降りるまいと決意していなければ、たぶん降りてきてフェディコを蹴《け》り飛ばしただろう。

結局、その日はもう飛ばなかった。フェディコは怯《おび》え切っていて、その有様を見てなお後部座席に這い上がるには相当な蛮勇を必要とした。こんな布張りの鉄屑《てつくず》と一緒に、飛び上がって落ちないとしてもそこらに——たとえば打穀場に突っ込んだら御陀《おだ》仏《ぶつ》は間違いない。ウルリヒは舌打ちをし、日が暮れてもまだ、乗れよ、乗せてやるからさ、後で乗りたがっても乗せてやらねえぞ、と言い続けていたが、そのうち、ケツが痛《いて》え、とぼやきながら降りて来て、おれ、ここで寝るから、と宣言し、翼の下で横になった。

翌朝のウルリヒは早起きだった。ぼくは叩き起こされて、エンジン掛けをやらされた。朝飯前にちょっと飛んでくるから、と言うのだった。そのまま、前の日よりは大分達者に飛ばしていた。姿も見えなければ音も聞えなくなったかと思うと、戻って来る。目の前で宙返りして見せた時には心底感心した。腕前よりは、度胸にだ。

ぼくは撃墜王の背嚢をひっくり返し（小綺麗《こぎれい》な下着や着替えは有難く頂いた）、中から指令書と言うよりは書き付けを見付けた。ペトロフカの司令部に出頭し、偵察飛行の任に就くべしとあった。となるとペトロフカでは補給ができると考えていい訳だ——燃料も、食糧も、弾も。

プロペラとエンジンの音は次第に遠ざかり、殆《ほとん》ど聞えないくらいになった。ぼくは地図を広げた。ペトロフカまでは十ヴェルスタ少々というところだ。赤軍と渡り合って欲しいものをふんだくるか。冗談ではない。近隣の百姓全部を敵に回す方がましだ。となれば平和裡《り》に利益を引き出す算段が必要だろう。それができれば、飛行機を押さえている限り、食いっぱぐれはない。

ウルリヒはなかなか戻って来なかった。朝食に戻って来ないどころか、昼になっても戻って来なかった。捜しに行った方がよくないか、とフェディコは言ったが、糞暑《くそあつ》い最中にどこかへ飛んで消えた奴を捜すのは難儀なだけだ。生きていれば、そのうち腹を減らして戻って来る。前の日の残り物を食べて、いい具合に眠くなってうたた寝していると、肩を揺すって起された。ウルリヒが顔を覗《のぞ》き込んでいた。散々殴られたらしく、顔に痣《あざ》を作っていた。見たことのないごろつきの三人組が一緒だった。

飛行機はどこへやった。

取られた。

こいつら誰だ。

知らん。

なんで降りた？

手を振って呼ぶから。

定めし自慢顔で颯爽《さっそう》と降りたのだろう。自分がどうやって飛行機を分捕ったか忘れた訳でもないだろうに。ウルリヒよりもぼくよりも利口なフェディコは馬車を放り出して消えていた。起き上がろうとすると、男たちは一斉に銃を構えた。ぼくは抵抗の意思がないことを示す為に両手を開いて見せてから、体を起した。目の前には三人分の銃口があった。

飛行機、取り返してくれ、とウルリヒは言った。ぼくは暫《しばら》く考え、取られてない、と答えた。誰も取りゃしない。飛ばす奴がいなけりゃただの鉄屑だ。

何ぐちゃぐちゃ言うてるいや、と男の一人が凄《すご》んだ。ぼくは手真似で銃口を下げるように頼んだ。

飛行機、返してくれってさ。

男たちはこれ見よがしに馬鹿笑いした。

飛ばせる奴がいないだろ。

誰《だん》でも飛ばさいら。

飛ばし方を知ってる奴がいればね。

男たちは沈黙した。

こいつは知ってる、とぼくは駄目押しした。

だぁすけ親父《とっつぁ》んとこい連いて行ご言うたろ、と一人が愚痴った。最初に口を開いた男はそいつをぶん殴った。なしてしゃぐがいや、と殴られた男は抗議した。

なあは黙ってれ。

生皮剝《は》がれるまで鞭《むち》でしゃっ飛ばしてくいら、餓鬼。

黙ってれいや。

親父ってのはどこにいる。

最初に口を開いた男は、漠然と後方を示しながら、ま、そこらだの、と言った。

ペトロフカ？　赤軍がいただろ。

へえいね、と殴られた男が口を挟んだ。最初の男はうんざりした顔で聞かなかったふりをして、ねら赤軍だか、と訊《き》いた。ぼくはかぶりを振った。

だの。飛行機は。

あれは赤軍のだ。

乗ってた奴はどごら。

埋めた。

そこらで盗みをやってた奴らですよ、と、今まで一言も口を利かなかった眼鏡の男が大した訛《なま》りもなく言った。片方の玉は無残に罅割《ひびわ》れていた。そうか、殺しもやるか。一人前だな。馬車を指差した。これは誰から盗《と》った？

へえ赤軍じゃねえがらすけさ、と殴られた男が言った。誰《だん》が何《なん》盗ったって放っとけさ。

誰から盗ったんだ、ああ？

クラフチェンコ、とぼくは素直に答えた――アレクサンドロポリの駅でクラフチェンコから盗った。

男たちは笑い出した。掛け値なしの大爆笑だった。

頭目《オタマン》のタチャンカらってさ。頭目のタチャンカでこそ泥してら。荷車《ターチカ》？

タチャンカ、と言って、最初の男は馬車の後ろの機関銃を指差した。乗れ。親父の面を拝ませてやら。虫の居所が悪《わ》りっきゃこいだの。男は喉頸《のどくび》を搔《か》き切る動作をした。馬鹿がウルリヒを突き飛ばして馬車に押し込んだ。ぼくは振り返った。フェディコの顔が見えた。目が合っても、動く気配はなかった。自分だけ助かろうという魂胆らしい。ぼくは出来る限り重々しく、フェディコ、出て来ていいぞ、と声を掛けた。別にそう言えば出て来ると思った訳ではない――男たちは駆け寄って麦の穂の間からフェディコを引きずり出し、馬車に放り込んだ。ウルリヒは尤《もっと》もらしく頷《うなず》いた。

一人だけ助かろうったってそうはいかねえ。

暑い日中《ひなか》の、うんざりするような遠乗りだった。こんな午後にそこらをうろうろするとは勤勉なごろつきどももあったものだ。親父とやらがよほど怖いのだろう。フェディコは恨みがましい顔で口を噤《つぐ》んでいた。大丈夫なのか、とウルリヒは訊いた。ぼくは保証してやった。悪くても兵隊になれと言われるだけだ。逃げる機会は幾らでもある。二、三度飛ばしてやれば彼らも満足するだろうし、そうなれば荷物を纏《まと》めて、それどころか分捕り品を満載してずらかることも不可能ではない。

ウルリヒは顔を顰《しか》めた。冗談じゃないと言わんばかりだった。飛行機はどこにあるのか、ぼくは訊いた。村から少し離れたところだとウルリヒは答えた。

じゃ、それを村まで持って来い。派手にやれ。

ごちゃごちゃ相談すんな、と御者台の男が言った。

ペトロフカに着いたのはまだ日の高いうちだった。村の外れには機関銃陣地の代りにタチャンカが置かれて、出入りする人間を睥睨《へいげい》していた。明らかに一戦交えた後だった。歩哨《ほしょう》に立っている奴も、非番でうろうろしている連中も、妙に殺気立って目をぎょろつかせていた。ぼくたちは馬車に乗ったまま村を突っ切り、低い囲いを巡らした農家の前で、降りろ、と言われた。

おれ、飛行機取ってくるから、とウルリヒが言った。呆《あき》れるくらいわざとらしい物言いだったが、幸い、ウルリヒも別様に訛っていた。

取ってくる？　なんで？

心配なんだよ。

三人組は目を見交わしたが、結局、一人が頷いて決着が付いた。　肝心の戦利品が目の前になくては、彼らのお手柄も少しく印象が薄れる。　二人がウルリヒを馬に乗せて駆け去った。ぼくはフェディコを馬車に残すと言った。それもまた、ひとしきり揉《も》めた後に受け入れられた。ぼくたちも泥棒だったが、彼らが泥棒であることもまた同じくらいの事実だった。人手が多くて武装が大仰だからといって、その事実が消える訳ではない。内輪の盗みにうんざりもしていた。後ろから小突かれるようにして、ぼくは開け放ったままの戸口から中に入った。

壁に血をぶちまけた染みがあった。ちょうど頭の高さに印された染みは、どうやら水を掛けて洗ったらしかったが、それでもなすりつけるように床まで続いていた。誰かが屈《かが》み込んで床を磨いていた。ぼくを連れて来た男が、卓子《テーブル》に向っていた小柄な人影に耳打ちをした。

人影は顔を上げてこっちを見た。グラバクだった。彼は暫くぼくを品定めでもするように眺めていたが、やがて手下たちに、お前らは外に出てろ、と命じた。

昔、フランス語の訳でセルバンテスを読んだことがあるが、そこにこんな場面があった——老アロンソ・キハーノと従僕が百ヴェルスタも旅をし、散々に馬鹿ばかしい冒険を潜《くぐ》って一軒の宿屋に辿《たど》り着くと、もといた村の連中が昼飯を食べている。昔のスペイン人はおそろしく遠くまでうろついたものらしい。機関銃を据えた馬車を乗り回すごろつきどもさながらだ。

何を見てる、とグラバクは訊いた。

ぼくは壁の染みを示した。グラバクはそれをちらりと見遣《みや》って言った。まあいい。坐《すわ》れや。

グラバクの前の腰掛けは、坐るとひんやりと湿っていた。卓子もだった。水を掛けて洗ったのだ。豚の血でもぶちまけたような有様だったに違いない。

ぼくを殺すかい。

殺す？　何か理由があるか。

村の連中にそう言っただろ。

あれか——あれはな、正直なとこ恩に着てるよ。おれにはできなかった。お前がやってくれなかったら面倒なことになってた。

あっさり認めるもんだな。

おれは人殺しじゃない。人殺しはしない。

椅子の湿り気が妙に生々しく感じられた。じゃそれは、とぼくは壁の染みを示した。

おれだ。だがこんなのは全然殺しじゃない。おれが言うのは車椅子の爺様《じいさま》に六発もぶち込む類《たぐい》の殺しさ。おれがやらなくたって、平気な奴は幾らでもいる。お前もその手合いだろ。

ぼくは答えなかった。

生まれながらに心のない連中ってのもいる。勝ってりゃ見てるこっちが恥ずかしくなるくらい冷酷で、負けが込めば撃ち殺すのも情けないくらいの臆病《おくびょう》者だ。

サヴァの敵は討たないのか。

グラバクは唇をへの字に曲げて見せた。お前のところへ行けと言って、あいつを置き去りにしたのはおれだ。腹をぶち抜かれた奴を連れちゃ逃げられんから、助けて貰《もら》えなけりゃ捕まって口を割る前に死ねと言った。たぶん死ぬことになるとは思ったよ。お前がどういう奴か知らん訳じゃない。

兵舎の焼き打ちは。

あれか。ありゃ傑作だったな。一人でよくもやってくれたもんさ。お前をぶち殺さない理由が一つでもあるとすりゃ、それだな。おまけに心もないと来てる。こんな御時世には重宝な奴だ。生かしておいてやるさ——おれの言うことさえ聞くならな。

ぼくはまだ血の染みに気を取られていた。シチェルパートフがどんな風に血をぶちまけて死んだか、見もせずに飛び出して来たのを思い出した。椅子と卓子の湿りにも気を取られていた。誰かがひくひく痙攣《けいれん》しながらありったけの血をぶちまけて息絶えた跡を洗った場所に、ぼくとグラバクは坐っていた。グラバクの変りようにも気を取られていた。日に焼けている癖に顔色が悪く、窶《やつ》れて、薄気味が悪いくらい寛大だった。肩で風を切って歩いていた村の鼻摘《はなつま》み者とは大違いだ。昔のグラバクに幾らかでも愛すべきところがあったとすれば、妹の尻《しり》を睨《ね》め回しただけでぶっ殺してやると叫び出す狭量さがそれだった。今やグラバクはとことん寛大だ。ただその寛大さは、流血の跡を洗い流した部屋と同じくらい陰鬱《いんうつ》だった。

心の心配なんて自分のだけにしとけよ。

心配はしてやってるさ。惚《ぼ》けた身内が早くくたばってくれるよう心配するみたいにな。で、どうだ。

屋敷を焼いたことを忘れた訳じゃないだろ。

覚えていられる御身分でもなかろう。

ぼくは覚えてるさ。あんたとは違う。御身分もへったくれもあるもんか。ぼくは卓子の上に身を乗り出した。あのな、グラバク――ぼくたちは飛行機を持ってる。こっちの分捕り品だと聞いたぞ。

ぼくらのさ。ぼくらが赤軍から分捕った。でなけりゃここの赤軍に配属されていた筈《はず》だ。偵察に使うつもりだったんだとさ。そしたらどうなってた？　あんたらは昨日の午後のうちに見付かって、ここには今でも赤軍がいただろうな。

　そいつはどれくらい飛ぶ。

　一日で移動できる距離を三十分だ。片道百ヴェルスタは行くと思うよ。

　グラバクはぼくの顔をまじまじと見詰めた。陰鬱さは幾らか薄らいだ。或《あ》いはぼく自身、彼の陰鬱さの仲間になっていた。グラバクは馬鹿ではないし、想像力がない訳でもない。たかがごろつきには過ぎた悪徳だ。だから考える――飛行機が一機あることで、何ができるか。何が変るか。

　こいつは傑作だ。何事もお忘れにならないお坊ちゃまが、お忘れにならないからおれと取引しようって訳か。土台無理な話だな。お前をぶち殺して、飛行機を飛ばす奴の頭に銃を突き付けて脅せば充分じゃねえか。

　脅し付けて言うことを聞いてくれるのは離陸までだ。あとは飛んで逃げる。

　人質を取ってもか。

　ドイツ人で脱走兵でぶっ壊れてる。飛んだが最後、人質なんて三分で忘れる。

　グラバクは嫌な顔をした。ドイツ人なんかと組んでるのか。

　あんたさえうんと言えば、そいつを説得してやるよ。燃料と弾と食いものをくれるからと言えば、たぶん、やるだろう。ただ、ぼくたちはあんたの手下にはならない。やるのは請負仕事だ。報酬が悪ければいつでもやめるし、嫌になったらおさらばさせて貰う。

グラバクは答えずに宙に視線を浮かせた。聞きなれない音が聞えてきたのだ。ぼくは立って、グラバクを戸口に差し招いた。戸口で見張ったり、フェディコを小突いたり、ぶらぶらしたり坐り込んだりしていたごろつきどもは立ち上がり、同じ方向を見上げた。遠くに見えた機影はみるみる高度を下げ、村の真ん中を走る道に突っ込んできた。屋根を掠《かす》めんばかりだった。機体が空気抵抗で細かく震え、索具が甲高い音を立てるのが、エンジンとプロペラの爆音に混じってはっきりと聞き取れた。一日で随分腕を上げたじゃないか、とぼくが思っている間に、ウルリヒは飛び去り、村の反対側からもう一度同じことをやって見せた。村の通りにいた連中は一人残らず口を開けて空を見上げていた。グラバクさえ言葉も出ないようだった。飛行機は再び高度を上げ、凄《すさ》まじい速度で夕暮の空に突っ込みながら宙返りをし、派手に傾ぎながら村の上空を斜めに掠め、一瞬上下逆さまになり、舞い上がってぐらりと傾いだと思うと落ちてきて、際どいところで姿勢を取り戻した。三度目に突っ込んでこようとしたところで、ぼくは通りに飛び出して両手を振り、村の向こう側を指差した。あんまり図に乗らせると本当に墜落しかねない。飛行機は速度を落しながらぼくの頭上を通り過ぎ、草地の方に消えた。ごろつきたちは後を追って走り出した。

すげえな、とフェディコは言った。あれ、本当にウルリヒ？

フェディコを連れ、グラバクと一緒に殊更ゆっくりと歩きながら、ぼくは笑っていた。あれは優れものだ。装甲列車なんか屁《へ》でもない。グラバクはまだ呆然《ぼうぜん》としながらも、おそらくは忙《せわ》しく何事か考えていた。どうだい、とぼくは訊《き》いた。

飛行機の周りには人だかりができていた。二人ばかりが取り付いて、後部座席から死体のようにぐったりした人間を引きずり下ろした。ウルリヒは得意満面で降りて来て、気取り返った態度で機体に手を掛け、写真でも撮って貰うかのようにポーズを取った。

燃料と弾と食いものだけか、とグラバクが飛行機に目をやったまま言った。他に何が欲しい。殆《ほとん》ど上の空だった。

そうだね、とぼくは答えた。あんたがこれを何に使うか見せて貰おうか。

ぼくたちが豊饒《ほうじょう》な荒野を彷徨《さまよ》っている間に、世の中は随分と様変りしていた。ケルソンとタウリダの大頭目グレゴーリエフはもういなかった――手を組むつもりで無政府主義者の頭目を呼び出したら、その場でいきなり撃ち殺されたらしい。単純無比な無法の法の定めるところにより、グレゴーリエフの手下たちは無政府主義者の頭目の手下になり、出遅れたザトフォルスキー一味は忠義の証《あかし》に血祭りに上げられ、クラフチェンコは嬉々《きき》として黒旗の下に馳《は》せ参じた。実態は、オーストリア軍撤退以来相も変らぬ、戦争が畑の旦那《だんな》衆の群雄割拠だ。分断された赤軍の部隊も例に漏れなかったと言うか、そもそも地元のごろつきどもがたまたま赤軍をやっていたに過ぎなかったのだ。頭目たちに見放され白軍に押しまくられた本隊が撤退を命じると、冗談じゃない・いと言わんばかりに居残って、余所者《よそもの》糞食《くそく》らえと言い出す。赤軍が盛り返したら戻るつもりかもしれないが、それは他の頭目連中も一緒だった。節操と言えるようなものがあるのは白軍だけだ。ただしその節操は赤軍本隊の節操同様、この辺りでは甚だ評判が悪かった——何一つ手に入りそうにない節操に付き合う理由は誰にもない。

ぼくたちが分捕ったのは、進退を決めかねている部隊への梃入《てこい》れの飛行機だった。クラフチェンコの手下になっていたグラバクはそいつらを急襲し、転向を拒む連中を処刑し、残りを味方にした。村人は赤軍を恐れてとっくに逃げ出しており、村はそのままグラバク一味のものになった。

クラフチェンコはいつからそんなに偉くなったのか、ぼくは訊いた。まるっきりの馬鹿者じゃないか。グラバクは肩を竦《すく》めた。兎《と》も角《かく》、寝とぼけたまま線路に立ち小便し、見も知らない餓鬼どもに酔い醒《ざま》しのお馬車の御者を命じる酔っ払いのクラフチェンコは、今や大層お偉いお方なのだ。あんたみたいな奴がよく大人しくしてるもんだなど言うとグラバクは、まんざらでもなさそうな癖に、生意気抜かすと鞭《むち》をくれるぞと言った。おべっかも限度を心得る必要があるらしい。確かに、赤軍が確保しておいた僅《わず》かばかりの燃料を使い果たしたらグラバク一人では満足に調達できないことくらい、ぼくもすぐに気が付いた。頭一つ下げるのを惜しんで、畑を越えた遠い向こうから引いてきた野戦電話にひとしきり怒鳴れば缶に入った燃料だろうと手投弾だろうと調達して貰《もら》える利便を捨てる奴はいない。ぼくは暇さえあれば電話の側に入り浸り、彼らが何を話すかに耳を傾けた。別段、戦争旦那に成り上がろうと目論《もくろ》んでいた訳ではない。ぼくは相も変らず未成年で、餓鬼だった。ただ、旦那衆が何をやっているのか、理解しておく必要はあると思っただけだ。

ウルリヒもペトロフカでは大人しいものだった。生まれながらのいかれっぷりは変えようがないが、それは専ら燃料を浪費して曲乗りの技術を磨くことに向けられた。念願の飛行機を手に入れ、曲乗りで見物のごろつきどもを震え上がらせ、降りてくればたっぷり食べてぐっすり眠るのでは文句もないし、いかれようもない。不満なのは衛生状態だけだ。ぼくたちは馬車で寝た——百姓上がりのごろつきどもが南京虫だらけの床で雑魚《ざこ》寝《ね》するのを見て、ウルリヒが震え上がったからだ。馬車で寝なければお前らとは手を切るとウルリヒは宣言したが、実際、夏の間は百姓屋より馬車の方がずっと気持ち良かった。更にウルリヒは、毎日体を洗いまめに洗濯することを要求して、低きに流れがちなぼくとフェディコをどん百姓どもの習慣から隔離した。

飛行機には、グラバクの手下たちは誰も乗ろうとはしなかった。乗りたがる訳はない——あの派手なひけらかしの時に乗っていた眼鏡の元赤軍は、失神して垂れ流し状態で引きずり下ろされたからだ。フェディコは言うまでもない。ウルリヒはぼくを指差し、後からごちゃごちゃ指図する奴は乗せない、と言ったが、それが事実上の御指名になった。最初の偵察飛行の後、ぼくは吐気を堪《こら》えながら笑顔で降りて見せた。フェディコが疑わしい顔でぼくを眺め回しても襤褸《ぼろ》は出さなかった。挑発されたと思ったのはウルリヒの方だ。だが、どんな無茶な飛び方をされてもぼくは唾《つば》一つ吐かずしゃんと立って降りることに決めていたし、ガソリンタンクを抱えたやわな機械に対する不信感が募れば募るほど、体の方は慣れて行った。フェディコがおれも乗ると言い出すのは時間の問題だった。ぼくは偵察飛行の後部座席をフェディコに譲り、地図の見方を教え込んだ。知らなければならないことも、考えなければならないことも、他に幾らでもあった。たとえば——後腐れなくずらかるまでにどれくらいの物資を引き出すことができるか。それをどこに隠すか。燃料はどのくらい誤魔化しておけば足りるのか。次に誰かに雇われるとして、誰と組むのがやばいか。誰と組めば安全か。何より、この飛行機は一体何に使えるのか。

グラバクがそれを教えてくれた。

最初の出撃は駅の襲撃だった。白軍が占拠しているところへ行って機関銃座を叩《たた》き潰《つぶ》してこい、という訳だ。フェディコはかぶりを振り、ぼくは恐ろしさに蒼褪《あおざ》めたが、ウルリヒは平然としていた。

やっぱこう、太陽を背にして襲い掛りたいね。

どうして。

格好いいじゃん。

確かにそれ以上の理由は考え付かなかった。実際的な利点があることなどまだ思いも寄らなかったのだ。後部座席の弧を描いたパイプにはグラバクの武器庫から引っ張り出した機銃が据え付けられ、棒付きの手投弾が積み込まれた。捩込式《ねじこみしき》の蓋《ふた》は外しておけと言われた。ぶっ放し、投げ落とすのがぼくの仕事だ。フェディコは馬車ごとグラバクの司令部に徴発された。勿論《もちろん》その分も追加請求した。

一晩野営して、出撃したのは明け方だった。

上空は身を切るくらいに寒かった。灯《とも》を点したままの駅舎と引き込み線の周囲に、土嚢《どのう》を積んだ機関銃陣地が並んでいた。人影は殆どなかった。まだ眠りこけていたに違いない。軽く右に落ちる感覚とともに飛行機は旋回し、再び左に落ちて方向を変えた。土嚢の中で誰かが立ち上がり、薄明と曙光《しょこう》の中で影になっているであろうこちらを、手を翳《かざ》して見上げた。飛行機は降下した。土嚢の列がせり上がった。ぼくは手投弾の紐《ひも》を引き、土嚢と同じ色の人間が蹲《うずくま》っている方へ投げ込んだ。二発目を投げるのと、後方で爆発が起るのは同時だった。駅は文字通り蜂の巣を突《つつ》いたような騒ぎになった——人が飛び出して来、口を開けて叫び、立ち上がり、走り出し、機関銃に取り付いた。

機関銃がかたかた音を立て始めたのは、ぼくたちが土嚢の列をひと撫《な》でし、手投弾を三つ四つ投げ落としてからだった。エンジンが一際甲高く唸《うな》り、飛行機は高度を上げた。軽く右に旋回すると川の反映が視界を過《よぎ》り、そのまま機体は再び沈み込んだ。兵隊たちが機関銃をこちらに向けようと慌てていた。機首の方で異様な物音が響いた。機銃の発射音というには余りにもくぐもった、ごとごという音だ。兵隊たちは伏せた。或《ある》いは倒れた。危険なくらいの低さから、ぼくは手投弾を投げ落とした。爆発音を背後に、ウルリヒは右旋回させながら上昇し、宙返りと変らない格好で機体を反転させ、エンジンの上に仕込まれた機銃を乱射しながら土嚢《かす》の列を舐《な》めるように沈み込んだ。見境もなしに手投弾を放り込むと、辺りは土煙で霞《かす》んだ。機関銃は完全に沈黙した。

馬に乗った男たちが駅の両側から殺到しつつあった。駅舎に駆け込もうとしていた人影が、一番乗りの騎兵をやり過ごそうと身を屈《かが》めたまま頽《くずお》れた。飛行機は弧を描くように駅舎を掠《かす》めた。引き込み線の辺りで蝟集《いしゅう》し、態勢を立て直そうとする兵士たちに、段平《だんびら》を抜いた騎兵の先頭が接触するところだった。血が噴き上がった。ウルリヒはそのまま高度を下げ、川まで続く草叢《くさむら》を飛びながら下を指差した。丈の高い草が動いていた。誰かが死に物狂いで草をかき分けて移動していた。ぼくが機銃を向けると、動きは、一瞬、止った。

目が合ったような気がした。引金を引いた。草が飛び散った。

日が完全に上る頃には、片は付いていた。ウルリヒは飛行機を着陸させ、ものなれた様子で飛び降りると、二、三歩、線路の方に近付いた。すげえ、と言って、吹っ飛んだ土嚢を指差した。見ろよ。

ぼくは答えなかった。まだ耳にエンジンと機銃の音が残っていた。体は相変らず宙で振り回されているようだった。二、三歩平気なふりで歩いてから、ぼくは吐いた。

グラバクは駅長室に陣取った。駅の職員の生き残りがグラバクの為に電信を打ったり、電話を繋《つな》いだりしていた。散発的に銃声が聞えた。敗残兵を処刑していたのだ。駅舎の中も死人だらけで、順次運び出されてはいたが、腸から腐り始めた臭いはまだ籠《こも》っていた。死体の足がこんなに早いことを、ぼくは知らなかった。川魚そこのけだ。

グラバクは上機嫌で、手下が見付けて来た葉巻の箱を、封も切らないままぼくたちにくれた。ぼくは隅にある長椅子を占拠し、ウルリヒに急《せ》かされながらこじ開けて、一本ずつ取った。フェディコは疑惑の眼差《まなざ》しで葉巻を見詰めていたが、結局、ぼくたちに倣って口を食いちぎり、火を点《つ》けた。最初は非道《ひど》く咳《せ》き込んだ。それからとろんとした顔になった。まあ、どうにか我慢できるってとこだな、とウルリヒは言ったが、小うるさくけちを付ける気は、ぼくにはなかった。腐り掛けの死人の臭いが誤魔化せるだけでもましだ。それでも臭いそのものが消えた訳ではなかった。臭気は葉巻の味と混ざり合い、後々、同じ箱から取って火を点ける度に、妙に生々しく蘇《よみがえ》った。

駅長室の隅にある長椅子で、ぼくたちは坐《すわ》ったまま眠りこけた。電話は鳴り続け、声は喋《しゃべ》り続け、外の銃声は延々と続き、しまいには線路を修復するらしいとんかんまで聞え出したが、目を覚ます気にはなれなかった。気温は急上昇した。黄色く焼けた日除《ひよ》けを下ろしてさえ室内は暑く、辟易《へきえき》した誰かが窓を閉めて、漸《ようや》く外の音は小さくなった。

おい、とグラバクが言った。出迎えだ。クラフチェンコが来る。

ぼくが薄目を開けると、グラバクは御大層にも軍刀を取って腰に下げるところだった。グラバクの貧相な体格に、帝政時代の軍刀は不釣り合いなくらい長かった。これか、とグラバクは指差した。クラフチェンコはこういうのが好きなんだよ。そいつらを起せ。

ぼくたちはここにいるよ。なんで。

顔を覚えていられると拙《まず》い。

グラバクは肩を竦《すく》めた。汽笛の音がした。手下がホームに通じる扉から顔を出し、グラバクは足早に部屋を出て行った。ぼくは窓に寄って日除けの隅を捲《まく》った。装甲を施した機関車が、装甲を施した客車を引いて入ってくるところだった。遥《はる》か後方には砲塔まで具《そな》えていた——まずは一揃いといったところだ。ぼくはウルリヒとフェディコを呼んだ。汽笛で目を覚ましていた二人は、ぼくの脇から外を覗《のぞ》いた。

随分と偉くなったもんだな、とウルリヒは素直な感嘆の声を上げた。こんなもんどこからくすねたんだ？

中からクラフチェンコが現れるところは更に見物だった。比較的小綺麗《こぎれい》な手下を選《え》り抜いて並ばせたグラバクがしゃちほこ張って待ち受けるところに、出鱈目《でたらめ》に着飾ったごろつきが列車の扉を開け、どこの将軍閣下かと思うような衣裳《いしょう》に巨体を押し込んだクラフチェンコがのっそりと降りて来た。どこかで剝《は》がしてきた閣下の服に肩はどうにか収めても、腹の釦《ボタン》は嵌《は》められなかったのと同様、いかに重々しく振舞おうとその動作は太鼓腹の飲んだくれの動作でしかなかったし、たぶんどんな分捕り品も小さ過ぎたという訳だろう、膝《ひざ》の出た野良着のようなズボンを不格好な長靴に押し込んでいた。

えらく肥《ふと》ったな、とフェディコは言った。一体何食ってるんだ？

クラフチェンコはグラバクを抱擁し、両頬に接吻《せっぷん》までくれた。だがぼくが見ていたのは、略奪将軍の略奪装甲列車から現れた女だった。これもまたどこかからの略奪品という訳だろう、去年の夏以来見たことがないくらい白い衣裳に身を包み、同じく、幾らか草臥《くたび》れてはいるが、去年の夏以来見たことのない繊細な夏帽子を被《かぶ》り、その隙間から、杏《あんず》のように日に焼けた頬に金色の炎のような巻毛を零《こぼ》しているのは、間違いなく、マリーナだった。

午後はクラフチェンコ式の、いつ果てるともない祝宴になった。フェディコはどんどん大胆になり、グラバクとお偉方だけが招かれた装甲列車の宴席に入り込んで食べ物をくすね、車窓の外に待つウルリヒに渡して駅長室に運ばせた。何度目かにフェディコはクラフチェンコに捕まった。お前ら、おれからタチャンカ盗んだだろう、と問い質《ただ》され、平謝りに謝ると、構わん、度胸に免じてあれはお前らにくれてやると言われた。それだけだった。

綺麗な女がいてさ、とフェディコは口一杯に何だかよく判らないものを頬張りながら報告した。いや、女じゃないな、あれは女じゃない。白くって、細っこくて、いい匂いがして、あんなのおれ見たことがないよ。

クラフチェンコの妾《めかけ》だろ。

女房だって。

随分と上手《うま》く世渡りしたものだ、とぼくは思った。贅沢三昧《ぜいたくざんまい》もさせて貰《もら》っているらしい。結局のところ、得意顔で出迎えたりしないのは得策だったのだ。マリーナはそれこそぼくの首をちょん斬らせただろう。

どこであんなの捕まえたんだろう。

昔はどこの屋敷にもあんな女がいたもんさ、とぼくは答えた。フェディコはかぶりを振った。フェディコに言わせれば、お屋敷にいるのは、奥様もお嬢様方も女中たちも、一人残らずむっくりと肥え太った空《うつ》ろな目付きの女どもだったというのだ。

それにしても旨《うま》いよ、これ、と言って、フェディコは指までしゃぶった。こんな旨いもん初めてだよ。

確かに、まともな料理人が作ったらしいまともな食いものは、ぼくも久しく口にしていなかった。フェディコが運んでくる間に全てはごたまぜになって、皿に盛られていた時には何だったのか、は推測の域を出ない状態になり果てていたが、ただ単に食えるようにしたという以上の食べ物は充分に素晴らしいものに思えた。

フェディコは車両に戻った。まだお裾《すそ》分けに与《あずか》るつもりらしい。ウルリヒはとっくの昔に鱈腹《たらふく》食って飲んで泥酔して眠りこけていた。ぼくは葉巻をもう一本吸って目を回し、箱を抱えたままウルリヒに倣った。

グラバク一味は数日の間、クラフチェンコの頭目たちの一人として駅に腰を据えた。ぼくたちは日に二度、偵察の為に飛んだが、白軍は駅の奪回に掛る気配もなく、万事は平穏無事だった。後続の部隊も列車で続々と到着した。貨車にも屋根にも、戦闘と略奪で村から根《ね》刮《こそ》ぎにされた着の身着のままの浮浪人の群れが満載されていた——クラフチェンコにぶら下がっていれば、取り敢《あ》えず飢えて死ぬ心配はしなくて済むと考えたのだろう。

ぼくたちは約束通り、燃料と食糧と弾薬を手に入れた。ぼくはそれをグラバクの輜《し》重《ちょう》から出しては小分けして飛行機に積み込めるようにした。ウルリヒが盛大に消費した後の燃料缶も取っておいた。ウルリヒには、夕方の飛行から戻ったら燃料タンクを一杯にしておくように言っておいた。夜中に、馬車の中で眠りこける(駅舎はたちどころに、ウルリヒの言葉を借りるなら、虱《しらみ》たかりの巣になっていた)ウルリヒとフェディコを叩《たた》き起こした。まだ寝《ね》惚《ぼ》けて文句たらたらの二人に、荷物を隠しに行くぞと告げた。

荷車か何かと間違ってるんじゃねえのか、と愚痴りながら、ウルリヒはぼくが飛行機の下に置いてシートを掛けておいたものを積み込んだ。燃料満タンでこの荷物かよ。

フェディコがプロペラを回してエンジンを掛けた。離陸してから振り返ると、寝惚けた足取りで馬車に戻るのが見えた。月夜だった。木立や、畑や、草叢《くさむら》の間を流れる水路がちらちら光って見え、道は一際暗く刻み込まれていた。三十分も飛ばないうちに例の崩れ落ちた打穀場の影が、ぼくが地上で見て覚えていたのと殆《ほとん》ど同じ三角形に見えてきた。ウルリヒにもう少し先まで飛んで旋回するように指示した。だが、ぼくたちが背にして眠りこけていた木立を越えただけで、地主屋敷の屋根が月明りをぼんやり反映しているのに行き当たった。

ウルリヒは慎重に二度ほど周囲を回ってから、屋敷の前に飛行機を下ろした。ごくありふれた地主屋敷だった——親父が建てたのとも、シチェルパートフが建てたのとも大差はない。ミハイロフカに戻って来たような錯覚を覚えた。中には灯《あかり》がなく、人の気配もなかった。

ウルリヒは荷物を下ろし、パイプを使って燃料タンクから燃料を抜いて空き缶に移した。タンクには帰路ぎりぎりの分しか残さなかった。冗談じゃねえ、どっかから荷車探して来い、と言うウルリヒを無視して、ぼくは下ろした荷物を屋敷まで何度か往復して運んだ。ウルリヒも燃料の缶を提げて付いて来た。鍵《かぎ》を壊すつもりでいた扉は、手を掛けるだけで自然に開いた。黒々とした広間が広がっていた。

ウルリヒはカンテラを持ち上げた。薄暗い吹き抜けの暗闇に、布で覆われた釣り燭《しょく》台《だい》が浮かんでいた。すげえな、とウルリヒは言った。手付かずかよ。

必ずしも手付かずという訳ではなかった。一部はぼやでも出したのか内側だけ丸焼けになっていたし、目ぼしいものは持ち去られた後だった。それでも、略奪するには大き過ぎたという訳だろう、家具の類《たぐい》はあらかた、布で覆われたまま残っていた。

玄関脇の、書斎とおぼしき部屋の戸棚は硝子《ガラス》扉をぶち割られ、中にあった本は綺麗に装丁された表紙をてんでに広げて床に散乱していたが、取り敢えず無事とは言えた。ぼくは用心しいしい一冊を拾い上げ、振って硝子片を落し、墨流しの表紙を捲《めく》って月明りで中を確かめた。ルキアノスだった。

奥でピアノの音がした。一音ずつ、たどたどしく旋律の断片らしきものを辿《たど》ったあとで、頼りない和音が響いた。半ば捲れた白い掛け布の下に、ピアノが歯を剝《む》いていた。ウルリヒが屈《かが》み込んでいた。音を手探りするように、ウルリヒは寝惚けて這《は》い出すような呼び掛けを指で辿り、和音の中からよろぼいながらにじり寄る応答の欠片《かけら》を繰り返した。漸《ようや》く探り当てたと言わんばかりの和音は身体的な痛みを伴っていた。ぼくはその曲を知っていた。ポトツキの家で——あの薄気味悪い客間で、何とか言うピアニストが弾いたワーグナーの前奏曲だ。

ぼくは本を手にしたまま近付いた。足の下で硝子が砕けた。来んなよ、とウルリヒが言った。来たら殺すからな。ぶつ切りにされていた問が漸く形を取り、下から溜息《ためいき》のような答が湧き上がるところだった。

湿って冷たいミハイロフカの霧を思い出した。足下さえ見えなくなるくらいに濃く立ちこめて、眠り込んだ黒い畑を覆い、微風にあてどなく流れて行く冷たい霧に捲《ま》かれると、自分も霧の一部になって流れて行くような気がしたものだ。親父と兄も、サヴァも、シチェルパートフも、誰もがぼんやりと輪郭を失い、霧の中を霧になって流れて行く。覚えのある誰かが、すぐ脇に、目を閉じたまま、漂っている。確かに覚えている筈《はず》なのに、それが誰なのかどうしても思い出せない。たぶんもう、誰が誰であるのかなどどうでもいいことなのだろう。ほんの暫《しば》く残っていた記憶も、感情も、すぐに消え去ってしまうだろう。

ぼくはウルリヒの警告を尊重して、窓辺に寄った。ラテン語もギリシャ語もぼくにはお手上げだったが、幸い、フランス語の対訳が付いていた。

——それを眺めていると、人の一生は長い仮装行列のようなものに思えてきた。種々様々の鮮やかな衣裳《いしょう》を一行に着せてやるのは運命《フォルトゥーナ》だ。出鱈目《でたらめ》に選《え》り出した者の頭に王者にふさわしく冠を被せ、護衛を付け、額には頭飾りを巻かせる。別の者には奴隷の衣裳を着せる。美男にしつらえてやる者もあれば、醜く滑稽《こっけい》にする者もある。この見世物はあらゆるものを含まなければならないのだ。だが時折、行列の最中でも衣裳を替えさせる。始めの姿で最後まで行進することを許さず、女神は衣替えをさせて、クロイソスに捕らわれの奴隷の衣裳を着せ、召使いの間で行列に加わっていたマイアンドリオスをポリュクラテスの僭主《せんしゅ》に衣替えさせる。行列の時期が過ぎ去ると、

各人は小道具を返し、身体共々衣裳を脱いで生まれる前の姿となり、隣の者と何ら区別が付かなくなる。※1

向こうではウルリヒがピアノを弾きながら呻《うめ》いていた。歌っていると言ってやってもいいのだが、到底、呻き以上には聞えなかった。いずれにせよ、一つだけは認めておかなければならない——ウルリヒはごくお育ちのいい奴だった。ピアノも然《しか》り。飛行機も然り。他にも沢山の役にも立たないことを仕込まれて育ったことだろう。たとえばぼくには読めないラテン語を。無理強いされたお召し替えに満足だったのか、のらくらの国はお気に召したのか、ぼくには今や推測の手掛りもない。

ぼくは本を閉じ、おい、隠し場所を探すぞ、と声を掛けた。ウルリヒはピアノの蓋《ふた》を閉め、大人しく付いて来た。

グラバクの陰気な顔を見るまでもなく、徒党を組んだごろつきの生活は大して愉快なものではなかった。

グラバクの最初の挫折《ざせつ》は、ぼくが兵舎に火を掛けて逃げてから一月《ひとつき》もしないうちのことだった——グレゴーリエフの下で大目に見られて動き回っていた赤軍の手先が、グラバクを逮捕しようとやって来たのだ。ぼくが理由を尋ねるとグラバクは、連中にそんなもんあると思うか、とうんざりした口調で答えた。グレゴーリエフの一党を骨抜きにするというなら充分な理由になると言うと、お坊ちゃまは利口だな、と言った。

頭で飼えるのは虱だけさ。

頭目ばかりしょっぴいていたならそんな説明も付いただろう。だが赤軍はそこらの素町人や百姓も遠慮会釈なくしょっぴいたし、いきなり仲間割れしてお互いをしょっぴき合うことさえあったが、理由が何なのかは誰にも見当が付かなかった。たとえばフェルドゥシェルはとっくに撃ち殺されていた。革命騒ぎからは手を引いて、シチェルパートフのサモワールの前に大人しく坐《すわ》っているだけだったところを引っ張られ、エリザヴェトグラドで銃殺されたのだ。

あんな物真似鸚鵡《おうむ》みたいな奴を殺して何かの役に立つと思うか？　びびり切って啼《な》きさえしないのにな。

手下どもが言うにはな、とグラバクは続けた。モスクワの連中が何をどう言って来るのかは知らねえが、下っ端どもはユダヤ人を捕まえると制服を着せて、締日までに何人逮捕、とやるんだとさ。仕方がないからユダヤ人どもは目立つ奴から順にしょっぴく。員数を合わせられなければ自分たちが銃殺だ。哀れな連中さ。散々いいように使われて、頼みの赤軍がいなくなれば、昔懐かしい襲撃《ポグロム》がおっぱじまる。そうなりゃ女房も娘も手籠《てご》めにされた上耳鼻そぎ落とされて、当人は嬲《なぶ》り殺しだ。

グラバクは手下共々、ミハイロフカを捨てて逃亡した。村に取り残されたグラバクのお袋は逮捕された——とっくに死んだだろうとグラバクは考えていた。それで最初は赤軍とつるんだグレゴーリエフの手下どもとやり合い、次にはグレゴーリエフの手下どもとつるんで赤軍とやり合い、合間には白軍とやり合ううちに、グラバクはその気もないのにクラフチェンコの頭目たちの一人になっていた。何なら、お気に入りの一人、と言ってもいい。クラフチェンコの成り上がりじみた事大主義に気が付けば、麗々《うやうや》しく軍刀を下げて見せるくらいはお手の物だ。実績は言うまでもない。グラバクは馬鹿とはほど遠かった——オトレーシコフ大尉言うところの戦上手はその一端に過ぎない。

かくて、当の戦争さえ、グラバクには大して面白くもないことになり果てた。どこへ行っても胡麻《ごま》擂《す》りが一番効くことにはすっかりうんざりしていたし、そうなると、だったら別にシチェルパートフでも一緒じゃねえか、ということになる。クラフチェンコよりはシチェルパートフの方がましさ、とグラバクはぼくに宣《のたも》うた。あの爺様《じいさま》は大したもんだった、おれが胡麻なぞ擂ろうもんなら胡麻を擂るんじゃねえと言ってぶっ叩《たた》いただろうが、それならそれで擂り甲斐《がい》があるってもんだ。

それじゃ地面は一デシャチナも手に入らないとぼくが指摘すると、グラバクは面白くもなさそうに、地面な、と吐き捨てた。

身内の一人も残ってねえのに地面なんかどうするんだ？　戦争がおれの畑だよ。おれはそこで小作人どもを使って、血を撒《ま》いて刈り取って歩合を取って暮す。クラフチェンコの差配だ。大した出世だろ。そこらで野垂れ死ぬまで、おれはこのどんぱちで暮すのさ。

ウルリヒはひたすらに飛行機を飛ばした。

彼が飛行機の何をそんなに愛していたのか、ぼくには必ずしも理解できた訳ではない。ぼくはそういうことが理解できる人間ではなかった。飛んでいることが奇跡のような代物だ。プロペラが動いていなければ尾翼を持ち上げて押したり引いたりするにも一苦労で、燃料を一杯にすれば更に重くなる。おまけにやわだ。迂闊《うかつ》に、ウルリヒが時々やりたがったように、地面すれすれに飛んでうっかり弾でも食らおうものなら簡単に穴が開く。一度はぼくの脚を掠《かす》めて反対に抜けた。ウルリヒは怒り狂った。別にぼくの脚を案じたからではなく、彼の愛機に傷が付いたからだ。ぼくが怒り狂ったのは弾が当り掛けたからでもウルリヒが薄情だからでもない——エンジンをぶち抜かれたら火だるまになってお終《しま》いだっただろう。

野営の時など、ウルリヒは焚火《たきび》の側に坐り込んで、土を均《なら》した上に飛行機を描いていた。おそろしく無愛想な、正確という以外は何の取り柄もない、図面のような絵だった。訊《き》けば教えてくれた。殆《ほとん》ど意味をなさない名称と型番。エンジンの馬力。航続距離。上昇性能。旋回性能。最高速度。ウルリヒが滔々《とうとう》と論じたのは、飽くまで可能性の問題だった。最高の整備状態の飛行機を、最高の天候下で、最高の腕前を持つ飛行士が飛ばしたらどうなるか。少し速く飛ぶだけでばらばらに分解するのではないかと不安になるくらいがたつくのに、理論上の最高速度など全く無意味だ。ぼくたちの飛行機の整備状態同様、ウルリヒの腕前も最高とはほど遠い。

　ことこの問題に関しては、ウルリヒも謙虚だった。自分が最高ではないと彼が素直に認めるのはこの一点くらいだっただろう。後には彼の知っているすげえ飛行機やすげえ飛行士の名前と彼が見たり聞いたりした名場面が続いた。ウルリヒより更にいかれた連中の名簿、と言ってもいい。時々は、何がすげえのか全然判らないこともあった。馬にその場を一歩も動かず駈足《かけあし》させる妙技の話を聞いても、なるほど名騎手だと感心できる人間はざらにいない。

　実際、謙虚にならざるを得ないことが一度はあった。ウルリヒがフェディコを乗せて飛んだ時のことだ――白軍の残党が、どこから見付けてきたのか、おそろしく使い込んだ飛行機を一機繰り出してきた。気が付くなり謙虚のどん底にはまり込んだウルリヒは速度を上げて逃げ出したが、ぼろぼろの敵機は信じられないくらいの速さで距離を詰めて来た。旋回しようと、急上昇しようと、宙返りしようと、振り切ることも後ろに回ることもできなかった。フェディコは振り回されながらも懸命に機銃の狙いを定めたが、射程外か、想像もできない動きをするか、真上に突っ込んで来て狼狽《ろうばい》させるか、兎《と》も角《かく》引金も引けなかった。ウルリヒたちが命拾いしたのは、向こうも何故か一発も撃たなかったからだ。

なんで？

フェディコはウルリヒをちらりと見て声を潜めた――舐《な》められたんだろ。故障だ、とウルリヒは言った。機銃が故障してたんだ。

白軍の飛行機は彼らの脇に並んだ。野郎、おれに拳銃《けんじゅう》を突き付けやがった、とウルリヒは主張した。その銃口で下を示した。着陸しろ、でなければ撃つ、という訳だ。

そんなことはフェディコの知ったことではなかった。敵の機体が、今はほぼ静止状態で目の前にある。フェディコは引金を引いた。脇腹を切り裂いて尾翼に大穴を開けただけだったが、それで向こうは均衡を崩し、横滑りするように傾いで突っ込んで来た。ウルリヒが急上昇しなければ巻き添えを食っていただろう。白軍の飛行機は彼らの腹の下を潜《くぐ》って滑り落ち、そのまま地面に激突して派手に燃え上がった。

二人はそのまま戻って来た。ウルリヒの顔は白かった。しきりにそれが誰だったのか知りたがったが、答はもうどこにもない。確かなのは、ウルリヒの名簿に名前が載りかねない誰かがそこにいて、どうしようもないぼろ飛行機を操って彼らを玩《もてあそ》んだ挙句、人を舐めた報いでくたばったことだけだ。でなければ、どこで誰が死んでも誰も知らないし気にもしないのらくらの国で、これ以上ないくらいささやかな死を遂げるのはウルリヒたちの方だっただろう。一九一九年八月二四日午前六時少し前、ヴォズネセンスクの北東三十ヴェルスタで撃墜された無名の飛行士。ウルリヒが経験した空中戦らしきものはこの一度きりだ。ぼくらが揃って夕方の偵察飛行を拒むと、グラバクは、飛ばないなら撃ち殺す、と言った。

ともあれ、夏中、ぼくたちはグラバクの一味と一緒だった。最初はペトロフカに、その後はあちらやらこちらやらに腰を据え、偵察飛行を繰り返し、出撃し、機銃を撃ちまくり、手投弾を投げまくり、使った燃料と弾薬を水増しして申告し、報酬には上乗せを要求し、戻れる距離にいる間は例の地主屋敷に、遠くなり過ぎたら別な隠し場所に穴を掘って、燃料を隠し、弾薬を隠し、保存食糧を隠し、飼料を隠した。冬越しができるまで貯め込むつもりだった。来年の春のことはその後で考えればいい。地主屋敷は少しずつ遠ざかり、補給はいい加減になり、どうやらクラフチェンコ一味は迷走しながらウマニの方向に撤退しつつあったらしいが、そんなことはぼくたちには関係がなかったし、グラバクにも関係がなかった。

グラバク一味は、実のところ、タチャンカであちこちうろついては軍隊の荷車から盗み、兵隊を襲っては背嚢《はいのう》から盗んでいた頃のぼくたちと大差なかった。ただ人数が多くて武装が大仰なだけだ。飛行機まである。百人ばかりで右往左往しながら、白軍を襲っては逃げ、用心しいしい野営し、移動に移動を重ねる生活はいいお手本だった。

稀《まれ》に連絡が付くとクラフチェンコは御機嫌らしかった。グラバク一味がしんがりを務めていると思っていたらしいが、実際に白軍の進撃を食い止める役に立っていたとは到底思えない。ただ混乱させ苛立《いらだ》たせ時間を稼いでいただけだ。本気で叩きに掛られたことは一度もない。叩くに叩けないのだ――分遣隊を潰《つぶ》され、物資を盗まれ、夜襲の繰り返しで夜も眠れない目に遭わされた挙句、ぶち切れて拳《こぶし》を振り下ろしたところで、所詮《しょせん》蠅なら、風圧で脇に漂って逃げるだけだ。強いて言うならそれがグラバクの強みだった。結局のところ、グラバク一味はミハイロフカ辺りでオーストリア軍を襲っていた頃と変らず、追い剝《は》ぎであり、野盗の群れだった。

グラバクは飲んだ。死ぬ間際のシチェルパートフそこのけの飲み方だった。赤軍やそのシンパを襲撃して、連れていた妾《めかけ》や女房や娘を手下たちが捕まえ、取り分けておいたのを麗々しく「親父」に上げて来た時には、アレクサンドロスの寛大なぞ望むべくもないことを示す為に遠慮会釈なくやった。酒宴の席のすぐ脇で容赦なくぶん殴って無理矢理やる物音と女の泣き叫ぶ声を聞くのは気の滅入《めい》るものだった。女が連れて来られると、ウルリヒは小便に立つ振りで席を外した。外に出ると、獣が、と罵《ののし》った。勿論《もちろん》そうではなかった。泣き叫ぶ女をぶん殴ってやるのがどんなものか、ぼくはよく覚えていた。抜くことは抜ける。不都合がある訳ではない。その方がいいという奴がいるのも解る。だが、おそろしいくらい気の滅入るものでもある。おまけにそこには、手下たちに示すべき威信が掛っている。獣ではないから、グラバクはやるのだ。野蛮人の儀式は終ったらしかった。酒盛りは続いた。ぼくとウルリヒは半ば醒《さ》めたまま外に坐《すわ》っていた。

隠してある燃料な、とぼくは訊いた。全部無事だったとして、あれでどれくらい飛べる。

飛び方次第だな。

偵察だけでいい。

一月《ひとつき》かそこらは好きなだけ飛べるよ。節約すれば三月《みつき》だ。

ずらかるか。

いや、とウルリヒは言った。けどな、取れるもん取ったら、おれ、こいつら皆殺しにするぜ。

いきなり中でグラバクが何か喚《わめ》き出した。グラバクの副官格の無闇と顔の長いルイバが出て行って、白軍の捕虜を襟首を摑《つか》んで引き摺《ず》って戻った。ぼくと大して歳の変らない若い少尉殿だった。ルイバはおどおどする捕虜に両手を頭の後ろで組ませて地面に膝《ひざ》を突かせ、グラバクを呼んだ。ぐでんぐでんに酔っ払ったグラバクが出て来て、少尉殿に何か言った。ぼくたちにも聞き取れなかったように、少尉殿にも何も聞き取れなかったに違いない。グラバクは少尉殿の襟首を摑んで引き摺り上げると呂律《ろれつ》の回らない質問を繰り返し、返答がないと見ると拳銃を抜いて頭をぶち抜いた。

戦況は簡単に移り変る——別に塹壕《ざんごう》も掘っていなければ要塞《ようさい》も聳《そび》えておらず、数十万の軍隊が一線を挟んで睨《にら》み合っている訳でもない。この戦争は戦線の膠着《こうちゃく》とは無縁だ。ウマニの近くまで強いて言うなら退却し、そこからドニエプル川に向って比較で言うなら進撃する間に見たのは、変な言い方だが、戦争のおそろしいくらいの希薄さだった。方々では地主屋敷が焼け落ちていた。畑は刈り取りもされないまま立ち枯れていた。何度も略奪に遭った村や百姓屋は放棄され、住人は立ち去った後だった。兵隊に取られたのか、軍隊に付いて行くことにしたのか、徒党を組んで落穂拾いに乗り出したのかは判らない。気の滅入るものも見た。道の端で餓死したらしい女たちの死体だ。みすぼらしい衣類の一部が、みすぼらし過ぎて誰も取らなかったのか、そのまま、腐敗すると言うよりは食い散らかされた挙句干《ひ》涸《から》びた死体に残っていて、それで、年毎に夏になるとやってきては畑で働いていたような女たちだと知れた。一方では、どうやって人手を集めたのか、きちんと刈り取りを終えた農場も見た。村は無人になり、屋敷は焼け落ち、納屋には一袋の小麦も残っていなかったが、兎も角、刈り取りまでは無傷だったのだ。

グラバク一味やクラフチェンコの手下たちのような連中は、結局のところは一握りだった。銃を提げ、徒党を組み、馬車に据え付けた機関銃や砲や飛行機や装甲列車まで持った一握りだ。まともな人間たちは頭を垂れて、ぼくたちが通り過ぎるのを待つ。地面の上に略奪と殺し合いの爪痕《つめあと》をまばらに残して動くぼくたちはまともな人間ではなかった。大義なぞあったとしてもとっくに消え失《う》せていた。仲間内で訊《き》いても、頭をぺこぺこ下げながら逃げ込んできた赤軍崩れに訊いても、まともな答は返って来ない。

人数は絶えず増減した。ウマニの方向に漠然と移動していた間は、クラフチェンコにぶら下がっていた浮浪人たちさえ見る間に剝がれ落ちて行ったが、反転してドニエプル川に向い、騎兵を随《したが》えたタチャンカの隊列を組んで、文字通り無人の野を行くがごとく突っ走るようになると、それまでどこにいたのかと思うくらいの人数が武器を手に湧いて出て合流した。熊手で地面を引っ搔《か》くようにして、ぼくたちは東へ、ドニエプル川の河畔へと移動した。爪に引っ掛けられた後には、何もかも剝ぎ取られ、住民さえいなくなった村が残った。それでも、ぼくは知っていた――村の住人はいずれ戻って来る。戻って来ないのは、クラフチェンコやグラバクやぼくたちのようになり果てた人間だ。

※1　それを眺めていると～区別が付かなくなる。　ルキアノス『メニッポス』16より。

VI

その村に、ぼくはグラバクの馬車に同乗して一足先に入っていた。ドイツ人入植者の村だった。白軍のシンパではない。武装もしていない。妙な宗旨を移住以来百年も保っている村の住人は、大戦にさえ宗旨を盾に兵隊を出さなかった。若者が数人、何を血迷ったのか、白軍に志願して村を離れたことが罪と言えないこともないが、それ以外の咎《とが》があった訳ではない。報復の理由もなかったので、他の頭目《アタマン》なら決まってやったような皆殺しや焼き打ちを、グラバクは命じなかった。

ただし略奪はその限りではない。

ぼくたちが村に入った時にはもう始まっていた。怒号であり、嘆願であり、手当たり次第に何かをぶち壊す音であり、地下室から引きずり出される着膨れた老嬢であり、裸にひん剝《む》かれた女であり、袋叩《ふくろだた》きにされ放り出される男であり、窓から投げ出される家具調度であり――そんなのはみんな、もう珍しくもない光景だった。珍しいのは村が、精々二、三度、白軍の至ってお上品な徴発を受けただけだったことだ。しかも、ドイツ人村の御多分に漏れず、村はそれなりに裕福だった。健康で文化的な最低限の生活という程度だが、ごろつきどもの目からすれば途方もなく金持ちだった。窓から束にして投げ落とされた女物は愛想も小想《こそ》もない綿や毛織の着古しだったが、ごろつきどもにはお屋敷の奥様のお召しにも匹敵する贅沢品《ぜいたくひん》に見えただろう。金持ちは金《きん》や宝石を隠している。一度もそんなお宝にお目に掛ったことがなくとも、それは全く常識的な期待だ。だとすれば脅し付けてでも吐き出させなければならない。

ぼくたちの馬車が村の通りの中ほどを通りかかった時、まばらに両側を埋める家の一軒から銃声が響いた。

お前、ちょっと行って見てこい、とグラバクは言った。ぼくが行っても止められやしないよ、と答えると、うるせえから撃つなって言やいいんだよとグラバクは答えた。ぼくは馬車を降り、銃声がしたとおぼしき一軒の家に入った。

確かにそこらの百姓屋とは大違いだった。安っぽい手縫いの窓掛が掛り、しっかりした造りの家具がまだ原形を留《とど》めて置かれ、どた靴で踏み荒らされた床は朝きちんと洗った後だった。女たちが怯《おび》えて啜《すす》り泣く声が聞えた。床には文明人の格好をした中年男が伸《の》されており、ごろつきどもの一人は取り上げたらしい眼鏡を掛けてよろけて見せていた。字など読もうと思ったこともないから目の悪い奴など一人もいないし、いたとしても眼鏡なぞ掛けたこともないのだ。双眼鏡もなしに―ヴェルスタ向こうの人影まで見えるごろつきどもの一人が、脅しに撃ったまだ熱い拳銃《けんじゅう》の一丁を玩《もてあそ》びながら嬉《うれ》しそうにぼくを振り返った。もう一人は、素っ気ない身形《みなり》できちんと髪を纏《まと》めた無闇と品のいい母親の腕の中から、袖《そで》が裂けて白い腕が剝き出しになった若い娘を引き剝《は》がそうとしていた。

親父の命令だ、とぼくは言った。うるさいから撃つなとさ。

金隠してるかも。

地主でもないのに金なんか持ってるもんか。

地下室で何かでんぐり返す音がした。口を割らせるより探した方が早いと考えた奴がいたのだろう。眼鏡で遊んでいた男は急いで地下室に駆け込んだ。拳銃の男は首から紐《ひも》でぶら下げていた拳銃を仕舞うと、娘に顎《あご》をしゃくりながらもう一人に言った。

さっさとひん剝いちまおう。

なるほど、その方がよほど確実な収穫だ。母親は何か叫んだが、泣いているので言葉になっていなかった。娘は二人掛りで引き剝がされ、暴れると固めた拳固で顔を殴られた。怯え切って啜り泣くばかりになった娘が服ごと下着まで剝がれるのを、母親のスカートの陰から、小さな男の子が魅せられたように見詰めていた。

ぼくは馬車に戻った。ウルリヒとフェディコを乗せた飛行機が家並の裏手の畑に着陸するところだった。

村の戸数は三十戸足らずだった。人口は百人ばかりで、何の役にも立たない老人と老婆が山ほど、立派な顔付きで生き長らえており、赤ん坊から老婆まで含めた女は六十人ばかり、男と言えるのは三十人足らずだった。これはグラバクに言われてルイバが調査した数字だ。村には一丁の猟銃もなく、あったとしても扱ったことがなかった。乱暴と狼藉《ろうぜき》は、ぼくたちがやって来るまで、この世の外に締め出された禁断の知識だった。勤勉と倹約と敬虔《けいけん》以外にあるのは学問だけだ。ドイツの大学を出た者さえいた。今となっては糞《くそ》の役にも立たないどころか、憎悪と嘲笑《ちょうしょう》の的にしかならない。

ぼくたちは村の全ての家を占拠した。住人たちは着の身着のままで台所や地下室に追いやられた。ウルリヒさえ彼らには欠片《かけら》ほどの情けも示してやらず、何か勘付いたぼくたちの家主が大学仕込みの折り目正しいドイツ語で慈悲を乞《こ》うても知らんぷりを決め込んだ。惚《ぼ》けの来た婆様を元の部屋に置いてやれと言ったのはぼくだった。神学博士は涙を流して感謝した。

兎《と》も角《かく》、例によって、衛生に関してはウルリヒは厳格そのものだった。ごろつきどもが相部屋を求めてやって来ると銃を突き付け、銃を突き付け返されると居間での雑《ざ》魚寝《こね》は許したが、二階に上がることは絶対に許さなかった。博士の女房にはブリキの桶《おけ》で踏み荒らされた家の中を片付けるよう命令し、自分は台所でお湯を沸かさせてゆっくりと風呂《ふろ》に入り、ぼくたちにも体を洗わせ、着ていたものは綺麗《きれい》に洗濯させた。

フェディコは文句を垂れ流したが、ぼくは従った。不潔さに執着する理由は何もない。兎も角ここには寝台があり、略奪を免れたシーツがあり、九箇月ぶりの風呂桶さえあり、ウルリヒがけちりながら出す石鹸《せっけん》さえあった。ぼくには有難いことだ。ウルリヒも、よほど有難いと思ったのだろう、数日間は偵察飛行の為に早朝と夕方起きて来る以外、部屋に閉じ籠《こも》って眠りこけていた。

グラバクの手下どもの食いっぷりは空恐ろしいくらいだった。ある家では、白軍の取り零《こぼ》した雌鶏《めんどり》を、着いたその日のうちに全部絞め殺させ、それを全部焼かせた。卵を産むから堪忍してくれと頼んでも無駄だったのと同様、食える訳がないと抗弁しても全くの無駄だった。実際、二十羽近い雌鶏は、三人のごろつきによって瞬く間に食い尽された。彼らはそのまま接収した部屋に籠って、腹がこなれるまで起きて来なかった。起きて来ると再び腹が減ったと言い出した。今度はひと冬分のじゃがいもが犠牲になった。彼らだけが例外だった訳《つぶ》ではない。村中で、家禽《かきん》は端から絞められ、小麦は端からパンと粥《かゆ》に化け、豚は潰され、乳牛は叩き殺された。食い過ぎてぱんぱんに腫《は》れ上がって薔薇色《ばらいろ》のつやつやした顔の連中は、それでもまだ飢えていた。酒も登場した。略奪品をクラフチェンコが腰を据えたアレクサンドリアに持って行けば手に入る。酒宴は盛大を極め、女たちは老婆以外一人残らず全裸で酌をさせられ、家族を守ろうと試みた男たちは半殺しにされた。殺さないのはグラバクのお許しが出ないからだ。酒を飲み尽して泥酔して眠り込んでも、起きて来るとまだ飲み足りなかった。彼らは酒の為に村を丸ごと売り払った。ありとあらゆるものが、略奪され尽した後の略奪の対象になった。本が目の敵にされたのは食いものにも酒にも替えて貰《もら》えないからだ。彼らはそれを端から焼いた。終《しま》いには散々やった後の女どもを売り払おうという話になった。お前らいい加減にしろよとグラバクが言わなければ、そういうことになっていただろう。

いつまで腰を据えるつもりか、ぼくはグラバクに訊《き》いた。村に入って十日目のことだ。最初から冬を越せるかどうかも怪しかった村の食糧を、ぼくたちはあらかた食い尽していた。ぼくが神学博士の家から救出して持ち込んだシラーの全集をぱらぱら捲《めく》り、何だこりゃ何が書いてあると呟《つぶや》いていたグラバクは顔を上げ、ひと月かふた月、と答えた。それよりお前、これ読めるのか。

一応は読める、とぼくは答えて、ヴァレンシュタインのさわりを教えてやった。グラバクは暫《しばら》く考えて、じゃお前、夜来て訳して聞かせろ、と言った。

食いものは。

適当に探してくるさ。

そこでぼくはそうさせて貰った。ぼくたち三人が無茶食いや無茶飲みをしなくても、神学博士の食糧庫は仲間内の徴発で空になっていたからだ。

赤軍を殺して取った馬に鞍《くら》を置き、銃を背負って、ぼくは猟に出た。村を出るとせいせいした。一村丸ごとがごろつきどもに乗っ取られ、食い潰されるのを見るのは気持ちのいいものではない。村の用水路を辿《たど》り、細い川に出て流れに沿って下ると、南に渡る鳥が翼を休める場所があった。空気はもう随分と冷たくなっていた。ゆっくりと時間を掛けて狙い、慎重に一羽撃っては場所を変え、三羽か四羽で止めて鞍に括《くく》って戻る道も、並足でゆっくりと歩かせた。一人きりになるのは久しぶりだったのだ。

昼前に、何とか播種《はしゅ》を終えた畑を抜けて村に戻ると、隣家の裏手にウルリヒがいるのが見えた。桶に水を汲《く》んでいた。ウルリヒは顔を上げたが、ぼくには声も掛けずに両手に桶を下げて中に消えた。

村は静まり返っていた。一人残らず眠りこけているのだ。ぼくは博士の家の裏口から入り、博士の女房に鴨を渡そうとした。ヴァーシャ、と声を掛けられたのはその時だ。

ウルリヒが立っていた。村に入った日、ごろつきどもに殴られて裸にされた例の娘が一緒だった。娘の顔にはまだ醜い痣《あざ》が残り、腫れも完全には引いていなかった。

一羽くれ。

言われるままに、ぼくは一羽渡した。娘の御面相に何となく気が咎《とが》めたのだ。ウルリヒはそれを娘に差し出した。

いつの間に寝台から這《は》い出してきたんだ、とぼくはフェディコに訊いた。

昨日くらいかな。

ウルリヒの女か。

フェディコはにやにやした。まだ女じゃない、と言った。まだ手を付けてない。と思うよ。

それもまた薄気味の悪い話だった。実際、ウルリヒは時々、博士の家の裏手に娘と並んで腰を下ろしていた。一度など、並んで腰掛けて手を握っていて、ぼくが見ているのに気付くと、握り合った手を放すでもなく睨《にら》み付けた。邪魔をするなと言う意味だろうが、邪魔などしなくとも、その先に何もないことは一目瞭然《いちもくりょうぜん》だ。朝まだ暗いうちにウルリヒとフェディコが偵察に出る時には、娘は裏手の柵《さく》のところで見送った。ぼくは一羽、余計に撃って帰ることになった。ウルリヒが必ずくれと言うからだ。

何可愛らしいことやってるんだよ、とぼくは訊いた。ウルリヒは軽蔑《けいべつ》し切った顔でそっぽを向いた。畜生やりてえって喚《わめ》いて転げ回ってただろうが、と言うと、うるせえな、と答えた。あの女とっくに回された後だぜと言い掛けて、ぼくは口を噤《つぐ》んだ。ウルリヒに殺されると本当に思ったのはこの時だけだ。お前にゃ解らん、とウルリヒは言った。お前らにゃ解らん。

ウルリヒは女の為に水汲《みずく》みの手伝いをし、女の為にぼくの獲物を巻き上げ、女の為に石鹸を分けてやり、着の身着のままで日毎に薄汚れて行く娘の衣裳《いしょう》に気が付くと、どこからともなく小綺麗なのを一着手に入れてきて進呈し——その見返りに仲良く並んで坐《すわ》って、もしかすると手を握るのだった。女は、痣が消え腫れが引いてもお世辞にも器量好《よ》しとは言えない顔ではにかみながら俯《うつむ》き、ウルリヒはそれをさも愛《いとお》しげに眺めた。二人はそのまま何も言わず、目も合わせずに坐っていた。

フェディコはかぶりを振った。童貞だぜ絶対、と断言した。

ぼくには解らないとウルリヒが言ったのは間違いだ。解ることは解る。ただ、余りにも馬鹿ばかしい。不吉なものを感じなかったと言えば嘘になる。あの家のごろつきどもは娘を自分たちの占有物と見做《みな》していた。焼印だってみんなで順繰りに押したのに、ウルリヒはそれを横取りしたことに、彼らの理屈では、なる。悶着《もんちゃく》は必至だ。

先手を打ってごろつきどもを追い出しに掛ったのはウルリヒの方だった。朝、偵察飛行から戻った後のことだ。フェディコは飛行機から降りると家に飛んできてぼくを揺り起こし、ウルリヒがやばい、と言った。

いつものことだろ。

ほんとにやばいんだよ。止めなきゃ。

飛行機を降りると鼻歌を歌いながら娘の家に行ったのだ、とフェディコは言った。

フェディコに言わせれば、その鼻歌が得も言われずやばい感じなのだった。どんな、とぼくが訊くと、だーだーだーだー、と言って、自分でも首を振った。兎《と》も角《かく》、やばい。一人で盛り上がってた。

ぼくは起き上がって靴を履いた。服は着たまま寝る習慣が付いていた。

一人で盛り上がったまま、ウルリヒは飛行機を降り、そのまま娘の家に裏口から入ったのだった。そこまではいつもの手順だ。可愛らしく娘と見詰め合って、可愛らしくお手伝いでも申し出るのが日課だが（娘は大切に取っておいたお茶だの昨日の残り物だのを差し出し、娘一家が飢え死にし掛けていることを知っているウルリヒは、お茶だけを有難く頂いて、昼には鴨一羽、を約束する――それだってごろつきどもにあらかた食われてしまう訳だが、彼らが荒れないというだけでも、一家には有難い話なのだ）、今日は一点だけが違っていた。飛んでいる間に浮かんだ思い付きが彼を魅了していたのだ。

娘の手を引いて、ウルリヒは居間に行った。そこにはまだピアノがあり、ごろつきどもは二階でぼく同様眠りこけていた。不安そうな娘を窓の側に坐らせ、腰の馬鹿でかい自動拳銃《けんじゅう》を抜いて脇に置くと、ウルリヒは彼が知っている限り一番うるさい曲を弾き始めた。

拳銃ケースのベルトを腰に巻こうとしていたぼくにまで、その音は聞えた。ローエングリンの第三幕だ――これだけは戦争前に舞台でも見たからぼくもよく知っている。

外に飛び出した時には、シンバルの代りの和音が派手に鳴り響き、金管代りの旋律が咆哮《ほうこう》を始めたところだった。ウルリヒは実に強靭《きょうじん》な指をしていた、と言うしかない。強靭さだけを言うならプロのピアノ弾きそこのけだ。家庭用のちっぽけなピアノがあんな大音響を立てることなど、ぼくは想像したこともなかった。裏口から家に駆け込むなり、銃が連射される音が響いた。

ぼくたちが台所を抜けて居間に飛び込むと、寝とぼけたごろつきどもは階段に並んで凍り付いていた。頭の上の壁が綺麗《きれい》に抉《えぐ》られていた。ウルリヒは落ち着き払って弾倉を取り換え、ごろつきどもに、てめえら一人残らず出てけ、と命令した。何だと、と言い返したので、ぼくは銃を抜いたが、ごろつきどもは丸腰だった。彼らは大人しく出て行った。外には人だかりができ始めていた。

何やってんだよ、とぼくは言った。娘は泣いていた。こわごわ起きて来た母親は狼《ろう》狽《ばい》し切って言葉も出ないようだった。ウルリヒは銃をケースに収めて娘に歩み寄り、もう大丈夫だから、と繰り返し言いながら、信じられないくらい優しく髪を撫《な》でた。

全然大丈夫じゃないだろうが。

ウルリヒはぼくには目もくれなかった。度肝を抜かれた娘っ子くらい扱いの簡単なものはない。彼女はウルリヒにしがみ付いた。騒動を知らされたルイバが来た時には、得意満面のウルリヒは小便をちびるくらい怯《おび》えた父親などお構いなしに彼女を抱きしめていた。

ともあれ、彼はグラバクのところへ連れて行かれることになった。両腕を取られて連行されるウルリヒに、どうするつもりだよ、と訊《き》いても、幸せそうにへらへら笑っていた。頭の中は娘の体の抱き心地で一杯だったに違いない。追い出されたごろつきどもは、頭のおかしい奴を放し飼いにしやがって、とぼくに愚痴った。ぼくは肩を竦《すく》めた。放し飼いにしているのはぼくではなくグラバクだ。

明け方漸《ようや》く熟睡したところを叩《たた》き起こされたグラバクは不機嫌だった。さっきまで毛布を被《かぶ》って眠っていた長椅子の上に起き上がって、グラバクは面倒臭そうにぼくとウルリヒを一瞥《いちべつ》した。ごろつきどもがなりたてた。こいつ、おれたちを撃ちやがったんです。寝込みを襲って撃ちやがったんです。ウルリヒは神妙な顔を作ろうとしていたが、誰にも理解できない類《たぐい》のだらしない薄笑いは抑え切れていなかった。グラバクはぼくに顎《あご》をしゃくった。こいつらが寝ているところに行って、下の部屋のピアノで馬鹿音を立てたのだとぼくは言った。

ピアノ、弾けるのか。

ウルリヒは頷《うなず》いた。

それで怒って起きて来たところに威嚇射撃をかましたのさ。

威嚇射撃だと、とごろつきの一人ががなった。

当らなくて残念だったか。

ごろつきの一人はぼくの襟首を摑《つか》み、ぼくはその手を振り放し、その後は摑み合いになった。やめれ、とグラバクは怠《だる》そうに言った。ごろつきはぴたりとやめた。グラバクはウルリヒに、何でだ、と訊いた。

ウルリヒは口籠《くちごも》った。何と言っていいか解らなかったのだ。それからぼくに向ってドイツ語で、彼女に敬意を払え、と言った。ぼくはかぶりを振った。

こいつらには通じない。

いいから言えよ。

ぼくはグラバクに向き直って、おれの女に手を出すな、と告げた。違うだろ、とウルリヒは独りごちた。

こいつの女？　とグラバクはごろつきどもに訊いた。

おれたちちんとこにいる小娘です。

好き合ってんのか。

ウルリヒは赤面した。こっぱずかしい質問のせいではなく、そんな質問を招き寄せたぼくに怒ったのだ。グラバクは、馬鹿臭え、と言った。女なんかで揉《も》めるんじゃねえ、家を替ってやれ。

かくてウルリヒは目標を達成した訳だ。一同はグラバクの前から追い払われた。外に出るとごろつきどもは横一列に並んで、いい気になるんじゃねえぞと、ウルリヒではなくぼくの前に唾《つば》を吐いた。ウルリヒも同じようにしかねなかった。おれの女、は許せないと言うのだ。

いやはや、白鳥の騎士殿、あんたは全く大したもんだ。

立ち退く前に、ぼくたちは神学博士の家から寝具一式を略奪した。虱《しらみ》ったかりどもが散々に寝古した寝床で寝たりしようものなら、辛うじて我慢できる水準にあるぼくたちの衛生状態も、たちどころに目も当てられないことになる。

グラバクがピアノ弾きを必要としたのは、クラフチェンコの誕生日が近いからだった。軍事行動はほぼ停止状態にあり、クラフチェンコの移動宮廷はアレクサンドリアにあって栄耀栄華《えいようえいが》の限りを尽くしていた——グラバクの手下たちが始終やっていたように、略奪品が持ち込まれては酒や食いものや博打《ばくち》の形にされ、始終刃物や銃が抜かれ、酔っ払いは往来で眠りこけ、薄汚れた分捕り品で正気を疑うくらいに身を飾った小頭目やその副官たちが肩で風を切って歩いていた。もともとの市民もどこかで身を縮めてはいただろうが、それは言わば鼠であり、灰色の染みであり、存在と言うよりは不在だった。迂闊《うかつ》に目に留まればごろつきどもの御機嫌次第で支離滅裂な天国も見せて貰《もら》えただろうし、半殺しにもされただろうが、少なくともぼくは見た覚えがない。

何百年遡《さかのぼ》ってもコサックだったことなぞ一度もないごろつきどもや、ごろつきに成り上がった百姓どもが、古きザプロージェの砦《とりで》さながらの光景を展開していた、と言えば御想像いただけるだろうか。タラス・ブーリバかよ、とウルリヒは言った。ぼくは耳を疑った。ウルリヒは憮然《ぶぜん》として、おれだって昔は本くらい読んだんだよ、と言った。昔の話だけどな。

まあつまり、事実として言うなら、ぼくたちはそんなものだった。略奪と殺戮《さつりく》とどんちゃん騒ぎの為に生き、酔っ払ってお宝を埋め、翌朝にはどこに埋めたのかどうしても思い出せないような連中の真ん中には、スキタイの黄金の雄牛よろしくクラフチェンコが君臨していた。

ぼくたちは町家の並びに入口のあるちっぽけな劇場に行くことになっていた。薄汚れ加減では村の住民たちよりも哀れな有様の映写技師が出迎えた。ぼくとウルリヒを見て、明らかに安堵《あんど》した様子だった。

で、おれのピアノは、とウルリヒは言った。

その日の午後を、ぼくとウルリヒは、ちっぽけな舞台と空っぽの客席で過すことになった。劇場は精々寄席の小屋程度の大きさだった。技師は、どこから見付けて来たのか、既に映写機を据えて、隅から三分の一くらい黄色い染みの滲《にじ》んだ間に合わせの白い幕に映す準備を終えていた。ウルリヒだけではなくぼくまで呼び付けられたのは、映画がドイツ軍の残して行ったものだったからだ。ぼくが台詞を訳す。誰かがそれを読み聞かせる。ドイツ語が映るのは拙《まず》いだろ、とぼくは言ったが、グラバクは鼻でせせら笑った。字も読めない連中が何語が出てるかなんて気にするか。

　白塗りにおかっぱの鬘《かつら》を被った俳優と、金髪を太い三つ編みにした額にくっきり皺《しわ》のある女優がトリスタンとイゾルデを演じる映画だった。見栄を張った映画屋は何かと言うと歴史物や神話物を撮りたがる――そうすれば崇高なる芸術に近付けると思い込んでいるのだ。舞台そっくりに取った長方形の枠の中で、役者たちは立ちっぱなし、坐《すわ》りっぱなし、寝っぱなしで口をぱくぱくさせ、腕を振り回し、意味深に目を剝《む》いて宙を睨《にら》み、時々、グロテスクな化粧の下にありありと小皺が見えるくらいの大写しになって見せる。全てが芝居のちゃちな真似事だ。芝居は既に芸術だから、映画は能《あた》う限りその真似をしなければならない、ということらしい。ただのどたばたか、或《ある》いはウルリヒ好みのすぐにぶっ放す悪党どもの話の方がよほど面白く出来上がるだろうに。その中から選《よ》りにもよってこんな代物を持ってくる選択には、マリーナのすかしたくった香水の悪臭がぷんぷんした。尤《もっと》も、マリーナだって頭から被ったかと疑うくらいに匂わせる香水には不自由していたに違いないが。

　劇場の椅子にだらしなく坐って、ウルリヒとぼくはそのどうしようもない代物を見た。ぼくはひたすらに字幕を引き写し、うっかり読み落とした時にはウルリヒに訊いた。ウルリヒは誰かからせしめてきた干し肉をしゃぶりながら至極いい加減な返答をした。ぼくは気にしなかった。厳密など期しても仕方がない。筋書きが判ればいいのだ。それで映写技師が袋叩《ふくろだた》きにされたとしても、ぼくの知ったことではない。

ウルリヒがあれやこれやを弾いてみる傍らで、ぼくは自分の仕事をやっつけた。ごろつきの娯楽には相応のお話が付いていれば充分だ。それでも、この仕事は悪くなかった。愉快だと言えた。幾らか工夫を加えさえした。長々しい台詞は刈り込み、大仰過ぎて滑稽《こっけい》な台詞はさっぱりと書き直し、読み上げるのが誰だろうと簡単にやってのけられるようにしたのだ。親父同様、ぼくは言葉の無駄遣いが嫌いになっていた。

その夜は劇場で寝た。どこにでも適当に寝床をこしらえて外套《がいとう》を着たまま眠るのに、ぼくたちはとっくに慣れていた。ただ、ピアノの音で目を覚ますのは初めてだった。

ウルリヒが、どこかから手に入れてきた葉巻を咥《くわ》えたまま弾いていた。だぶだぶの服を着た小柄な誰かが坐っていた。ウルリヒの女——というか、フェディコの観察に従うなら女未満が男の服を着込んでいたのだ。ぼくが目を覚ましたのに気が付くと、ウルリヒは自慢顔をした。左手だけで弾きながら、葉巻をピアノの角に器用に載せた。

今朝ひとっ飛びして連れて来たのだと言った。映画、見たことがないんだってさ。よく父親が許したものだ。ぼくたちの占領で滅茶苦茶《めちゃくちゃ》なことにはなっていたが、村の連中は本来お堅いのだ。映画が終ったら連れて帰る約束だとウルリヒは言った。

ぼくはどうやって帰るんだ。

フェディコと一緒にグラバクのお馬車で帰れよ。あいつはたっぷり飲み食いするつもりだろうが、お誕生日の宴会とやらに付き合うのは、おれは御免だ。そう言って、ウルリヒは葉巻を取って咥えた。ご意見無用、という訳だ。ぼくは立って、朝飯を探しに出た。戻って来た時にはピアノの側には誰もいなかった。

少し考えて、ぼくは訳を書き付けた紙切れをピアノの上に出し、ちびた鉛筆で、あなたたちが飲み干したのは〈死〉です、という侍女の台詞に線を引いて消した。こんなのはポトツキの家の客間でしか通じない。ごろつきどもには理解不能だ。ぼくにだって解らない。代りに、そっけなく、こう書いた――お許し下さい、こうするしかなかったのです。

上映は夜の八時に始まった。とっくに外は暗くなっていた。非道《ひど》い酔っ払いは入口で弾《はじ》かれていたが、それでも一杯引っ掛けたほろ酔い加減のごろつきたちは、座席だけでは足らず、通路まで溢《あふ》れ出して大騒ぎをしていた。それがぴたりと止んだ。最前列の端にフェディコと坐っていたぼくは、他のごろつきどもと一緒に入口を振り返った。次の瞬間、劇場は歓声と足を踏み鳴らす音で溢れた。一際派手な軍服を着たクラフチェンコが、黒いびろうどの衣裳《いしょう》を着て赤毛を王冠のように煌《きら》めかせたマリーナを連れて現れたのだ。道化の王が上機嫌にごろつきどもを制して席に着くと、灯《あかり》が落ち、上映が始まった。舞台の袖《そで》のウルリヒは、脇に女を坐らせたまま、ドニゼッティか何かを適当に弾き始めた。ワーグナー？　あいつら相手に弾くかよ、そんなもん。

騒々しい上映だった。映画を見るには少々の慣れが必要なのだ。盥《たらい》に浮かべた玩具《おもちゃ》の船と、登場人物が乗っているらしい船とを繋《つな》げるのはそれほど容易《たやす》いことではない。グラバクがどこかから見付けて来た字の読める奴は、ぼくが昼間清書した紙を捲《めく》りながら声を張り上げた。役者が段平《だんびら》を振り回すと、へっぴり腰にごろつきどもはげらげら笑い、弥次《やじ》を飛ばした。

確かに馬鹿げた物語だ。当り前のように人を斬り殺す男が、こんなちっぽけな女の言いなりになるなんて、これ以上馬鹿げた話はない。イゾルデはトリスタンには目もくれずに船に乗り込み、毒を盛ったつもりの杯を芝居掛りに突き付けて飲むよう要求し、トリスタンが拒絶すると、スカートを僅《わず》かに捲り上げて、小さな靴を履いた足で床を鳴らした。金色のお下げを揺らしてかぶりを振った。そら、毒薬は媚薬《びやく》にすり替えてある。そら、イゾルデがトリスタンから杯を奪って残りを飲む。侍女が重々しく告げる。お許し下さい、こうするしかなかったのです。

目を見開き拒絶するように手を伸ばして後退《あとずさ》った女優の白粉《おしろい》を塗りたくった顔は、紗《しゃ》で覆ったようにぼんやりと白く霞《かす》んで、明るい色の瞳《ひとみ》と髪だけが輝いて見える。

ウルリヒは時々幕に目をやりながら色々な曲を継ぎはぎして適当に流し、ここぞというところではドニゼッティに戻った。逢引《あいびき》。発覚。劇場は少しずつ静かになった。弥次もお喋《しゃべ》りも、ありゃ何してるんだと言う声も聞えなくなった。

一体何が起ったのか、ぼくにも解らない。フィルムが別物にすり替えられていたのか。ウルリヒが何か特別なことでもやらかしたのか。劇場は異様な興奮に包まれた。何ならヒステリーと言ってもいい。イゾルデを乗せて瀕死《ひんし》のトリスタンのもとに向う船は、水面の反射で真っ白になったり真っ黒になったりする画面に溶けて殆《ほとん》ど見えなくなっていたが、フェディコが鼻を啜《すす》るには充分だった。口を開けて画面を見上げ、泣いていた。それを言うなら、劇場中が画面を見上げ、口を開けて泣いていた。イゾルデは息絶えたトリスタンに縋《すが》り付き、真っ白い光に包まれながら微笑んだ。

再び灯が点《つ》いた。クラフチェンコとその令夫人は立ち上がった。黒い服に身を包んだマリーナが、一瞬だけ、ぼくに目を留めたように思えたが、何の表情も浮かべないまま高い襟の上の尖《とが》った顎《あご》を上げ、踵《きびす》を返して出て行った。主立った取り巻き連中が後に随《したが》った。放心したごろつきどもが気を取り直そうとぼそぼそ言いながら引き上げると、劇場は空になった。ウルリヒはピアノの蓋《ふた》を閉めて立ち上がった。泣くなよ、と言った。恥ずかしい奴だな。フェディコが笑い声を漏らした。それでぼくは漸《ようや》く、自分が泣いていたことに気が付いた。

映写技師は安堵《あんど》に噎《むせ》ばんばかりだった。彼に挨拶《あいさつ》をして、ぼくたちは劇場を出た。

他に出入り口がないのだ。出たところにごろつきが一人、坐り込んでいた。ウルリヒがさも軽蔑《けいべつ》したように、酔い潰《つぶ》れてやがる、と言った。始まってすぐに短い騒ぎがあったのを、ぼくは思い出した。誰かが外に担ぎ出されたのだ。ごろつきは白目を剝いて痙攣《けいれん》していた。意識がなかった。

それがクラフチェンコ一味の栄耀栄華《えいようえいが》の終りだった。

疫病は瞬く間に蔓延《まんえん》した。翌日のうちに村では五人が倒れた。四人が村の老人で、一人がグラバクの手下だった。老人たちは二晩もたずに絶命した。厄介なのはごろつきだった。熱に浮かされた挙句、いきなり起き上がって暴れ出したのだ。何日もしないうちに村は病人だらけになった。倒れたごろつきどもは村外れの家に押し込まれた。何を始めるか知れたものではなかったのだ。薄汚れて瘦《や》せた村の病人たちも一緒に放り込まれた。病人を入れた家は毎日二軒、三軒と増え、終《しま》いには兎《と》も角《かく》屋根のあるところに引っ張り込んで放っておくしかなくなった。

手の打ちようはなかった。ドイツ帰りの医者もいるにはいたが、診療所は真っ先に叩《たた》き壊され、診療器具は略奪され尽していた。診療所が無傷でも手の打ちようはなかったと思う。医者は病人の間を歩き回っては、側を離れようとしない家族に看病の指示をした。四日目には医者自身が倒れた。

無事なごろつきどもも、朝になると、三人、五人と姿を消していた。あんまり利口じゃねえな、とウルリヒは言った。逃げたって屋根もない場所でひっくり返るのが落ちだ。

そろそろおさらばする潮時じゃないか、とぼくは尋ねた。ウルリヒはかぶりを振った。言ったろ、逃げても無駄だ。

それに、ウルリヒには女がいた。弟は病気だった。家族は最初、地下室の隅に寝床を作って隠していたが、チフスが猖獗《しょうけつ》を極め出すと台所に出してきた。ウルリヒは寝室を譲ってぼくの部屋に転がり込んできた。次には母親が倒れた。ぼくたちはフェディコの部屋に転がり込んだ。

十日目に、アレクサンドリアから撤収の命令が来た。事情は向こうも同じようなものだった。ごろつきの群れには病院もなく、医者もいない。そもそも病人や怪我人を介抱して治ったらまた使うという考えがない。動けないほどの怪我をした人間は捨てて行くのと同様、病人も捨てて行くしかないのだ。支度を始めたぼくたちを、村人たちは無表情に眺めていた。ウルリヒは散々に迷ったが、残ったからといって喜ばれるものでもないことは解っていた。

その朝、ウルリヒとぼくは撤退する方向の偵察飛行をした。冷え込む朝だった。靄《もや》を切って飛び立つと、上空は冷たく晴れ渡っていた。二十ヴェルスタほど南の無人になった村が目的地だった。周囲を飛んで当座の安全を確認してから、ぼくたちは戻った。フェディコが、グラバクのところに預けてあったタチャンカに馬を繋いでから戻って来たので、毛皮外套《がいとう》を脱いで渡した。ぼくはグラバクたちと馬車で行くことになっていた。

ちょっと待っててくれ、とウルリヒはフェディコに言った。

ちょっと、って、どのくらい。

ちょっとだよ。ちょっとだけだ。

ぼくたちは飛行機のところで、ウルリヒが女の家の裏口に走って行くのを見送った。一時間は出て来ないぜ、と、うんざりした口調でフェディコが言った。日はすっかり昇ろうとしていた。女の家の台所には灯が点いたままだった。後は頼む、と言い掛けて気が付いた――村の連中は勤勉でお堅いだけではなく、倹約でもある。でなければ自分たちで地面を引っ掻《か》くだけでこんな生活ができるものではない。ウルリヒが偵察から戻って来ると、普通、灯はとっくに消えている。

獣が吠《ほ》えるような声がした。ウルリヒの声とは到底思えなかったが、それでもそれはウルリヒの声だった。ぼくたちは駆け出した。咆哮《ほうこう》は二度、三度と繰り返された。扉を開けて中に入った途端に、四度目が聞えた。ウルリヒが床に蹲《うずくま》って吠えていた。何か抱えていた。フェディコが顔を顰《しか》めた。

それはもう誰の死体か解らなくなっていた。滅茶苦茶《めちゃくちゃ》に殴られて顔の見分けも付かなかったからだ。引き毟《むし》られた血塗《ちまみ》れの髪が塵屑《ごみくず》のように脇に投げ捨てられていた。ルイバが腰を下ろして、女がウルリヒの為に用意しておいたお茶を飲んでいた。おれじゃない、とルイバが言った。

じゃ、誰だ、とぼくは訊《き》いた。

ルイバは名前を挙げた。ウルリヒは死体を放して立ち上がり、銃を抜いた。引き渡せ、と濁声《だみごえ》で喚《わめ》いた。連れて来い。今。すぐに。

ルイバは身じろぎもしなかった。そりゃできんな、と言った。少なくとも今はできん。ウルリヒが撃鉄を起しても平気なものだった。

おれを殺してどうにかなるか。

じゃ、なんでここにいる、とぼくは訊いた。

グラバクが伝えろと言うからさ。

ルイバは薄笑いを浮かべた。フェディコは卓子《テーブル》の上にすぐ取れるよう置かれた拳銃《けんじゅう》を目で示した。ぼくはウルリヒの手首を摑《つか》んで銃を下げさせた。

何を伝えろって。

ひと月してもまだそいつらの首が欲しければくれてやる、と。

ウルリヒは逆上した。フェディコがウルリヒを羽交い締めにし、ぼくが拳銃をもぎ取ったが、ウルリヒは振り解《ほど》いてフェディコを壁に叩き付け、ぼくに向き直った。

外に出てろ、とぼくは言った。

何だと。

いいから外に出てろ。

ウルリヒは黙り込んだ。目を見開いて、正気の顔をしていなかったが、フェディコに背中を押されてそのまま外に出て行った。外に出てから、また叫んだ。二度、三度と繰り返される叫びは、人間の声ではなかった。

たかが女だろ、とルイバは言った。まだ伝言がある。女が欲しければ後で好きなのを宛てがってやる、せめてもの償いだとさ。

ウルリヒのいるところで言わなくて命拾いしたな。

おれがか。

ウルリヒが撃たなくても、ぼくがあんたを撃った。

ルイバは肩を竦《すく》めた。ぼくは彼を残して外に出た。ウルリヒは柵《さく》のところに坐《すわ》り込んで号泣していた。

馬車を取ってくる、とぼくは言った。フェディコは嘘だろと言わんばかりの顔をした。ウルリヒはぼくを見上げた。飛べるか、とぼくは訊いた。ウルリヒは頷《うなず》いた。それからまた泣き始めた。

地所を譲った時、金は払うと言い張った親父にクルチツキーが言ったことを、ぼくは思い出す。君の息子たちが払うさ、と彼は言った。兄は首を括《くく》って死に、ぼくはドニエプル河畔の見も知らない土地に放り出されて、裏切ることと殺すこと以外何一つ覚えないまま死んで行く。ミハイロフカを出た頃とはあらかた入れ替わっているに違いない自分の血に、ぼくは何の愛着も感じない。床にぶちまけられた血は、武骨な靴紛《まが》いの底を汚物のように汚し、零《こぼ》れたオイルかガソリンのように洗い流され、干涸《ひから》びる。死体に至ってはそこらに放り出されて腐るだけだ。勿論《もちろん》、今更天国には行けないし、そんなものがあるともぼくは思っていない。これで御満足かね、クルチツキーの旦那《だんな》。

ぼくたちは例の廃虚に腰を据えた。嵐で麦は全部倒れ、濡《ぬ》れて腐り始めていた。ウルリヒは黙々と飛行機を飛ばし、ぼくたちは回収できる物資を回収して回った。一部は纏《まと》めて隠した。潰れ掛けた打穀場を立て直した。雪が降れば飛行機を入れておく場所がいる。玄関には厩《うまや》を造った。木立に行って枝を拾い、木を切り倒して薪《まき》にした。屋敷を端の方から解体して木材を剝《は》いで行っても玄関までばらす前に春が来ると言ったら、ウルリヒがさすがに嫌な顔をしたからだ。馬車は空っぽの納屋に入れた。何事もなければ、あまりありそうもない希望的観測だが、どうにか冬は越せるだろう。ウルリヒは頷いた。おそろしく無口になっていた。

物資の回収に飛んでいた時のことだ。遠くに馬車と馬と兵隊の行列が見えた。ぬかるんだ道を、泥に塗れて濡れそぼちながら南に向っていた。降りて歩いているのは、死体のように見える病人を馬車に満載していたからだ。身震いするくらい惨めな行列だった。飛行機の音が近付いているのに目を上げる者さえいなかった。ウルリヒはその上を掠《かす》めたと思うと、ふいに反転して高度を下げ、襲い掛った。

仕方なく、ぼくは機銃を回して狙いを付けた。ウルリヒは前の機銃で掃射した。馬は棒立ちになり、何人かは振り落とされ、何人かは馬車の陰に身を縮めながら銃を構え、勇敢な者は馬車の後ろの機関銃に取り付こうとしたが、再度反転した飛行機の機銃の餌食《えじき》になった。ウルリヒは更に二度、道に沿って掃射を加えた。隊列を捨てて逃げる者も容赦しなかった。皆殺しだった。道には死体と死に掛けた人馬が転がった。ぼくが撃つ暇もなかった。

ウルリヒは着陸しなかった。そのまま、何事もなかったかのように進路を目的地に向け、ぼくたちは埋めてあったものを回収して帰った。

またやったんだ、とフェディコは言った。ひでえだろ。ものも取らないのにさ。

いずれ悶着《もんちゃく》があるだろう、とぼくは考えた。止めさせる手だてをあれこれ考えたが、どれも上手《うま》くは行きそうになかった。別なところを見付けて移った方がいい。夜、ぼくは上から下ろしてきた安楽椅子に坐って本を読み、フェディコはストーヴにむきになって火を入れ、ウルリヒは玄関にいた。カンテラの灯で何か描いていた。凧《たこ》を描いてるとフェディコは教えてくれた。三角形の馬鹿でかい凧さ。

翌日は夏が戻って来たようだった。ストーヴは、火こそとうに落ちていたが、前夜のフェディコの奮闘のお蔭《かげ》で暖まったままだった。ぼくは窓を開けた。その窓の向こうに、馬に乗った人影が現れた。

グラバクだった。晴れ渡った空の下、畑の成れの果ての中を呑気《のんき》に馬を進めてやって来ると、柵のところで降りて繋《つな》いだ。ウルリヒは書斎にはいなかった。フェディコは喜び、ぼくは訝《いぶか》しんだ。玄関に出ると、グラバクは扉を開けて入って来るところだった。無造作に踏み込もうとする彼を押し止《とど》めて、ぼくは足下の漆喰《しっくい》の線を示した。それは今や玄関のほぼ全域を覆っていた。

何しに来た。

喧嘩腰《けんかごし》だな。十分かそこらは休戦にしろや。

グラバクは当然と言わんばかりに書斎に通り、当然のようにぼくの安楽椅子に腰掛けた。

どこから来た。

そこらだよ。大して遠くはない。

フェディコはストーヴの前に敷いたマットレスに腰を下ろした。何やら嬉《うれ》しそうだった。

相変らず気持ち良さそうに暮してるな。ここに全部貯め込んだのか。ぬくぬく冬を越そうって訳だ。

まだ決めてない。

グラバクは身を乗り出した。そう警戒するな。誰もここにゃ気付いてない。今んとこはな。けど何しろお前らは派手だ。あの調子で飛び回ってたらすぐに見付かる。あんたが帰ったらずらかるさ。

殺しまくってるしな。おれが来たのはそれさ。クラフチェンコはかんかんだ。裏切り者を見付け出して引っ張って来い、って言うんで、これ幸いと出て来たんだが。

何が裏切り者だよ。クラフチェンコの手下なんかやったことはないぞ。

そういう理屈の通る御仁じゃねえな。手下の手下は手下さ。

あんたの手下だったこともない。

まあな。

引っ張るのか。

グラバクは奇妙な含み笑いを漏らして、いいや、と言った。手下どもは途中に置いて来た。

扉が開いた。ウルリヒが入って来たらしかったが、何の物音も立てず、何も言わなかった。暫《しばら》くは戸口にいたが陰気に黙り込んだまま奥に行って、フェディコの脇に坐った。ケースの蓋《ふた》を開け、自動拳銃《けんじゅう》を出した。グラバクはウルリヒを注視していた。

だがウルリヒは俯《うつむ》いたまま銃をばらして手入れを始めた。

じゃ、何だ、とぼくは訊《き》いた。

手を貸せ。

御免だね。

ほんのひとっ飛びしてくれれば、ここでぬくぬくと冬越しできる。おれが保証してやろう。

あんたの保証なんか役に立つもんか。

クラフチェンコが綺麗《きれい》さっぱりこの世からいなくなるんでもか。

ウルリヒは銃の手入れを続けた。時計のように込み入った自動拳銃の部品がばらされ、ブラシを掛けられ、磨かれ、油を差され、はめ込まれる音がかすかに続いた。

クラフチェンコは好きにするがいいさ。ぼくの知ったことじゃない。

そうもいかんだろ。

あんたをぶち殺せばそれまでじゃないか。

そりゃどうかね。おれが帰って見付かりませんでしたと言うのと、どっちが効く。

ウルリヒは何の反応も示さなかった。何をやらかす気だ、とぼくは言った。

クラフチェンコ一味はビレニケにいる。おれたちはそこでクラフチェンコの首を取る。

飛行機を出せって言うのか。

あった方がいい。なくてもやるがな。

あんたまだ頭が付いてるのか。

頭で飼えるのは虱《しらみ》だけだと言ったろ？　ここだよ、とグラバクは胸を軽く叩《たた》いた。惚《ぼ》けた身内か。まだくたばってないのか。

惚けたって、身内は身内だわな。生きてる以上は大事にしないとな。で、おれはこっちに相談したって訳だ、と言って、グラバクは頭を叩いた。爺様《じいさま》が、クラフチェンコをやれ、あいつは白軍と組もうって裏切り者だ、って言ってるが、どうしたもんかね、と。そしたら頭の奴こう言いやがった――そりゃ願ってもない大博打《おおばくち》じゃないか、クラフチェンコをやれば残りの頭目は締められるだろ、ってさ。そりゃ締められんこともないだろうさ、とおれは答えた。じゃやれよ、でなけりゃくたばるまで差配だ。

クラフチェンコが白軍と組むのか。

員数が減り過ぎてな。両方を相手にするのはもう無理だ。クラフチェンコもクラフチェンコで、お前が考えてるよりはお利口だよ。

なんで白軍？

川っ端にいるんでね。それで盛り返すつもりなんだろ。

盛り返せるのか。

どんなもんかね。まずは捨て駒にされておしまいってとこだな。そりゃ赤軍でもおんなじだ。グラバクはぼくに顎《あご》をしゃくった。で、何て言ってる。

ぼくは答えようとしたが、グラバクはかぶりを振った。

おつむになんか訊いてねえ。そこに訊いてるのさ。胸を指差した。白軍に尻尾《しっぽ》振って土地を返して貰《もら》うか。それでいいのか。旦那《だんな》面で鱈腹《たらふく》食って綺麗なお屋敷で寝て、宿なしどもを千人も野宿させてこき使って、気に入った女どもをそこらに押し倒しちゃ孕《はら》ませて暮すのが望みか。

ぼくは暫く考えた。と言うより、グラバクの言葉がぼくに引き起したものに見入った。ミハイロフカに帰りたいなどとは、ぼくはついぞ一度も考えたことがない。シチェルパートフを殺してせいせいしたのと同じように、ミハイロフカがこの世から消え失《う》せたのはせいせいすることだった。お蔭でぼくは、好きな時に好きな場所へ行って、好きなように野垂れ死ぬことができる。

グラバクは唇を歪《ゆが》めて笑った。殆《ほとん》ど共犯者のような笑みだった。

あんたはどうなんだ。

御陀仏《おだぶつ》は遠くない。さだめしひでえ死に様だろうさ。ただそれまでは、小利口に逃げ回って、叩ける相手はぶっ叩いて、ざまあみやがれと言って暮す。それがおれの望みだ。

軽い嫌悪を感じた。全く理不尽な、馬鹿げた、子供じみた嫌悪感だ。さんざっぱら人を殺して身ぐるみを剝《は》いできた後でもまだ感じるか、とぼくは自問した。略奪と殺しに明け暮れするのはもううんざりか。

ウルリヒの女をぶち殺した奴らはどこにいる。

それか、とグラバクは言った。それを片付けなきゃ乗らんか。

そういうことだ。

さて、どうしたもんかな——お前らを虚仮にしようってんで留守に潜り込んで、女があんまり抵抗するんで殴り殺した奴らはもう生きちゃいない。一人はチフスですぐに死んだ。残りは先週、仲間内の喧嘩《けんか》でくたばった。

ルイバは。

あいつは悪くない。おれの伝言を伝えただけだ。

ウルリヒが弾倉に弾込めをする音が聞えてきた。組み立て直した銃に入れて、遊底を引いた。銃口はグラバクに向けられていた。

やめろ、とぼくは言ったが、ウルリヒは銃口を下げようとはしなかった。グラバクはうんざりした顔でウルリヒを見遣《みや》った。

生きちゃいねえんだよ、もう死んだんだ。死体を掘り起こして引き摺《ず》り回すか。それでいいってならやってやるよ。そこらで腐ってるのを掘り出すのは骨だがな。

取引は不成立だ、とぼくは告げた。あんたとは組まない。

もう一遍、でかい花火を上げたかないか。

帰れ。

グラバクは立ち上がった。ぼくは彼を玄関まで送った。明後日《あさって》だ、とグラバクは言った。明後日やる。朝、白軍の船が麗々しく入港なさるからな。そこを襲えば一発だ。明日の日暮れまでに来い。いいな。

馬に跨《また》がったグラバクが駆け去り、ぼくが扉を閉めるのを、ウルリヒは待っていた。行くんだろ、とフェディコは言った。一緒にやるんだよな、詰まんねえことに拘《こだわ》るのはよそうぜ。

二十分待て、とぼくはウルリヒに言った。その声も、言い方も、奇妙なくらいシチェルパートフに似ているのに、自分でも気が付いた。

二十分って、何だよ、とフェディコは口籠《くちごも》ったが、ウルリヒには判ったらしかった――一味と合流する時間をやるのだ。二十分だな、と言った。待ってる。

何だよそれ。

ウルリヒは外に出て、打殺場に向った。ぼくは自分とウルリヒの外套《がいとう》を取りに戻った。フェディコは金切り声で喚《わめ》きながら、書斎から地下室までぼくの後《あと》を付いて来た。何なんだよ、それ。グラバクまであいつの好きなように始末させるのかよ。誰を何人殺したってあいつは満足なんかしねえぞ。お前までおかしくなってどうするんだよ。フェディコはぼくの袖《そで》を引いて、急に小声になった。グラバクんとこへ戻ろうぜ。絶対いい目が見れる。そうだろ。ちゃんと考えてくれよ。やりたいんなら後にしよう。な。グラバクが落ち目か上がり目か見てからでもいいじゃねえか。何とか言ってくれよ。

ぼくは外套をフェディコに持たせ、適当な袋に手投弾を詰め、提げて外に出た。積めるだけのものを馬車に積んでそこらに隠れてろ。

馬鹿な真似はやめろよ。グラバクをやったって何にも手に入んねえだろ。ウルリヒにも言えよ。言って聞かなけりゃ二人でふん縛《じば》って説教しよう。殺したってしょうがないだろ。後にしよう。な。

もう充分、後にしたさ。

いつから後だよ。

あいつがぼくの家を焼いた時からだ。

フェディコはまた大声になった。いつの話だよ、それ。聞いてねえぞ。お前の家ってどこだよ。そんなもんどこにあるんだよ。

ぼくとウルリヒはフェディコの手から外套を引ったくって着込んだ。フェディコはそれ以上の手助けをしようとはしなかった。仕方がないので二人でどうにか飛行機を打穀場から出した。ぼくがプロペラを回し、動き出した飛行機によじ登る間、フェディコは地面を蹴《け》り付け腕を振り回し何か叫んでいた。それもすぐに遠くなった。

飛びながら、ぼくは手投弾の捩込蓋《ねじこみぶた》を取り、紐《ひも》を引いて投げられるばかりにした。畑を突っ切って馬を飛ばしていくグラバクを見付けたのは十分かそこら飛んでからだった。

グラバクは振り返りもしなかった。待っていた手下たちに合流する時、漸《ようや》くこちらを見遣り、ぼくたちが速度を緩めないのを確認すると、馬を急がせたまま片手で合図をした。彼らは走り出した。最後尾の荷車の機関銃が鳴り出した。

三十人かそこらが、グラバクの最後の手下たちだった。三台のタチャンカと、騎馬の男たちが十五人ばかり。たぶん伏兵もいる。ただそれは、残るべくして残った三十人だった。真上に向けられるよう改造した機関銃に取り付いた二人組は怯《ひる》むことを知らなかったし、騎馬の男たちの動きも見事なものだった。三十人かそこらのどうしようもないごろつきどもが、この時は地上で最も見事な部隊のように見えた。

ウルリヒは軽く高度を上げて隊列を迂回《うかい》した。彼らが向っている先には、円く刈り残したような木立があった。奥で閃光《せんこう》が光り、銃声がした。ウルリヒは東に回ってからその上に構わず突っ込んだ。太陽に眩《くら》まされながら撃ってくる機銃の弾で枝が弾《はじ》けたところに、ぼくは手投弾を投げ込んだ。ウルリヒはそのままS字を描いて方向を変え、散開した騎兵の真上を突っ切りながら掃射を加えた。斜《はす》に走りながら撃ってくるタチャンカに、ぼくは機銃を撃ち込んだ。弧を描いて後方から回り込みながら、ぼくたちはもう一度木立を越えた。隠れていたタチャンカが横倒しになっており、二、三人がその陰から狙いを定めていた。ウルリヒが機銃で牽制《けんせい》したところに、ぼくは手投弾を投げ落とした。飛行機が反転したところでもう一度。それで木立は沈黙した。

空になった馬車が馬に引き摺られているのが見えた。凹凸を踏み越える度、弾帯をぶら下げたままの機関銃が首を振った。死人が一人、だらしなく上体を馬車の外に垂らしていたが、馬車が跳ねた途端に転げ落ちた。もう一台は遥《はる》か後方で転覆していた。最後の一台は生き残りの数騎の後《あと》に追いすがっていた。ウルリヒは嬲《なぶ》るように上がったり下がったりしながらその一台の上を行き来した。銃口は正確にこちらを狙っていた。が、撃って来なかった。機関銃にしがみ付いて揺すっているとしか見えなかった男が、自棄《やけ》を起したように両手を上げるまでは。ウルリヒも撃とうとはしなかった。後方に回り込んだ。前の機銃が咳《せ》き込むような音を立てた。機関銃の男と御者は薙《な》ぎ倒《たお》され、馬が膝《ひざ》を折った。馬車はその上に伸《の》し掛り、前のめりにひっくり返った。

ウルリヒは高度を下げ、てんでに逃げようとしている男たちを追い回して順に撃ち殺した。残ったのは二騎だった。体が振り回されるほどの旋回をやってのけると、ウルリヒは地面に突っ込みそうな勢いで更に高度を下げた。車輪が地面に付きかねなかった。エンジンは聞いたこともないほどの金切り声を上げた。縄の結び目を手繰るように、ぼくは風圧を手繰って数えた。グラバクが片手に手綱を持ち替えて拳銃《けんじゅう》を抜いた。ぼくは引金を引いた。グラバクは銃を握った手を放り出すように上げ、血を噴出させながら体を捩《よじ》って落馬した。もう一人はとうに転げ落ちていた。グラバクの馬は倒れ、もう一頭はそのまま、首筋を血に濡《ぬ》らして駆け去った。

屋敷に戻ると、フェディコは積めるだけの武器と食糧を積んで馬車で逃げた後だった。そのうち戻って来るだろ、とウルリヒは面倒臭そうに言った。戻って来ないとしても物資は潤沢だったし、ぼくたちはすっかり草臥《くたび》れていたのだ。ストーヴに火を入れ、缶詰を開けて食事を済ませると、ウルリヒは玄関に行った。暫《しばら》く本を読んで時間を潰《つぶ》してから、ぼくも書斎を出た。行くところがあったのだ。

玄関には、見たこともない飛行機の、真上と、真横からの見取り図が殆《ほとん》ど描き上げられていた。月まで飛ぶロケットに似たそれは、真上からでは三角形の翼が小さく張り出して機体とひと繋《つな》がりになり、真横からでは小魚のような曲線を描いていた。ウルリヒは階段の上から、カンテラの光で半ば照らされた、フェディコの説明では凧《たこ》、を眺め下ろし、降りて行って襤褸《ぼろ》であちらやこちらを消し、線を引き直した。馬たちはぼんやりした灯《あかり》に目を光らせながら時折身震いし、首を振った。

こんな格好で本当に飛ぶのか、とぼくは訊《き》いた。

飛ぶさ。

翼が上下二枚なくていいのか。

一枚でも飛ぶ。それならもうある。叔父貴《おじき》の写真で見た。

ウルリヒは下りて来て蘊蓄《うんちく》を垂れ始めた――彼が描いていた飛行機は、翼だけではなく機体全体で、船が流れに浮かぶように風に浮かび、風を切って飛ぶのだった。ウルリヒは指で風の流れを示した。翼と機体の上下を流れる風が飛行機を浮かび上がらせる。よほどの速度がなければそんな風は起らない。ウルリヒが口にした速度はぼくには想像もできないものだった。そんな速度で飛ばしたら、ぼくたちの飛行機はばらばらになる。途方もないエンジンが必要だ。それに強度も。

解決はできる。エンジンも。強度も。

ぼくはウルリヒの顔をまじまじと眺めた。彼がどれほどいかれていても、どれほどの馬鹿を仕出かしても、これほどぼくを驚かせたことはない。

変か。

すぐには答えられなかった。こんなことを、ぼくは考えたことがない。親父の畑を思い出した——親父がヴォズネセンスクで思い描いていた畑だ。ミハイロフカでも、ここでも、ぼくの世界は円を描いてぐるぐる回っていた。一年が過ぎた後には同じ一年が来る。播種《はしゅ》。雪。雪融《ゆきど》け。麦が芽吹き、雇い人たちがやって来る。刈り取り。打穀。播種。円が解けてどこか遠い場所に向って伸びて行き、その先で何かが実現することなど考えたこともなかった。

ぼくは漆喰《しっくい》の欠片《かけら》を取って地図を書いた。いい加減なドニエプル川と、いい加減な黒海と、もっといい加減な国境線だ。どこまでも平坦《へいたん》な世界を、半ば放棄され半ば耕作の続く畑と、雑木の木立と、荒蕪地《ステップ》とが覆い尽し、村が蹲《うずくま》り、時折都市が灰色に身を擡《もた》げ、川と水路が淀《よど》んだり幅を広げたりしながら粗い網の目のように走る。そこでは、人間は永遠に円を描いて暮す。

大きく曲る川から少し離れたところに、ぼくは印を付けた。

何だそりゃ、とウルリヒは言った。

今、ぼくたちはここにいる。

まあそんなとこだろうな。

ウマニを覚えてるか。

ウマニまでは行ってねえ。

ぼくは斜め上の、地図の真ん中辺りに印を付けた。この辺だ。

結構あるな。

三百ヴェルスタ——三百キロちょいだ。

そんなか、とウルリヒは言った。地球の反対側まで飛んだと思ってたよ。

そこから更に斜め上、国境線の外側にもう二つ印を書いた。一つはここからウマニまでより少し離れ、もう一つはその一跨《ひとまた》ぎ先だ。

ここがタルノポリ、その向こうがリヴォフ——レンベルクだ。どこまで飛べる。

ぎりぎりウマニまで行けるかどうかだな。

給油すればいい。二度、給油すれば余裕でレンベルクだ。もっと向こうまで行ける。

二度は無理だ。そんなに予備は積めない。

じゃ、あとは歩け。たぶん何とかなる。

飛行機を捨ててか。

こいつを造りたいんだろ。

そうだな、とウルリヒは言った。造れたら凄《すご》かっただろうな。

雪が降ったら飛べないぞ。

ウルリヒは漆喰を拾い上げ、手の中で二、三度放り上げた。

飛べないこともない。でもウマニは無理だ。その先は尚更《なおさら》だな。

ぼくは暫く待ったが、ウルリヒはそれきり何も言わなかった。それからまた、しゃがみ込んで描き始めた。ぼくは馬に鞍《くら》を置いて外に出た。女のところへ行くのだ。昼間、鴨でもいないかと猟に出た時に見付けた女だった。無人だとばかり思っていた小屋から出てきて、井戸で水を汲《く》んだ。それから、馬を止めて見ていたぼくに気が付いた。

子供の頃、地主連中の誰かがぼくに、スイス製の懐中時計を見せてくれたことがある。金側《きんがわ》でエナメル細工の文字盤があり、ただし針が回る箇所はごく小さくて、エナメルで描かれた細密画が大部分を占めていた——鷹《たか》を腕に止らせた若様が、井戸端の村娘に一杯の水を乞《こ》う光景で、水が流れるようにちらちら動いていた。ぼくが感心して見入っていると、そいつは、オトレーシコフ大尉ではなかったと思うが、時計を裏返して蓋《ふた》を開けた。中では村娘がスカートを捲《めく》り上げて気前良く脚を開き、若様は下ろしたズボンに膝を取られたまま、ぜんまい仕掛けで勤勉に腰を使っていた。何だか馬鹿にされたような気がしてそいつの顔を見ると、にやりと笑って蓋を閉めた。粋《いき》、とはつまりはそういうものだ。どことなく女々しくて、子供じみていて、俗悪だ。

若様は村娘を何と言って口説いたか——娘は何と答えたか、裏蓋の内側に彫られた小唄《こうた》が読めたなら判ったかもしれない。ぼくと女は何分もしないうちにそういうことになっていた。それから毎晩通った。母親が眠り込む頃合いを見計らって缶詰を持って行くと、小屋の陰でやらせてくれた。娘の垢染《あかじ》みた体や脂染みた髪の臭さも気にならなかった。小唄に出て来るような小綺麗《こぎれい》な村娘などいないことは解っていたし、ぼくももう若様などとはほど遠かったからだ。娘は、ごく当り前のように、ぼくを兵隊さんと呼んだ。

帰る道々、ぼくは想像してみた——フェディコが逃げたなら、逃げたでいい。ウルリヒが国に帰れば、ぼくは一人になる。一人なら、逃げ隠れするのも生き残るのもずっと簡単だ。クラフチェンコだって一人きりのぼくを追い回したりはすまい。何の脅威にもならないからだ。だから取り敢《あ》えずこの冬は、無人を装った屋敷で越す。その後、春が来たら、ぼくは娘と母親の畑を手伝ってやる。母親は嫌な顔をするかもしれないが、男手は有難い筈《はず》だ。幸い、土地は幾らでもある。主《あるじ》たちは消え失《う》せた。小さな小屋の前の小さな畑を耕して、ぼくはその畑から万事を始める。娘を女房にするだろう。子供だってごろごろ生ませるだろう。何人かがごろつきやあばずれになって家を離れても、何人かは地べたにしがみ付いて家に残るだろう。畑は広がり、上手《うま》くすれば作男《さくおとこ》を何人か雇って耕作させるくらいにはなるだろう。兵隊はやって来ては去って行くだろうが、何、ああいう連中のことは判っている。彼らは過ぎ去っていくものであり、ぼくたちはただ根刮《ねこそ》ぎにされないよう踏ん張って、頭を垂れていればいいのだ。

ヴァーシャ、と道の端から呼ぶ声がしなければ、ぼくはそのまま、壮大なる歴史とは断固として無関係なぼくの人生を想像して悦に入り続けていただろう。屋敷はすぐそこだった。馬を降りろ、とウルリヒは囁《ささや》いた。降りろってば。

煌々《こうこう》たる月の晩だった。ぼくは言われるままに馬を降り、手綱を握ったまま、声の聞えた側に身を屈《かが》めた。

ウルリヒが着の身着のままで寒さに震えていた。外套《がいとう》もなしに屋敷を逃げ出してきたらしい。誰か来たのか、とぼくは訊いた。

クラフチェンコの手下どもだ、と言って、ウルリヒはフェディコを罵《ののし》った。あの野郎、また売りやがった。

ずらかるしかないな。

全部置いてか。おい、冗談じゃないぞ。稼ぐのにどれくらい掛けたか忘れたか。諦《あきら》めろ。

飛行機もか。

そう言われると、ぼくも惜しくなってきた。フェディコを捜し出してぶん殴り、もう一度馬車から始めるのも面倒臭い。クラフチェンコのところに潜り込んでいるとすれば、見付け出してぶん殴れるかどうかも怪しいものだった。だが、ぼくはかぶりを振った。今夜は逃げて、明日、明るくなってから様子を見に戻る。それに、まだそこらをうろうろしているようならフェディコを見付け出した方がいい。フェディコが乗って逃げた馬車には、後部座席の機関銃の他に機銃が一丁と弾の箱が幾つか収めてある。連中が馬で引いて行きでもしない限り、飛行機を取り戻すのも不可能ではない。ウルリヒは渋々ながら同意した。一体何人で押し掛けてきた、と訊《き》いたが、はっきりはしなかった。いずれにせよ、ウルリヒ一人では扱いに困るほどの人数だったということだ。ぼくは馬の陰で立ち上がり、手綱を引いて馬の向きを変えた。途端に、遠い銃声とともに、馬は頭をぶち抜かれて倒れた。ぼくは両手を上げた。次の一発を食らわずに済む手は他に思い付かなかったのだ。ウルリヒもぼくに倣った。

長くもない人生で経験した最悪の晩だった。狙撃手の銃口の前で立ち往生したぼくたちの周りには二、三十人のごろつきが押し寄せ、まず散々にぼくとウルリヒをぶん殴り、蹴《け》り飛ばし、それから小突いて屋敷まで歩かせ、両手を縛って馬の後ろに繋《つな》いだ。ビレニケまでの三十ヴェルスタばかりを、ぼくたちはその状態で歩かされた。馬に乗った奴は気向きで速歩にしたり駈足《かけあし》を出したりしたから、ぼくたちは腕を取られたまま死に物狂いで走り、転び、引き摺《ず》られ、引き摺り起こされ、また走らされた。ぼくたちは最初は奴らに罵声《ばせい》を浴びせ掛けた。それからお互いに罵り合った。罵り合うだけのねたは幾らでもあったからだ。息が切れて肺がぜいぜい言い出してから漸《ようや》く、ぼくは命乞《いのちご》いすることを思い付いたが、それはごろつきどもを余計面白がらせただけだった。恥知らず、とウルリヒはドイツ語で喚《わめ》いた。こんな連中に命乞いするんじゃねえ。ごろつきどもはウルリヒばかりかぼくの背中にまで散々鞭《むち》を寄越《よこ》した。何ヴェルスタも行かないうちに、ぼくたちは泥に塗《まみ》れ、手首は擦れて血が肘《ひじ》まで垂れてきた。すっかり明るくなってビレニケの町が見えて来た時には意識も朦朧《もうろう》としていた。ウルリヒは馬の背に放り上げられていた。失神して引き摺られるばかりになっていたからだ。

ぼくたちはそのまま、小綺麗な町家の中庭に連れて行かれた。縄を解かれて伸びていると頭から桶《おけ》で水を掛けられた。奥の建物の入口が開いて、贅沢《ぜいたく》な部屋着を纏《まと》ったクラフチェンコが出て来た。誰かが駆け寄って耳打ちするとどんよりした目付きでぼくたちを見遣《みや》ったが、そのまま壁に向って立ち小便を始めた。長い小便だった。手下たちは恭しく畏《かしこ》まって、クラフチェンコが御用を終えるのを待っていた。

部屋着の前を直しながら、クラフチェンコはぼくたちに向き直った。裾《すそ》からは毛脛《けずね》が覗《のぞ》き、足には部屋履きを履いていた。頭頂部の薄くなり始めたぐちゃぐちゃの髪をぐちゃぐちゃに搔《か》き毟《むし》りながら、二、三歩、こっちにやってきた。ぼくたちは立たされた。拳固《げんこ》で脅されて漸く足の裏を地面に付け、ぐらぐらの背骨をどうにか起し、頭を肩の上に載せることをそう言うならだ。ごろつきどもは旦那《だんな》の前の作男よろしくクラフチェンコの仰せを待っていた。やれ、と言われると思った——次の瞬間、ぼくたちはごろつきどもに嬲《なぶ》り殺しにされる。クラフチェンコが魚のようにぱくりと口を開けた時には心臓が縮み上がった。だが、その口から出たのは反吐《へど》と酒を混ぜて醱酵《はっこう》させたような臭気だった。

で、何か。お前らグラバクをやったのか。

ごろつきどもは一斉に口を開いた。クラフチェンコは片手を挙げて彼らを黙らせた。

そりゃ大したもんだな。飛行機でか。飛行機があると二人で二十八人も簡単に片付けられるのか。かぶりを振った。狡《こす》さも相当なもんなんだろうな。グラバクも狡い奴だったが、お前らはあいつより狡いか。餓鬼の癖に全く大したもんだ。

道化紛《まが》いに、クラフチェンコはにっこり笑って見せた。ごろつきどもは一斉にお愛想笑いをしたが、クラフチェンコは既に真顔になっていた。手下たちは慌てて笑うのをやめた。

二人も飼っとく気にはなれんな。始末に負えん。

それから、誰に言うともなく、刃物をやれ、と言った。脇にいた一人が拳銃《けんじゅう》を抜いて渡そうとしたが、クラフチェンコは、刃物だよ刃物、と言った。そいつがいきなりぶっ放したら誰か御陀仏《おだぶつ》だろうが。

帝国時代の軍刀が抜身で目の前に投げ出された。一人だぞ、とクラフチェンコは言った。お前らみたいなしなもんは一人で沢山だ。

何だって、とウルリヒは泣きそうな声で呟《つぶや》いた。こいつ何言ってる、何をしろって？　ぼくはかぶりを振った。できないと言った。ごろつきどもは大声で囃《はや》し立てた。比較的小綺麗な副官の一人が、うんざりした顔で銃を抜くのが見えた。二、三人がそれに倣った。ウルリヒはぼくを見た。漸く何を要求されているのか理解したらしかった。表情が失せた。鏡を見るようだった。ウルリヒが空っぽの顔で軍刀に飛び付こうとするのを、ぼくは蹴り上げ、奪い取り、後退《あとずさ》りするウルリヒの鳩尾《みぞおち》に突き立てた。

弾力のある抵抗を押し切るといきなりがつんと何かに当り、そのまま滑って柄まで通った。ウルリヒは少し驚いたような顔をしただけだった。引いても、軍刀は抜けなかった。ウルリヒが苦痛らしきものを示したのはその時だけだ。誰かがぼくを引き剝《は》がした。ウルリヒは胸元から生えた柄を見ながら蹲《うずくま》った。切っ先は背中まで抜けていた。血を吐いた。ごろつきの一人が物慣れた様子でウルリヒの肩に足を掛けて引き抜くと、樽《たる》の栓を抜いたように血が噴き出し、ウルリヒは横に転げて手足を投げ出した。体は血を噴出させながら暫《しばら》く痙攣《けいれん》を繰り返していたが、やがて動かなくなった。

で、お前どっちだ、飛行機の方か。

ぼくはかぶりを振った。クラフチェンコは露骨に失望した顔をした。

役立たずの方か。しょうがねえな。グリーシカに代りを探せって言っとけ。

クラフチェンコはそれで関心を失ったようだった。彼が家の中に入ってしまうと、残った連中は暫くぼくを小突き回してから井戸のポンプに後手に縛って繋いだ。中庭には誰もいなくなった。後で一人が戻って来て、死体の足を摑《つか》んで外に引き摺って行った。

日が暮れるまで、ぼくは中庭に繋がれていた。出入りするごろつきどもはぼくに唾《つば》を吐き掛け、時々はご丁寧に蹴りまで入れて行ったが、ぼくは駄犬のように繋がれたまま、血溜《ちだ》まりが蠅を集めて土に吸い込まれ、消えて行くのを眺めていた。僅《わず》かに光って残っていた血が乾いて消えると、ぼくが地上から追い落としたウルリヒの最後の一片が消えることになる。ぼくは眠らなかった。目も瞑《つむ》らなかった。考え事もしなかった。ぼくは空っぽで、頭には藁《わら》が詰っていた。

今日か、明日か、そのうちには、誰かが飽きてぼくを放すだろう。ぼくはクラフチェンコの手下のごろつきに紛れ込み、ごろつきの一人になり、ごろつきの一人として銃をぶっ放しているだろう。一箇月先、三箇月先、半年先はどこかに消え失《う》せるだろう。過去もどこかに消え去り、ぼくは思い出しもしないだろう。

一瞬だけ、ウルリヒが床に漆喰《しっくい》の欠片《かけら》で描いていた妙な飛行機が目に浮かんだ。金属で装甲されたそれは、奇妙なくらいに滑らかに宙に浮かんで凄《すさ》まじい速度で飛んでいたが、聞えたのはぼくたちの飛行機の機体の軋《きし》みと、風と、索が鳴る音だった。その時だけ、ぼくは目を瞑った。だが、音も、光も、飛行機ごと体が宙に浮く感覚もすぐに消えた。残っているのは、機銃を撃つ感触だけだ。何も見えず、何も聞えない世界で、機銃の熱と反動だけが手に残っていた。目を開くと、血溜まりは干上がって、消えた。

やがて中庭は薄暗くなり、建物の窓には灯《あかり》が点《つ》いた。クラフチェンコが消えた入口が開き、中から揺らめく光が現れた。マリーナだった。女中を連れたマリーナの歩みは、見たこともないくらい堂々と重々しかった。腹が大きかった。父親がクラフチェンコかどうかは知らないが、孕《はら》んだマリーナは孕んだ家畜が大抵そうであるように美しく肥えて、女中が足下を照らす為に掲げたカンテラの光で輝いて見えるくらいだった。

マリーナは妙に蓮《はす》っ葉な動作でぼくに顎《あご》をしゃくった。女中が苦心惨憺《くしんさんたん》を切った。

どこへでも消えて。

ぼくは返答できなかった。声が詰って出なかったのだ。なんで、と訊いた。

クラフチェンコに頼んだのよ。知り合いが庭先で死ぬのを見るのは御免だって。じゃあれがお前に惚《ほ》れてた田舎地主の馬鹿息子か、ってクラフチェンコは大笑いしてたわ。

惚れてなんかない。

クラフチェンコにはそう言っとく方がいいの。何がほんとかなんて気にもしないでしょうけど、でも死人はもう沢山。メリンスキーとザトフォルスキー。二人も目の前で殺されれば充分でしょ。

ザトフォルスキー、とぼくは鸚鵡《おうむ》返《がえ》しに訊《き》き返した。

クリヴォイ・ログの淫売宿《いんばい》の後はね。楽な人生。手に肉刺《まめ》一つできやしない。お蔭《かげ》で今はこうしてるって訳、この手のお蔭でね。彼女は両手を広げて見せた。ザトフォルスキーが寝台で切り刻まれて死んで、私は裸で引っ張り出されてクラフチェンコのところへ連れて行かれて、そしたら手を見せてみろ、って言われたの。見せたら非道《ひど》く感動してね、綺麗《きれい》な手だなあ、って。あんたほんとの貴婦人なんだな、野良仕事なんか一遍だってしたことがないだろ、って。

淫売、と言い掛けると、マリーナは人差し指で唇に触れて沈黙を命じた。殺されちゃうわよ、と笑いながら言った。死にたくはないんでしょ。相棒を殺しちゃうくらいだものね。相変らずのけだものだこと。助けてあげるんだから恩に着なさい。兎《と》も角《かく》、目に触れるところで死んで欲しくないの。汚らしいから。

頭の中は罵倒《ばとう》の文句で一杯になった。腹がでかくなっただけでそれか、というのが頭の中で最初に形を取った文句だった。クラフチェンコの子供を孕んだのがそんなに偉いのか。口に寝間着を詰め込まれて鼻をぴいぴい鳴らしてた癖に。マリーナは無言で奥の建物を指差した。ぼくは黙った。クラフチェンコが怖かったからではない。マリーナの動作が、その白い手が、無造作に結い上げた巻毛とカンテラの光で暖かい金色に光っている顔が、ぼくを非道く動揺させたのだ。

何なら船に乗せて貰《もら》えるよう頼んであげる。それでどこへでも行くがいいわ。

前より幾らか丸くなりさえした顔は光でぼんやりと霞《かす》み、目だけがぎらぎらと光っていた。怖いくらいだった。ぼくが動かずにいると、覚えのある動作で片足を踏み鳴らした。マリーナの動作ではない――映画の中の女優の動作だ。

嫌だ。

嫌って、何。

厄介払いしようったってそうはいかないぞ、居座ってやるからな、あんたがどんな風によがったかクラフチェンコにぶちまけてやる、クラフチェンコがぶち切れてあんたを叩《たた》き出すまで喚《わめ》いてやるからな、とぼくは言った。そんなことを言いたい訳ではなかったが、他に言葉にする術《すべ》がなかったのだ。そのお高くとまった面をひっぺがしてやる。誰があんたをぶん殴ってやったか思い出させてやる。

マリーナは目を見開いて子供のような笑い声を立て、別にあんたが最初って訳でも、最後って訳でもなかったわよ、と言った。それから残忍そうに目を細めた。死ぬ口実なんかやらない。野垂れ死ぬならどこか余所《よそ》でやってね。人を呼んで摘《つま》み出させる？」
マリーナはぼくに背を向けて立ち去った。ぼくは暫くそこに坐《すわ》り込んでいた。それから立ち上がって、恥も外聞もなく泣きじゃくりながら外に出た。

人間を人間の格好にさせておくものが何か、ぼくは時々考えることがあった。それがなくなれば定かな形もなくなり、器に流し込まれるままに流し込まれた形になり、更にそこから流れ出して別の形になるのを——ごろつきどもからさえ唾を吐き掛けられ、最低の奴だと罵《ののし》られてもへらへら笑って後《あと》を付いて行き、殺せと言われれば老人でも子供でも殺し、やれと言われれば衆人環視の前でも平気でやり、重宝がられせせら笑われ忌み嫌われる存在になるのを辛うじて食い止めているのは何か。サヴァが死んだ時、ぼくはその一線を跨《また》ぎ越しながら、それでもまだ辛うじて二本の脚で立っていた。屋敷とミハイロフカが——兄やオトレーシコフ大尉が——誰よりシチェルパートフが、ぼくを全面的な溶解から救っていたのだ。ぼくはまだ人間であるかのように扱われ、だから人間であるかのように振舞った。それを一つずつ剝ぎ取られ、最後の一つを自分で引き剝がした後も、ぼくは人間のふりをして立っていた。数え切れないくらいの略奪と数を数えることさえしなくなった人殺しの後も、人を殺して身ぐるみを剝ぎ、機銃と手投弾で襲って報酬を得ることを覚えても、ぼくはまだ人間のような顔をしていることができた。ぼくだけではない。ウルリヒが飛行機を奪う為に飛行士を躊躇《ちゅうちょ》なく撃ち殺したことを、ぼくは覚えている。フェディコは生き延びる為ならぼくたちを売るのを躊躇《ためら》ったことがない。ぶち壊れた人殺しと、最低限の信義さえないどん百姓だ。それでも、ぼくたちはまるで人間のような顔をして生きてきた。

そしてこれこの通り、ウルリヒは死に、マリーナにせせら笑われて放り出されたぼくは、人間の格好をしていない。

ぼくは泣き喚きながら、ごろつきの屯《たむろ》する通りをよろぼい歩いた。顔の片側を手酷《てひど》く擦り剝《む》いていたので、泣くと染みたがお構いなしだった。終《しま》いには泣くよりただ喚いていた。ごろつきどもはさすがに気味悪そうにぼくを避《よ》けた。でなければ不快そうに突き飛ばした。何度目かに突き飛ばされ、よろけて転び、起き上がる時に、知った顔が目に入った。フェディコだった。罵倒して通り過ぎるごろつきどもの向こうから途惑ったような顔でぼくを眺めていたが、目が合うと、顔が引き攣《つ》った。

フェディコは逃げ出した。ぼくは後を追った。フェディコは誰にも助けを求めようとせず人通りの少ない方へと逃げて行き、最後に駆け込んだのは無人の袋小路だった。突き当りで途方に暮れたように向き直ったが、それ以上逃げようとはしなかった。あんなことになると思わなかったんだよ、と言った。お前らが逃げおおせると思ったんだよ。なんで捕まったんだよ。

ぼくはフェディコを殴った。フェディコはよろけて後ろの壁に倒れ掛った。

ウルリヒを殺したのはおれか。違うだろ。お前だろ。おれじゃない。お前が殺したんだろ。見てたからな。おれ、全部見てたから。

ぼくはフェディコを滅茶苦茶《めちゃくちゃ》に殴り、襟首を摑《つか》んで振り回した。まだ死にたくないんだよ、とフェディコは泣き声を出した。堪忍してくれよ。死ぬのは嫌なんだよ。放り出すと倒れて蹲《うずくま》ったので蹴《け》り付けた。フェディコは悲鳴を上げて体を丸めた。

ぼくは蹴るのをやめた。フェディコは体を折って呻《うめ》いていたが、ぼくがそれ以上何もしないことに気が付くと、体を起して坐り込み、絶望的な顔でぼくを見上げた。じゃ、死ぬのかよ、と訊いた。言えよ、おれたち死ぬのかよ。

馬車はまだあるか。

フェディコは意地になったように口を噤《つぐ》んでいた。

まだあるのか。

あるよ、とフェディコは言った。ちゃんと隠した。

何が残ってる。

ライフルと、機銃と、手投弾。

弾は。

機関銃の弾が箱二つ、機銃の弾倉が四つ、ライフルの弾がひと包み。

立てよ。行くぞ。

フェディコは町外れの倉庫に馬車を隠していた。上にはたっぷりと藁《わら》が積まれ、馬はその陰に繋《つな》いであった。ちょっと見には何があるのか判らないくらいだった。この類《たぐい》のことをやらせてフェディコがしくじったことは一度もない。二人掛りで藁を取り除《の》けて、座席の下の物入れを漁《あさ》り、ぞんざいに丸めて押し込んであった着替えと缶詰を出した。フェディコが汲《く》んできた水で顔と手と、ズボンが裂けて血と泥に塗《まみ》れた脚を洗い、ずたずたになった服を替えた。上にはウルリヒの軍隊外套《がいとう》を引っ掛けた。

二人で無言で腹ごしらえをした。それから、ウルリヒが放り込んだままだった工具を使って、機関銃を外した。整備がよかったので螺子《ねじ》もボルトも簡単に緩めることができた。それを座席の間に隠し、馬を繋ぎ、ぼくたちは馬車を出した。外は既に暗くなっていた。町を避け、川沿いに下って行く間も、誰にも出くわさなかった。寒い晩だったのだ。ごろつきたちはみんな町にいる。暖かいところに潜り込んで飲んだくれている。

川面《かわも》からは靄《もや》が立ち始めていたが、空には殆《ほとん》ど真円の月が浮かんでいるのが見えた。白い田舎道の先に、やがて倉庫の影が見えて来た。小さな船着き場だった。他には荷降ろしをする為の岸壁と給水塔くらいしかない。柵《さく》も、塀も、およそ港を画するようなものは一つもなかった。ぼくたちは鍵《かぎ》を壊して倉庫の扉を開け、馬車を中に入れた。

ぼくが馬を外して外に放す間、フェディコは馬車の座席の下から必要なものを取り出した。二人で階段の上の事務所に機関銃と弾と手投弾とライフルを運び込んだ。埃《ほこり》をかぶった事務机を窓際に動かし、上に機関銃を載せた。

おれはどこに行けばいいんだ、とフェディコは妙に平べったい声で訊《き》いた。窓越しに、ぼくは給水塔を指差した。毛布は持ってっていいぞ。

一人では給水塔の上によじ登るのが精一杯だったので、その間、ぼくは下で毛布に機銃と弾倉を包んでやった。酒も一本付けた。上から投げ下ろされたロープに括《くく》り付けると、フェディコはそれを器用に引っぱり上げた。飲みすぎるなよ、と声を掛けたが答はなかった。ぼくはそのまま倉庫に戻った。

靄は濃くなり始めていた。明日の入港はそれほど早くはなさそうだ。月は傾き、事務所の中はただ暗かった。カンテラに火を入れて絞り込み、外からは見えないよう窓の下に置いた。硝子《ガラス》越しに機関銃で狙いを付けてみた。桟橋は射程に入っていた。そこから、倉庫の扉の手前までは撃てる。窓を開け、機関銃をもう少し外に出せば、真下は無理でもかなりの場所まで入るだろう。手投弾で罠《わな》を掛けようかとも思ったが、やめにした。代りに工具を馬車から取ってきて、事務所の扉を内側から釘《くぎ》で打ち付けた。

箱の陰に坐り込んでライフルに装弾し、手投弾の捩込蓋《ねじこみぶた》を全部外した。十発近くあった。カンテラを消した。あとは朝を待てばいい。暫《しばら》くの間うとうとした。明け方、んげとこでなあしてるがいや、という大声で目を覚ました。窓から覗《のぞ》いても、靄と硝子の汚れで何も見えなかった。

見張ってれ言われたすけ、とフェディコが答えるのが聞えた。船が入ってくるのを見張ってれって。

見えたっきゃ教えれや。

ろくに呂律《ろれつ》も回っていない声だった。倉庫の扉を開ける音がした。五、六人の男たちはやり取りにもなっていないやり取りをてんでに呟《つぶや》きながら歩き回った。階段の下の馬車を動かして上がってくる音がした。扉ががたがた揺さぶられた。

鍵掛ってら。

だっきゃ誰もいねろ。

そこん戸閉めれや。さあぶいすけ。

火ぃ焚《た》く?

焚けさ。

ええにしょいや。寝よいや。よっぽら飲んだねかの。

寝るが。

外に餓鬼がいるがね。

そらの。

妙に懐かしい感じがした。ぼくは自分に話せる言葉を数え上げた——彼らが話すような言葉も、学校で教えるきちんとした言葉も(例のペテルブルク訛《なま》りは鼻で笑ったが)、本を読むのにしか使ったことのないフランス語も、弁護士と農場相手に重宝し、ウルリヒが訛りを笑いものにしたドイツ語も、ぼくはもう話すことがない。パリの株式取引所を見ることもないし、わざわざシャンポーの店を探して入ることもない。もう少しましなものを読んでおくんだったな、とぼくは考えた。この期に及んで思い出すのが『金』では悲し過ぎないか。もしあと五年、せめて三年、生き延びていたなら、ぼくは一体何を読んだだろう。何をやっただろう。

朝の光が差してきたので、ぼくは窓を開け、機関銃を少し下げた。船着き場は騒々しくなってきた。靄はまだいい加減に舗装した岸壁に滞留し、川面で鈍く光っていたが、給水塔のタンクはその上にはっきりと見えていた。低い柵のある足場にフェディコが毛布を被《かぶ》って、微動だにせず蹲っているのが見えた。誰も気が付く気配はなかった。倉庫からごろつきどもが起きて出て行った。楽団が金管を鳴らすのが聞えた。馬車が何台も到着した。

船はまだ入ってこない。

靄が風であらかた流されると、一際小綺麗《こぎれい》な無蓋《むがい》馬車が到着した。儀仗兵《ぎじようへい》を二人ぶら下げた馬車からは、クラフチェンコとびろうどの服のマリーナが降りて来た。マリーナはクラフチェンコを呼び止め、手袋をした小さな手で襟元を直した。クラフチェンコはうるさそうに我慢していたが、やがてぱんぱんに膨れ上がった満艦飾の、どこでも見たことがない軍服紛《まが》いの裾《すそ》を自分で引っ張り、彼女を残して歩き出した。ごろつきどもは恭しく道を空けた。汽笛が聞えた。けして小さいとは言えない、布で屋根を掛けた川船が、煙を棚引かせながら水面《みなも》を近付きつつあった。岸壁に擦り寄せるように接近すると、中の男たちが杭《くい》に縄を掛けた。川船は後ろに下がりながら着岸した。

布張の屋根の下から、帝国時代の制服を着た男が降り立った。クラフチェンコが歩み寄り、二人は抱擁を交わした。フェディコが毛布の下から顔を出して、ちらりとこちらを見た。ぼくが撃たないのを不審に思ったのだろう。

確かに、ぼくは怖《お》じ気《け》づいていた。撃ち始めたら坂道を転げ落ちるようなものだ。止める手だてはない。箱に収められた弾帯の弾を撃ち尽すまで一分足らずだ。それから、手投弾とライフル。三十秒が精々だ。後はない。

フェディコが軽く口を結ぶのが見えた。ぼくを責めていた。毛布の下で機銃を構えた。クラフチェンコの片頰に接吻《せっぷん》しようとしていた士官の頭が、西瓜《すいか》でも打ち抜いたように砕けた。血塗れになったクラフチェンコが本能的に身を屈《かが》めながらこちらを見た。ぼくは機関銃を窓枠まで押し出し、引金を引いた。

クラフチェンコは膝《ひざ》を突いて頽《くずお》れた。マリーナが口を開けて駆け寄ろうとするのが目に入った。悲鳴は聞えなかった。太鼓がその脇を転がった。男たちが前を慌ただしく横切り、彼女の姿は見えなくなった。ぼくは馬車の並びに銃口を向け、機関銃をこちらに向けようとしていた連中から始めて、岸壁を舐《な》めるように掃射した。数人が給水塔と倉庫に押し掛けようとしていた。フェディコはタンクに張り付いて弾倉を替え、ぼくは引金に指を掛けたまま手投弾に手を伸ばし、歯で紐《ひも》を引いてから適当に投げ落とした。フェディコは再び撃ち始めた。

岸壁は既に死体だらけだった。馬車の陰から数人が動き出した。機関銃の弾が窓から飛び込んで天井の漆喰《しっくい》を砕いたが、ぼくがもう一度掃射すると沈黙した。弾はそれで切れた。ふいにタンクが破裂した。水が流れ出した。フェディコの姿はもうどこにも見えなかった。川船の男たちが布の天蓋《てんがい》の下で小振りな砲に装弾していた。ぼくはもうひとつ手投弾を投げてから、残りとライフルを摑《つか》んで部屋の隅に退避した。窓と壁が粉々に吹き飛び、機関銃が落ちて岸壁に叩《たた》き付けられる音が響いた。埃が静まるのを待たずに、壁に空いた穴から手投弾を手当たり次第に投げ、もう一度部屋の隅に逃げた。今度は奥の壁に大穴が空いた。砲弾はそのまま倉庫の中に飛び込んで破裂した。悲鳴と罵声《ばせい》が聞えた。階段を踏み鳴らす足音がし、釘《くぎ》付けのドアに誰かが体当たりを始めた。扉の上半分の板が砕けて落ちた。ぼくはライフルを撃った。扉を突き破った肩が消えた。その脇から、背を屈めた一人が果敢に突撃を掛けようとしていたところに最後の手投弾を投げ込んだ。凄《すさ》まじい悪罵と爆発の後に沈黙が続いた。ぼくはライフルを構え、立ち上がった。途端に、誰かが扉を蹴破《けやぶ》って飛び込んできた。ぼくは引金を引き、男は後ろに倒れた。その陰で何かが光った。

銃声と、胸を殴り付けられたような衝撃があった。肺がゴム引きの袋でも潰《つぶ》すような音を立てて潰れた。二発目はのけ反ったところに左肩から入って鎖骨をへし折って抜け、そのまま顎《あご》から頭蓋《ずがい》を貫いた。ぼくは壁に叩き付けられた。

男たちは恐るおそる部屋を覗き込み、漸《ようや》く中に入ってきた。先頭の一人はぼくにひと蹴り入れ、動かないと見ると、見開いたままの目を覗き込んで言った。

くたばってやがる。いい気なもんだぜ。

おい、と後ろの奴が注意すると、男は血溜《ちだ》まりに踏み込んでいたことに気付き、犬の糞《ふん》でも踏んだように、靴の裏を床に擦り付けた。

解説

石井《いしい》千湖《ちこ》（書評家）

牡牛《おうし》と人間の本性がまざりあった、ギリシャ神話の怪物ミノタウロス。クレタ島の迷宮に幽閉され、九年ごとに生《い》け贄《にえ》として捧《ささ》げられた若い男女を喰《く》らったため、アテナイの英雄テセウスに殺されたという。

ミノタウロスの伝説は、いろんな作品のモチーフになっている。たとえば古代アッシリア人の風刺作家ルキアノスが創った架空の旅行談『本当の話』。「私」が訪れる中に「牛頭族」の島がある。ミノタウロスの姿をした牛頭族は、食糧を求めて上陸した「私」の仲間を三人殺す。そこで仲間たちは武装を整え、牛頭族を五十人殺して友達の仇《かたき》を討つ。仲間たちは牛頭族を牛と見なし、「私」は人間と思っているところが面白い。

また、十九世紀、イギリスの画家ジョージ・フレデリック・ワッツは、小鳥を握りつぶしながら遠くを見つめているミノタウロスの姿を描いている。残酷で虚《うつ》ろでどこか哀愁の漂う絵だ。

佐藤亜紀《さとうあき》は言葉を用いて、二十世紀初頭のウクライナ地方に、ミノタウロスのように野蛮かつ空虚な「力」が暴れ狂う「開かれた迷宮」を造った。『ミノタウロス』は暴虐な力がいかにして「人間を人間たらしめているもの」を剝《は》ぎとっていくかを浮き彫りにした小説だ。

『ミノタウロス』の書き出しは〈ぼくは時々、地主に成り上がる瞬間に親父が感じた眩暈《めまい》を想像してみる〉。成り上がりの父の話から始まるところは、ドストエフスキーの『カラマーゾフの兄弟』を彷彿《ほうふつ》とさせる。語り手の「ぼく」ことヴァシリがたびたび自分のいる場所を〈のらくらの国〉と呼ぶのも、フョードル・カラマーゾフのあだ名から来ているのだろう。

ただし、怠け者で分別がないフョードルと違って、ヴァシリの父は元日雇い農場労働者だが独学で簿記を身に付けたという堅実な男だ。〈親父のしみったれた出自というやつを、ぼくは恥じたことがない。むしろそれは津々たる興味の対象だった〉というヴァシリは立身出世を目指したり苦悩を告白したりすることなどない、アンチ十九世紀文学的な主人公である。

まだるっこしい説明は一切ない小説なので、時代背景を適宜補いながら、どんな風に力を描いているかを読み解いていきたい。

ヴァシリの生年は、作中の記述から推測すると一九〇二年頃と思われる。一九〇五年、ロシア帝国の首都ペテルブルクでは皇帝に窮状を訴えた労働者が軍隊に虐殺される「血の日曜日事件」が発生するが、父が謎めいた男から譲られた地所は「小ロシア」ウクライナ地方の中でも田舎のミハイロフカという村にある。

まず唸《うな》ったのは、ウクライナ地方随一の都市キエフから嫁入りした母がミハイロフカの屋敷でお茶の会を開くくだりだ。

（中略）午後のまだ早いうちに始まるすかしたくった集まりには、子沢山の百姓数家族が群がっても食い残しそうなくらいの前菜に加えてシャンパンもたっぷりと供されたから、日が傾く頃には紳士淑女の仮面もずり落ちて、随分と乱れた感じになるのが常だった。

ぼくはお袋の膝の上で怯《おび》えていた。立派な口髭《くちひげ》のある元騎兵大尉グレゴーリ・マクシモビッチ・オトレーシコフ（老オトレーシコフは前の年に死んだばかりだった）がぼくは怖かったし、使用人を脅しつけて庭に乗り入れ、お袋の前まで乗り付けた悍馬《かんば》は尚更《なおさら》恐ろしかったのだ。ほろ酔い加減の大尉に乱暴に扱われて苛《いら》付《つ》いた馬は、お袋の前で棒立ちになった。或いは大尉が棒立ちにさせたのかもしれない。黒く光る鹿毛《かげ》は、手綱などすぐにも引きちぎりかねない首と肩の筋肉を浮かび上がらせ、お袋は嬉《うれ》しそうにくすくす笑った。兄は馬を睨《にら》み付けて身じろぎもしなかった。

幼いヴァシリが怯えたのは、棒立ちになった悍馬が巨大な力そのものだったからだろう。母が笑うのは、大尉が雄としての力を見せつけて自分の気を引こうとしていることを知っているから。兄は酔いにまかせて下品な駆け引きをする大人たちを嫌悪していたのかもしれない。それからヴァシリは世の中にどんな種類の力があって、どのように行使されるかを観察していく。馬をはじめとした乗り物は重要な役割を果たす。

十一歳になった年、ヴァシリはキエフの伯父《おじ》の家で暮らす母に呼び寄せられる。教育を受けるためだ。大学教授の伯父は田舎育ちのヴァシリを〈人間の言葉を一言も解さないかのよう〉に扱うが、実はきちんと家庭教師を付けられていた上に母が置いていった本を手当り次第読んでいたのでフランス語までできる、ということが判明するところは痛快だ。

佐藤亜紀の他作品『バルタザールの遍歴』や『スウィングしなけりゃ意味がない』にも言えることだが、主人公はおそろしく頭が切れる。その鋭利な知性でさまざまな欺瞞《ぎまん》を暴いてしまう。たとえば、それまで西欧的教養を信奉していたのに第一次世界大戦が始まった途端〈スラヴの大義〉に目覚めた伯父にヴァシリがうんざりするくだり。伯父は能力が高いにもかかわらず真剣に勉強しない甥《おい》に国民としての義務を説教して聞かせる。

（中略）どうせ戦争で死ぬのなら勉強なぞしてもしなくても一緒ではないかと思ったが、伯父の狂信の前では屁理屈《へりくつ》に過ぎなかった。つまり、伯父のスラヴの大義は、落第生よりは優等生を、病弱な奴よりは身体強健な人間を、次男よりは長男を、子沢山の家の末っ子よりは一人息子を、つまりはより貴重な、より愛される、より有用な人間を犠牲として求めていた。伯父にとっての国家はいつの間にか、所有を保障したり、通貨を流通させたり、詐欺師や強盗を捕まえてぶち込んだり、時々は外国から土地を分捕ったりする統治の機関ではなく、信者たちが喜んで我が子を車輪の下に投げ込むインドの女神の山車《だし》のようなものに化けていたのだ。

と、ヴァシリは思う。太平洋戦争の時代の日本にも、ヴァシリの伯父のような人がたくさんいたのだろう。もちろん、現在の日本にもいる。

ヴァシリは人身御供《ひとみごくう》にされないよう〈けだものの倅《せがれ》〉であることを証明し、ミハイロフカへ帰る。成り上がりの父に栄光をもたらすはずだった兄は従軍して顔の半分を失う。

戦争という圧倒的な暴力がまだ終わらないうちに、革命という新たな暴力が迫ってくる。ヴァシリが実科学校で知り合った地主貴族の美少年ポトツキが語る革命は絵空事だった。しかし一九一七年のはじめにヴァシリの父が急死したあと、二月革命が勃発《ぼっ》する。無益な戦争を続ける国に民衆が怒りを爆発させたのだ。皇帝ニコライ二世は退位し、臨時政府の実権はケレンスキー率いる社会革命党が握り、レーニン率いる革命党派ボリシェヴィキも「戦争絶対反対」「いっさいの権力をソヴィエトへ」「土地を農民へ」というスローガンを掲げ台頭していく。

ミハイロフカで革命をいち早く実現しようとするのは、元鉄工所労働者のグラバクだ。はじめは誰も相手にしなかったが、グラバクは銃器と弾薬という力を手に入れる。やがてボリシェヴィキ主導の十月革命が起こり村の空気も様変わりして、ヴァシリは父が一代で築いたすべての財産と兄を失う。破滅のきっかけを作ったのはヴァシリ自身というところが皮肉だ。

一文無しになったヴァシリは、ボリシェヴィキの赤軍と政治的に対立する白軍、反乱農民から生まれた黒軍が入り乱れ内戦状態のウクライナ地方を彷徨《さまよ》う。はじめは橇《そり》、次は列車、そしてタチャンカ（機関銃などを取りつけられる無蓋《むがい》馬車）と複葉機に乗って。旅の道連れは仲間に置き去りにされた飛行機マニアのドイツ人兵ウルリヒと、鼠のようにちょこまかとして抜け目ないフェディコ。生き延びるために結びついた三人組は、どこの勢力にも属さず〈のらくらの国〉を駆け回る。略奪と殺戮《さつりく》が、感傷を排除した言葉で語られる。

全編名場面しかない小説だが、強烈に記憶に刻まれるのはヴァシリがごろつきの群れをタチャンカで追いかけながら笑うシーンだ。

（中略）人間と人間がお互いを獣のように追い回し、躊躇《ためら》いもなく撃ち殺し、蹴《け》り付けても動かない死体に変えるのは、川から霧が漂い上がるキエフの夕暮と同じくらい、日が昇っても虫の声が聞えるだけで全てが死に絶えたように静かなミハイロフカの夜明けと同じくらい美しい。半狂乱の男たちが半狂乱の男たちに襲い掛り、馬の蹄《ひづめ》に掛け、弾が尽きると段平《だんびら》を振り回し、勝ち誇って負傷者の頭をぶち抜きながら略奪に興じるのは、狼の群れが鹿を襲って食い殺すのと同じくらい美しい。殺戮《さつりく》が？　それも少しはある。それ以上に美しいのは、単純な力が単純に行使されることであり、それが何の制約もなしに行われることだ。こんなに単純な、こんなに簡単な、こんなに自然なことが、何だって今まで起らずに来たのだろう。誰だって銃さえあれば誰かの頭をぶち抜けるのに、徒党を組めば別な徒党をぶちのめし、血祭りに上げることができるのに、これほど自然で単純で簡単なことが、何故起らずに来たのだろう。

〈美しい〉という単純な形容詞の使い方に慄《おのの》いた。人間と獣のあいだに明確な境界はない。一線を越えるのは簡単なのだ。何ものにでもなれる荒野さえあれば。

本書は、二〇一〇年五月に講談社文庫より刊行されました。
角川文庫化にあたり、加筆修正を行いました。

ミノタウロス

佐藤亜紀《さとうあき》

令和3年 9月25日 初版発行
令和6年 12月15日 再版発行

発行者●山下直久

発行●株式会社KADOKAWA
〒102-8177 東京都千代田区富士見2-13-3
電話 0570-002-301(ナビダイヤル)

角川文庫 22825

印刷所●株式会社KADOKAWA
製本所●株式会社KADOKAWA

表紙画●和田三造

ISBN 978-4-04-111779-8 C0193

角川文庫発刊に際して

角川源義

第二次世界大戦の敗北は、軍事力の敗北であった以上に、私たちの若い文化力の敗退であった。私たちの文化が戦争に対して如何に無力であり、単なるあだ花に過ぎなかったかを、私たちは身を以て体験し痛感した。西洋近代文化の摂取にとって、明治以後八十年の歳月は決して短かすぎたとは言えない。にもかかわらず、近代文化の伝統を確立し、自由な批判と柔軟な良識に富む文化層として自らを形成することに私たちは失敗して来た。そしてこれは、各層への文化の普及滲透を任務とする出版人の責任でもあった。

一九四五年以来、私たちは再び振出しに戻り、第一歩から踏み出すことを余儀なくされた。これは大きな不幸ではあるが、反面、これまでの混沌・未熟・歪曲の中にあった我が国の文化に秩序と確たる基礎を齎らすためには絶好の機会でもある。角川書店は、このような祖国の文化的危機にあたり、微力をも顧みず再建の礎石たるべき抱負と決意とをもって出発したが、ここに創立以来の念願を果すべく角川文庫を発刊する。これまで刊行されたあらゆる全集叢書文庫類の長所と短所とを検討し、古今東西の不朽の典籍を、良心的編集のもとに、廉価に、そして書架にふさわしい美本として、多くのひとびとに提供しようとする。しかし私たちは徒らに百科全書的な知識のジレッタントを作ることを目的とせず、あくまで祖国の文化に秩序と再建への道を示し、この文庫を角川書店の栄ある事業として、今後永久に継続発展せしめ、学芸と教養との殿堂として大成せんことを期したい。多くの読書子の愛情ある忠言と支持とによって、この希望と抱負とを完遂せしめられんことを願う。

一九四九年五月三日

角川文庫ベストセラー

スウィングしなけりゃ意味がない　佐藤亜紀

1939年ナチス政権下のドイツ、ハンブルク。15歳のエディが熱狂しているのは頽廃音楽と呼ばれる〝スウィング〟だ。だが音楽と恋に彩られた彼らの青春にも、徐々に戦争が色濃く影を落としはじめる――。

バルタザールの遍歴　佐藤亜紀

ウィーンの公爵家に生まれたメルヒオールとバルタザール。しかし2つの心に用意された体は1つだけだった。やがて放蕩と転落の果てに、ナチスに目を付けられた2人は――。世界レベルのデビュー作！

天使・雲雀《ひばり》　佐藤亜紀

第一次世界大戦前夜。生まれながらに特殊な力を持つジェルジュは、オーストリアの諜報活動を指揮する権力者の配下となる。彼を待ち受ける壮絶な闘いが圧巻の『天使』とその後を描く『雲雀』を合本した完全版。

静かな黄昏の国　篠田節子

国も命もゆっくりと確実に朽ちていく中、葉月夫妻が終のすみかとして選んだのは死さえも漂白し無機質化する不気味な施設だった……原発社会のその後を描く戦慄の書、緊急復刊！

純愛小説　篠田節子

純愛小説で出世した女性編集者を待ち受ける罠と驚愕の結末。慎ましく生きてきた女性が、人生の終わりに出会った唯ひとつの恋など、大人にしかわからない恋の輝きを、ビタースイートに描く。

角川文庫ベストセラー

北の舞姫 芙蓉千里Ⅱ
須賀しのぶ

売れっ子女郎目指し自ら人買いに「買われた」あげく芸妓となったフミ。初恋のひと山村と別れ、パトロンの黒谷と穏やかな愛を育んでいたフミだったが、舞うことへの迷いが、彼女を地獄に突き落とす――！

暁の兄弟 芙蓉千里Ⅲ
須賀しのぶ

舞姫としての名声を捨てたフミは、初恋の人・建明を追いかけて満州の荒野にたどりつく。馬賊の頭領である建明や、彼の弟分・炎林との微妙な関係に揺れながらも、新しい人生を歩みはじめるフミだったが……。

永遠の曠野 芙蓉千里Ⅳ
須賀しのぶ

大陸を取り巻く戦況が深刻になる中、愛する男とその仲間たちとともに、馬賊として生きる覚悟を決めたフミ。……そして運命の日、一発の弾丸が彼女の人生を決定的に変える……。慟哭と感動の完結巻！

眠りの庭
千早　茜

白い肌、長い髪、そして細い身体。彼女に関わる男たちは、みないつのまにか魅了されていく。そしてやがて明らかになる彼女に隠された真実。2つの物語がひとつにつながったとき、衝撃の真実が浮かび上がる。

夜に啼く鳥は
千早　茜

少女のような外見で150年以上生き続ける、不老不死の一族の末裔・御先。現代の都会に紛れ込んだ御先は、縁のあるものたちに寄り添いながら、かつて愛した人の影を追い続けていた。

角川文庫ベストセラー

この闇と光　服部まゆみ

森の奥深く囚われた盲目の王女・レイア。父王からの優しく甘やかな愛に満ちた鳥籠の世界は、レイアが成長したある日終わりを迎える。そこで目にした驚愕の真実とは……耽美と幻想に彩られた美しき謎解き！

一八八八　切り裂きジャック　服部まゆみ

19世紀末、霧の帝都ロンドンを恐怖に陥れた連続娼婦殺人事件。殺人鬼「切り裂きジャック」の謎を美青年探偵・鷹原と医学留学生・柏木が解き明かす。絢爛たる舞台と狂気に酔わされる名作ミステリ！

ゆめこ縮緬　皆川博子

愛する男を慕って、女の黒髪が蠢きだす「文月の使者」、挿絵画家と若い人妻の戯れを濃密に映し出す「青火童女」、蛇屋に里子に出された少女の記憶を描く表題作等、密やかに紡がれる8編。幻の名作、決定版。

愛と髑髏《どくろ》と　皆川博子

檻の中に監禁された美青年と犬の関係を鮮烈に描く「悦楽園」、無垢な少女の残酷さを抉り出す「人それぞれに噴火獣」、不可解な殺人に手を染めた女の姿が哀切な「舟唄」ほか、妖しく美しい輝きを秘めた短篇集。

写楽　皆川博子

江戸の町に忽然と現れた謎の浮世絵師・写楽。天才絵師・歌麿の最大のライバルと言われ、名作を次々世に送り出し、忽然と姿を消した〝写楽〟。その魂を削る凄まじい生きざまと業を描きあげた、心震える物語。

角川文庫ベストセラー

夜のリフレーン　皆川博子　編／日下三蔵

秘めた熱情、封印された記憶、日常に忍び寄る虚無感――。福田隆義氏のイラスト、中川多理氏の人形と小説とのコラボレーションも収録。著者の物語世界の凄みと奥深さを堪能できる選り抜きの24篇を収録。

トーキョー・プリズン　柳広司

元軍人のフェアフィールドは、巣鴨プリズンの囚人・貴島悟の記憶を取り戻す任務を命じられる。時を同じくして、プリズン内で殺人事件が発生。フェアフィールドは貴島の協力を得て、事件の真相を追うが……。

吾輩はシャーロック・ホームズである　柳広司

イギリス留学中、心を病んで自分のことをシャーロック・ホームズだと思いこんだ夏目漱石。ある日、ヨーロッパで有名な霊媒師の降霊会が行われ、参加する漱石だったが、その最中、霊媒師が毒殺されて……。

漱石先生の事件簿 猫の巻　柳広司

漱石先生の家で書生として暮らすことになった「僕」。先生はとんだ変人で癇癪持ち、さらに周りには奇天烈な事件が溢れていて……『吾輩は猫である』の物語世界が甦る！　抱腹絶倒の〝日常の謎〟連作集。

贋作『坊っちゃん』殺人事件　柳広司

松山から東京に戻った3年後、山嵐と再会した坊っちゃん。山嵐は「教頭の赤シャツが自殺した」といい、坊っちゃんはその自殺の真相を探るために再び松山を訪れ……傑作パスティーシュ登場！